新潮文庫

花宵道中

宮木あや子著

目次

花宵道中

花宵道中

濃藍《のうらん》の天から音もなく雪の舞う師走《しわす》の夜、朝霧《あさぎり》の姉女郎が季節はずれの彼岸花のように寝間着を真っ赤に染めて、死んだ。

大引けを過ぎた頃、禿《かむろ》の娘が客のなかった朝霧の部屋に姉の死んだことを伝えにきた。朝霧はその娘と一緒に足音を忍ばせ、静まり返った冷たい回廊を姉の部屋に向かう。襖《ふすま》をそろりと開けると、其処《そこ》には既に弔衆《とむらいしゅう》が来ていた。驚くほど軽々と担《かつ》がれた姉が白い布のように身体《からだ》を畳まれ、粗末で小さな棺桶《かんおけ》に収められる。赤い花びらを散らしたような寝具は、もう冷えていた。

弔衆が棺桶を担いで足音無く大階段を下りていく姿を、朝霧は二階の回廊から見送った。裏口から運ばれて、姉の身体は棺桶に入ったまま寺に行く。

朝霧の母が死んだとき、母の身体はそのまま目の前の濁ったどぶに投げ入れられた。河岸《かし》に突っ立ってわーわーと声をあげて泣く朝霧を、大人たちは邪魔くさそうに突き飛ばした。おっかさんのいない子供なんか他にもいるだろうが、喚《わめ》くんじゃないよ。その言葉に朝霧は泥だらけの顔で泣きながら抗議した。違うの、撥《は》ねたどぶの水が染《し》みて落ちないの、どぶの匂《にお》いが、おっかさんの汚れが染みて落ちないの。

天保《てんぽう》八年晩秋、江戸吉原は伏見町丁子屋《ふしみちょうちょうじや》源太郎方から出火し、南の一部を残して全焼した。伏見町は、吉原唯一《ゆいいつ》の入り口である大門《おおもん》を入ってすぐ左手にある。此処《ここ》から出火してしまうと大門から逃げ出すことが困難なため、逃げ遅れた多くの遊女が焼死した。

吉原は昔から不思議なほど火事が多い。天和《てんな》の時代、好いた男に一目会うためだけに火付けをしたお七《しち》という女を倣《なら》い、吉原の遊女は単に吉原から出たいがため楼に火をつける。

その年焼け出された三千人に上る吉原の遊女たちの仮宅《かりたく》は、花川戸、山の宿、深川八幡前の三箇所に分かれた。座敷持ちが六人しかいない、それほど規模の大きくない小見世《こみせ》である山田屋は、深川八幡前に仮宅を申請した。

「朝霧姉さん、八幡様にお店が出てるよ、一緒に行こうよ、ぎやまんの光る玉もあるんだって」

正月の挨拶《あいさつ》回りも済んだ頃、自分こそぎやまんの光る玉みたいな目をしながら、八《や》津《つ》が戸を開けて飛び込んできた。軒のつららの間を、切るように冷たい空気も一緒に入ってくる。

「いやだよ、寒いし」

微《かす》かに眉間《みけん》に皺《しわ》を寄せ、朝霧は綿入れの中に身を縮めると座ったまま火鉢に擦り寄った。仮宅は何人かの遊女と部屋が一緒の、少し豪勢な長屋である。朝霧の部屋は、手をかけて育ててきた妹女郎の八津と一緒だった。

生まれたときから吉原にいた朝霧にとって、焼け出されるのはもう何度目か判《わか》らない。しかし十三の時に吉原に連れてこられた八津にとって、まだ仮宅は珍しく、しかも今回は八幡前である。正月の八幡様と言えばそれは心躍るだろう。

「そんなこと言わないで、ねえ行こうよぅ」

草履《ぞうり》を脱いで上がりこみ、八津は焦《じ》れたように朝霧の手を取って引いた。

「あんた元気だねえ。お小遣いあげるから、三津《みつ》と一緒に行っておいで」

「だめ、三津はさっきあたしんとこに来てる通いのお客さんと一緒に行っちゃったもん」

寂しそうに八津が目を伏せる。本当の姉妹のようにいつも一緒なのに、こんなとき三津は薄情だ。妹女郎が自分のお客と一緒に縁日へ行ってるのに、姉の八津を一人で行かせるのも可哀相《かわいそう》になり、朝霧は渋々腰を上げた。楼主には黙って出て行くことにした。

白い息を吐きながら向かった深川八幡の高い鳥居の下に伸びる参道は、化粧っ気のない遊女たちと子供たちでごった返していた。前日の朝まで続いていた雪が嘘《うそ》のような青い空に、威勢の良い売り子の声とお囃子《はやし》の音、そして女たちの笑い声が高く響く。傍らで八津は興奮のあまり頬を真っ赤にしながら、きょろきょろとその様子を見回していた。

「ぎやまんの光る玉のお店はどこだろう」

「あすこじゃないの、」

人に揉《も》まれながら、朝霧は遠くの人だかりを指さした。江戸にぎやまんの工房はまだひとつしかない。しかし吉原にはあらゆるところから人が集まるので、朝霧は何度か美しい器を見たことがあった。おそらく八津の言っている「光る玉」は、蜻蛉玉《とんぼだま》と言われるものだろう。丸い小さなぎやまんの玉に、花のような綺麗《きれい》な模様が入っているのを、長崎から来た商人の男に見せてもらったことがある。

嬉《うれ》しそうに朝霧の手を引き、八津は「姉さん、早く」と言って足を速めた。

「待ってよ、転ぶでしょ」

女たちの笑い声に、お囃子の笛が一段と高く鳴る。八津が、あ、と声をあげた。朝霧の柔かく白い手が離れ、押し寄せる雪崩《なだれ》のような人の中へあっという間に飲まれていった。


来なければ良かった、と朝霧は人の足をよけながら溜息《ためいき》をついた。しゃがみ込んでいる朝霧に気付かず、浮かれた人々は容赦なくその身体を蹴《け》ってゆく。髪に挿した簪《かんざし》も何本か取れてしまっているようだけれども、それより早く草履を探さなければ、歩くこともできない。地面に暫《しばら》く目を凝らしていると、いきなり両の脇《わき》の下に何かが差し込まれ、朝霧の身体は空中に浮いた。

そのまま猫の仔《こ》のように抱きかかえられ、店の間の小道を通り、人のいないところまで連れていかれる。多少のことではあまり驚かない朝霧もさすがに少し驚いて、片足を地に降ろしてから、うしろを振り返った。

「大丈夫、怪我《けが》はなかったかい」

そう声をかけてくる浪人風の男は、この界隈《かいわい》では今まで見たことのない感じだった。

上背があり、肌は浅黒い。細面の左頬に大きな古傷が見えるのが勿体無《もったいな》いが、一見ちょっと年を取った若衆《わかしゅ》歌舞伎の役者のようだ。

「気分が悪いなら、家まで送ってやるよ、どっから来たんだい」

その物言いは粗野な感じだが、下手に優しそうなのよりも、どこかで襲われる危険がなさそうで良い。しかし、「家まで」という言葉に朝霧はひっかかった。このなりを見れば、帰るところは家ではなく廓《くるわ》だと判ろうに。それでも朝霧は片足で立ったままにこやかに答えた。

「気分が悪いわけじゃありませんよ。草履が片方脱げちまって、探してたんです」

男は朝霧の足元に目を移した。片足にしかない草履は、上方から何度か通った商人の男が贈ってくれたものだ。珍しい青い牡丹《ぼたん》の花を描いた染物の鼻緒が美しく、金糸の花飾りも可愛《かわい》い。一番気に入っている。男は屈《かが》み込み、暫くその足元を見ていたが、顔を上げ、「どこでこの草履を」と尋ねた。

「さあね。京の方のものとは言ってましたけど」

「気に入ってるかい」

「ええ。鼻緒が青い牡丹なんて、珍しいし可愛いでしょ」

「じゃあもう片一方、探してきてやるから、このまま此処で待ってろ」

男は歯を見せて笑い、朝霧が何か言うまもなく立ち上がると人の波の中に押し入っていった。上背があるので、ぽこんと頭が浮かぶ。そしてそれが波に潜った。あんな人がたくさんいる中で、女物の小さな草履が探せるのか。そしてはぐれた八津は蜻蛉玉を無事手に入れることができたのか。松の幹に凭《もた》れかかってぼんやりと人の流れを眺めながら考えているると、やがて男が髪の毛をぼさぼさにさせて戻ってきた。その手には少しくたびれた青い鼻緒の草履があった。朝霧の口元はぱっと綻《ほころ》ぶ。

「ありがとう」

男の手で足を草履に収めてもらいながら、朝霧は心から感謝を述べる。

「俺が染めたんだ、これ」

「え、」

朝霧の足元にかがんだまま男は腕を伸ばし、冷えた朝霧の手を握った。

「この鼻緒の友禅。俺が染めたんだ、京都で」

男の手は温かく、指は花の蔓《つる》のように朝霧の指を絡《から》める。

「綺麗だろ」

その蔓が放つ熱で痺《しび》れたように、絡んだ指を振り解《ほど》けない。見つめられ、熱は雫《しずく》のように溜《たま》り、朝霧の身体の真ん中には炎の柱が立つ。

時は暮れ六《む》つ。冬の日は仄《ほの》かに暮れ、火の入った提燈《ちょうちん》の下、遊女たちは六軒長屋に設《しつら》えられた形ばかりの小格子《こごうし》の中で長煙管《ながきせる》に刻みを詰める。寒いから早く客を取って中に入りたい。格子の外に手を伸ばしても、冷やかしの男たちはにやにやと笑うだけで登楼《あが》ってくれようとはしない。朝霧はいつもどこかぼんやりしているので、死んだ姉女郎にはいつも、あんたもっと要領よくなりんさいと呆《あき》れられていた。客そっちのけで桃色に金箔《きんぱく》の蜻蛉玉を嬉しそうに眺めている隣の八津も、気位だけは高いが、そう要領の良い方ではない。おそらく自分が育てたからだろう。

昼間の男は半次郎《はんじろう》と名乗った。名乗っただけで朝霧の素性を尋ねてはこなかった。俺が染めたんだ。そう言った男の手を朝霧は軽い酩酊《めいてい》と共に思い出す。草履を探すときにできたのであろう引《ひ》っ掻《か》き傷が其処此処に赤い筋を作るその手は、ごつごつと骨が出ていて乱暴そうで、節くれ立った指が柔かい筆を絹に滑らして絢爛《けんらん》な花の紋様を生み出す様子など、想像できなかった。青い牡丹。牡丹は赤だろうってんで売り物にならなかったんだよ。まさかあんたの草履になってるとはな。

煙管盆に灰が小山を作るころ、適当に声がかかり、見知らぬ男と部屋に揚がる。肌に触れる手のひらがすべすべと温かい客だった。寒い夜のお開帳に手の冷たい客ほど嫌なものはない。遊女たちは冷えた布団《ふとん》の上で無機質な痛みに無機質な声をあげて、暗く寒い夜を越える。

八幡様の縁日は月のはじめと半ばに一日ずつ開かれる。昨日の大騒ぎが嘘のように、参道は冷え冷えと静かだった。朝霧は軽く紅をさしなおした唇を寒さに噛《か》み締める。薄靄《うすもや》の中、手も足も指先が切られるように冷たかった。

無意識に昨日、男の腕に抱えられて運ばれた松の幹を探し、朝霧は首を左右に振る。あたしはただ、髪に挿していた簪を探しに来ただけ。昨日確認したら、髪結いの弥吉《やきち》からもらった朝顔の細工の簪がなかった。爺《じい》さんの弥吉は朝霧を実の娘のように可愛がってくれる。もういい年の遊女なんだから、そんなに甘やかすことないのに、しょっちゅう飴玉《あめだま》を買ってくるし、可愛い髪飾りがあるとこっそりと朝霧だけにくれたりする。他にもっと若くて綺麗な女は同じ見世にもいるというのに。朝霧の顔は決して綺麗ではない。何もかもが小さい、地味な顔だ。肌の色だけは誰よりも白いが、白すぎて何か悪い病気を持っているように見えるのか、化粧をしないで外を歩くと人は朝霧を避けて歩く。昼間の自分はしおれた朝顔のようだと朝霧は思う。

ふと下を見ると、足元の砂利に探していた簪が埋もれていた。腰をかがめて拾い上げたそれは、二本の歯のうち一本が半ばから折れていた。これでは使い物にならない。弥吉になんて言おうか。白い溜息をつくと、うしろから砂を踏む音が聞こえた。朝霧は振り返る。

「なんだ、また草履なくしたのか」

結構な早朝だというのに、男の声にも顔にも寝呆《ねぼ》けた様子がない。朝霧は示し合わせたような偶然に思わず笑った。

「何か可笑《おか》しいかい」

「いえ、浪人みたいな恰好《かっこう》のくせに、朝が随分お早いと思って」

くすくすと笑いながらの朝霧の言葉に、男もつられて照れたように笑う。

「元々は職人だからな、朝は早えのよ。あんたこそ」

「あたしは、草履じゃなくて今日は簪です」

手に持った簪の残骸《ざんがい》を、朝霧は男に差し出した。男はどれ、と言ってその簪を手に取る。

「……珍しい、切咲の朝顔か」

聞きなれぬ言葉に、朝霧は男の顔を見つめる。男は簪から朝霧の顔に目を移し、言った。

「朝顔にも色々花の形があるんだよ。この細工は花びらに五つ切れこみの入る切咲だけど、此処いらで見かけるやつは丸咲つって花が丸く咲く。あとは桔梗《ききよう》咲だとか、滅多に見ないが車咲牡丹とか」

「朝顔なのに、桔梗や牡丹の名前が付くの、」

ああ、と男は答える。そして再び朝霧から簪に目を戻し、続けた。

「勿体無いな、珍しい細工なのに。もしこのまんまにするくらいだったら、俺が直してみようか」

「直せるの、」

「元通りってわけにはいかねえけど、使えるようにはしてやるよ」

予想しなかった男の言葉に朝霧は嬉しくなる。その顔を見ていた男が、再び笑って尋ねた。

「嬉しいかい、」

「なんで」

「飴玉貰《もら》った子供みてえな顔してるから」

東の空がほんのり淡群青《あわぐんじよう》に明ける頃、部屋に戻ってきた朝霧の顔を見て八津は、

「なんか姉さん、盆と正月と葬式がいっぺんに来たみたいな顔してるよ」と言った。

子供だの葬式だの、それぞれ好き勝手に言いやがって。

二日くらいで直せると思うから、またそん時、この時間に此処《ここ》で。男は言った。二人の男の相手をしたらあっという間に二日経《た》つ。一眠りするために寝具を直していると、戸が開いて女将《おかみ》が入ってきた。痩《や》せた猫みたいな女だ。八津はあからさまに嫌そうな顔をしたが、女将は全く意に介さない。

「そんな顔するんじゃないよ。朝霧あんた今日の夕方、深川の茶屋で宴会だから。昼見世はしなくて良《い》いよ、八津もね」

「宴会って、誰の」

「吉田屋様」

溜息が出た。どのみち昼なんかするつもりはない。ちらりと横を見遣《みや》ると、八津もなかなか複雑な表情をしていた。

一眠りして起きてから湯屋に行き、帰ってくる頃にはもう身体《からだ》が冷えていた。春はまだ遠い。ちらほらと雪片が降りてきて、することもなく八津と一緒に再び布団の中へ潜ってうつらうつらしていたら、ちょうど眠りに落ちる頃、髪結いの弥吉が勢いよく戸を開けた。八津が頭から布団の中に潜りこむ。

「……あんた早いよ、まだ日が傾いてもいないじゃないか」

朝霧は戸の方へ向くと目を細め、眉間《みけん》に皺《しわ》を寄せて言った。

「今日は宴会だって女将が言ってましたよ。吉田屋様のためにも綺麗《きれい》にしなくちゃ」

弥吉は悪気の無い顔で言うと草履《ぞうり》を脱いで部屋に上がり、勢い良く朝霧と八津の布団を剝《は》いだ。

「嫌なんでしょう、宴会。判《わか》ってますよ。でもほら起きて」

朝霧が隣で丸くなっている八津を蹴飛ばすと、叱《しか》られた子供のように渋々と起き上がった。八津の髪ができるまで朝霧は寝ていられる。

吉田屋藤衛門は広小路の方で織物問屋を営んでいる年配の男で、普通の客に較《くら》べると結構な額の金を落してくれるため、見世にとってはそこそこ良い客だった。ただ、酒癖がおそろしく悪い。新造《しんぞ》たちは嫌がって付いてこないだろうから、頭数には適当に廻し座敷の若い娘が何人かあてられるだろう。嗅《か》ぎ慣れた鬢付油《びんつけあぶら》の匂《にお》いの中、少しでも気を紛らわそうと、朝霧は半次郎の顔を思って布団の端を嚙んだ。

襖《ふすま》を開けると朝霧は、あ、と声をあげそうになった。他の間でも宴会があるらしく、下手糞《へたくそ》な三味《しゃみ》の音の中、遊女たちの嬌声《きょうせい》と男たちの笑い声が聞こえている。客二人どころか、一人寝一回ののちにまた顔を見れた。襖の向こうのその顔も、驚いたように朝霧を見ていた。朝霧が見つめていた顔の横で、吉田屋が嬉《うれ》しそうに手招きをする。

「吉田屋様ったら、年始にご挨拶《あいさつ》したときから全然呼んでくださらないんだもの、お顔なんか忘れちまうところでしたよ」

うろたえた心の内を読まれぬよう、慎重に作ったその拗《す》ねた口ぶりに吉田屋は、すまなかったねぇと言いながら更に頬を緩める。朝霧はちらりと横を見た。男は朝霧を見ながらも黙っている。

「吉田屋様、こちらの男前はどなた」

すかさず八津がやってきて、無邪気に尋ねた。気転が利《き》くのか単なる好奇心なのか。

「阿部屋の半次郎といいます」

吉田屋ではなく、よく通る声で男が自ら答えた。八津がそれに答えて愛想良く名乗る。出遅れて朝霧も、初めてのお客にするように名を名乗った。

「支那《しな》の珍しい飾り布が手に入ったんでね、吉田屋さんに高く売りつけようってわざわざ上方から来たんですが、買い叩《たた》かれましたわ。その代わりこうやって飲みに連れてきてもらってるんですがね。はたして儲《もう》かってんのか儲かってないのんか」

あははは、と不必要なくらい高く八津が笑う。あははは、と半次郎も笑う。あたしだって笑いたいのに。朝霧は首を絞められる気がする。何故《なぜ》よりにもよって吉田屋の座敷なの。

酒が進んでくると八津が三味を弾き軽い都都逸《どどいつ》を詠《うた》い始めた。八津に無理矢理連れてこられた新造の娘は、扇舞を滑稽《こっけい》なほど下手糞に舞って笑いを誘う。上機嫌になった吉田屋はそれに合わせて滅茶苦茶《めちゃくちゃ》に詠いながら、横にいた朝霧を胡座《あぐら》をかいた膝《ひざ》の上に乗せた。尻《しり》の下にぐにゃりと棒があたる。それはどんどん固くなり、柔かい朝霧の尻を圧迫した。

「朝霧、二人羽織しようか」

吉田屋が耳元で言った。息が酒臭い。いやあん、と笑いながら身を捩《よじ》っても吉田屋は朝霧の腰を離さない。そしてもう片方の手で銚子《ちょうし》を持つと、ほぉら朝霧もっとお飲みと言って朝霧の顔の随分上からそれを傾けた。朝霧はそれを受けるため、上を向いて口を開ける。銚子の中にはまだ結構な量の酒が残っていて、飲み下せなかったぶんは口から零《こぼ》れて首を伝い、着物の合わせの間へと流れた。染《し》みた襦袢《じゅばん》は冷たいが、頬も手も火照《ほて》っていた。湿った吉田屋の手が酒でべたべたになった朝霧の首を撫《な》でると、敏感になっている肌が、ざっと粟立《あわだ》った。

「いけないよ朝霧、こんなに汚しちゃ」

吉田屋は朝霧の首を舌で舐《ねぶ》りながら、前に結んであった帯を解き始めた。緩んだ胸合わせの中に入り込み、その手は柔らかい突起を探った。湿って吸盤のようになった指はすぐにそれを探り当てて、きゅう、と掴《つか》む。紅が落ちるのも構わず、朝霧は下唇を噛んだ。肌が熱い。

「阿部屋さんこの子ね、酒が入ると肌に花が咲くんだよ」

吉田屋は朝霧を抱きかかえたまま、男の方に向き直った。抵抗する間もなく無慈悲にも合わせが左右に裂かれ、白い胸が男の前に晒《さら》される。その胸の上には桃の花に似た薄い斑点《はんてん》が、水に落ちたようにいくつも浮かんでいた。

「……花、ですか、」

目を閉じた向こうで、抑揚のない男の声がする。

「桃色が綺麗でしょう。でもね、もっと綺麗に咲かせられるんだよ、ねえ朝霧」

そう言うと吉田屋は、男の目の前で朝霧の両胸の突起を抓《つま》んでこね回し始めた。正面にいたのでは顔も隠せない。朝霧は限界まで横を向き、目を瞑《つむ》り、切れるほど唇を噛んだ。この男の宴会ではだいたいこのようなことがある。朝霧の着物を脱がせて、客にその花紋様を自慢する。

尻の下で、吉田屋が朝霧の着物を捲《まく》り上げている。そして割れた足の間に、褌《ふんどし》から引きずり出された男根があたった。

「ほら朝霧、顔を見せておあげ。阿部屋さんは江戸の女は初めてなんだから」

吉田屋の手が朝霧の顎《あご》を掴み、ぐいと正面を向かせる。朝霧は観念して目を開けた。開けた視界に男の目が、朝霧を射る。花の散った白い肌を、弄《いじ》られて固く尖《とが》った乳首を、酒と羞恥《しゅうち》で潤《うる》んだ目を。

裾《すそ》を割った足の間に吉田屋の手が入ってきて、蜜壺《みつつぼ》に太い指を差し込んだ。その様子は灯りに照らされ、男の視界にも入る。敏感な陰核を指の腹でゆるゆると撫でられ、朝霧は再び目を瞑る。見ないで、そう思う度、肌に咲いた花の色は一層濃くなった。見ないでお願い見ないで。

「綺麗でしょう」

八津、もっと大きな音で三味を鳴らして、あたしの息の音が聞こえないくらい。吉田屋の男根が蜜壺にあたり、湿った音を立てる。八津、もっと大きな声で詠って、あたしの喘《あえ》ぎが聞こえないくらい。吉田屋の男根が、ずるりと音を立てて、朝霧の中に割入った。朝霧は悲鳴のような吐息を漏らし、身体を仰《の》け反らせる。薄く開いた視界の中で男は朝霧を見ている。見ないで、見ないで、ああでも、目は瞑らないでいて。体中が熱さで痺《しび》れだす。固く張りつめた男根が音を立てて膣壁《ちつへき》を擦《こす》るたび、朝霧はくぐもった声をあげた。お願い見ないで、でも目を逸《そ》らさないでいて。吐息の風鳴に覆《おお》われ、八津の鳴らす三味の音はもう耳から遠い。

ねえ半次郎さん、あたしの肌には花が咲くの。男に抱かれた時にだけ赤い綺麗な花が咲くの。あんたの染める絹の花とどっちがより綺麗だろうね。

翌々日の早朝、まだ日も昇る前、朝霧は提燈《ちょうちん》片手に八幡へ向かった。草履の下で霜柱がばりばり音を立てる。客を送る遊女たちの多い時間帯なので、其処彼処《そこかしこ》でばりばりと音が聞こえた。

あの夜、男は八津を抱けという吉田屋の言葉にへらへらと笑いながら、実はもう懇意にしている遊女がいて、そいつを裏切ったら首を絞められるから、と誠に甲斐性《かいしょう》のないことを言って断り、大引け前に茶屋を出て行った、という話を八津から聞いた。

朝霧は気を遣《や》ったあとに泡を吹いて失神したらしく、朝までの記憶がない。

明け方の身を切るような寒さの中、白い息を吐きながら参道を抜けてあの松へ向かう。どんな顔して会えば良いのか。しんと静かな辺りに、ばりばりと足音が響く。果たして既に男は、その松の下にいた。暗くて顔が判らないが、ひょろりと高い影が提燈で照らし出される。

「随分早えな」

朝霧を見止めると、男はぶっきらぼうに言う。朝霧の喉《のど》の奥はその声に縛られる。何も答えないでいると、男は黙って手を差し出した。提燈で照らしたその中にはあの簪《かんざし》があった。折れた歯は綺麗に削られ、一本挿しになっている。朝顔の花弁には小さな穴がいくつか開けられ、赤い飾り紐《ひも》が花の形に結ばれて垂れ下がっていた。元からそういう形の簪だったように見える。朝霧はそれを受け取り、首を傾《かし》げて髪に挿した。首を振るとふわりと花が揺れる。

男はそれを見届けると、そのまま大鳥居に向かって歩き出した。

待って。声は届かない。待ってよ、どうして何も言ってくれないの。どうしてあのとき吉田屋なんかに呼ばれたの。ねえ懇意にしてる遊女ってどこの女なの。その女のところにはどのくらい通っているの。

喉の奥で詰まっている色々な言葉の代わりに、寒い、という言葉が出た。

「……寒いよ」

ばりばりという音を立てて男は歩みを止めない。

「ねえ、寒いよ」

ばりばりという音が遠ざかりながら、男は歩みを止めない。

「寒い」

……暫《しばら》くして、ばりばりという音は一旦《たんや》止み、躊躇《ためら》うような静寂のあと、それは再び近づいてきた。

やがて藍染《あいぞめ》の匂いと男の熱が、朝霧の冷えた身体を包む。

――あんな男でもね、あたしの初見世《はつみせ》のお客だったから今でもお断りできないんだよ。驚いたでしょ。あたしは女将に恩があるから、どんなことでもイヤだって言えないんだ。

……あたしの親は羅生門河岸《らしょうもんがし》の女郎だった。娘のあたしが言うのもあれだけど、不器量な女でね。良い見世になんか行けなかったんだよ。長屋の女郎が一発いくらか知ってるかい、見世じゃ酒代にもならないくらい少ないのさ。一生働いたって借金なんか返せない。長屋に入っちまった女には、年季明けなんか来ないんだ。

あたしが七つになったとき、親は病気になって死んでね。おっかさんはおはぐろどぶに投げ込まれて、それ見てあたしは河岸でわんわん泣いてたんだけど、ちょうどそんとき山田屋の女将が通ったんだ。女将はあたしの腕を取ってまじまじ見た。泣いた所為《せい》で熱が上がって花が咲いたんだ。そうそういないから、珍しかったんだろうね。

女将はあたしにどこの子か聞いて、次の日、金持って長屋に来たんだ。あたしは長屋にとっては親の残した邪魔な荷物みたいなもんだったから、長屋の主人は大喜びであたしを売りやがった。

山田屋は小見世だけど、それでも長屋に較べりゃえらい違いさ。筋が良ければ姉さんにつけるし、姉さんについて初見世を迎えれば、座敷持ちになれる。あたしは大人しくて物覚えも良かったから、禿《かむろ》になったころから姉さんが育ててくれた。ああそう、あたしの姉さんは京都から売られてきた人なんだよ。江戸の女に負けるもんかってんで、芸事は一切手を抜かなかった。あたしは不器量だから、そのままじゃ売れないってんで姉さんは意地んなって三味も踊りも唄《うた》も仕込んで、内八文字《うちはちもんじ》の踏み方まで教えてくれた。今の吉原じゃ、普通は外八文字なんだけど、外八文字は女らしくなくて下品だって。

でもね、ちょうどあたしが新造になるかならないかのとき、吉原の花魁道中《おいらんどうちゅう》にお上から規制がかかったんだ。一日の道中は吉原中で一人だけ。昼の道中もなくすことだってさ。酷《ひど》い話じゃないか。子供の頃から吉原にいた娘が道中に憧《あこが》れないわけがないんだから。……悔しかったね。作った着物も高下駄も練習した内八文字も全部無駄になっちまった。しかも初見世の客はあれだし。良い人なんだけどね、ああいうのほんとはご法度《はっと》なんだよね。

その後もどんどん不景気になってるからさ、道中なんて滅多にできないんだよ。大見世の初見世くらいで。あたしはあと二年で年季が明けるから、きっともう道中できないんだろうね。

日はまだ昇らない。冷たかった指の先が男の手に包まれて熱を取り戻している。

何百という男に抱かれていても、心が疼《うず》いたことはない。冷たくなった指を温められても、本当に温かくなったことなんかない。黙って朝霧が話すのを聞いていた半次郎の胸に冷えた頬を付けて、朝霧は心の疼きが身体中に熱を伝えるのを感じていた。

「道中、したかったのか、」

低い声で独り言のように男は朝霧に尋ねる。

「そりゃあね。……端くれでも吉原の遊女だから」

朝霧は目を閉じたまま男に答える。藍の布越しに男のゆるやかな心音が耳に届く。

お天道様《てんとさま》、どうかまだ昇らないで。もう少しだけこの暖かい闇《やみ》の中にいさせて。

幸せにおなり。大事にしてもらうんだよ。

身請けの決まった娘は必ずそう言って送り出される。朝霧には幸せが何なのか判《わか》らない。

大見世の扇屋で売れっ子が身請けされるという話を聞いて、八津と一緒に見送りを見にいった。きっちりと衿《えり》を締めた地味な着物に、数本しか簪の入っていない結髪の娘は、堅気らしく見せるためか化粧も薄く、見た目朝霧よりも随分若い。わざわざこんな仮宅の時に身請けしないでも、吉原に戻ってから見世の暖簾《のれん》前で見送ってやれば良《い》いのにと思う。そう思ったのは朝霧だけではなかったようで、近くで他の見世の女が二人で同じことを話していた。

「楼が建つまで待てなかったんだってよ」

「すごい惚《ほ》れられようじゃないか」

「他の男にお開帳するのが嫌だったんだろ、旦那《だんな》の方が」

女たちの声に混じって、隣の八津が「良いなあ」と呟《つぶや》くのが聞こえた。顔を見ると、うっとりとした目でその若い地味な娘を見つめている。

「姉さん、年季が明けたらどうするの、」

八津が娘を見たまま、なんの邪気もない声で尋ねてきた。

「どうしようかね」

なるべく抑揚のない声を作り、朝霧は答えた。

姉女郎の躾《しつけ》の賜物《たまもの》か、朝霧は不器量なわりに結構売れているので、年季明けは他の遊女たちよりも少し早い。遊女の中には間夫《まぶ》を囲ったりして借金を増やしている女もいるが、朝霧にはそういう遊びも縁がなかった。ただひたすら黙々と抱かれ、見たい客には肌に咲く花を見せてやる。夜道の石灯籠《いしどうろう》のようにぼんやりとしていたらいつの間にか、生まれてから死ぬまでの道筋まで見失っていた。

道のないその地には花も咲かない。

毎朝、八幡の松の木に通ったが、半次郎はあれ以降現れなかった。やがて日の昇らない時刻の寒さにも慣れた頃、辺りに梅の蕾《つぼみ》が甘酸《あまず》っぱい匂《にお》いを撒《ま》き散らし始めた。季節が変わり始める。甘酸っぱい匂いに頭が痺れ、そもそも半次郎という男がいたことが現《うつつ》なのかも判らなくなる。あれは夢か。問い掛けても松の幹は何も答えない。

間夫に逃げられ、泣きながら朝霧に当り散らす母を思い出し、自分もきっと今は同じ立場で、泣き暮らさなければいけないのか、とも考えた。しかし朝霧の目は乾いたままだ。おっかさんゆるして、叩《たた》かないで、痛いよ。髪の毛を毟《むし》られ、身体《からだ》中折檻《せっかん》された。柔かい肌に簪を挿された痕《きずあと》、熱した煙管《きせる》を押し当てられた痕、思い出しても今となっては乾いた記憶でしかないが、熱を持ったとき肌に花が咲くのはおそらくその名残だろう。

見世にも来てくれない男に、なんの未練があろうか。抱いてもくれない男に、なんの期待をしようか。くちづけてもいない唇がなんの真実を語るものか。朝霧は松の幹に爪《つめ》を立てる。松の皮が剝《は》がれても血は流れない。代わりに生爪の剝がれた朝霧の指先に血が滲《にじ》む。じんじんと痛みを訴える指先を口の中に入れて舌で舐《ねぶ》った。大事にしてもらうんだよ。扇屋で身請けされる娘はそう言われて涙を流していた。あの涙と今の自分が流すべき涙の違いといったら、惨《みじ》めったらしくて悔しくて、もう考えたくもない。顎に力を入れて、血を絞り出すように指先を嚙《か》み締める。涙を流す代わりに血の混じった唾《つば》を松の根に吐き捨てた。


年季が明けたらおまえを引き取りたいってお客がいるんだけど、どうする。

ある日の午後、髪を結う前に部屋にやって来た女将《おかみ》の言葉には、さして驚きもしなかった。引き取りたいと言ってるくらいなのだから、結構通ってきてくれている筈《はず》なのに、唐島屋《からしまや》庄一郎という名前を聞いても顔が出てこないほど印象が薄い。顔が思い出せずに眉根《まゆね》に皺《しわ》を寄せる朝霧を、突然の話に動揺しているのと勘違いした女将は、あと一年以上あるからすぐに決めないでも良いよ、見世に残ってくれても良いし、と言って部屋を出て行った。

その夜の客は、話に出ていたその男だった。見たこともないほど美しいぎやまんの飾りがついた根付《ねつけ》を持ってきてくれた。抱かれてみれば手が柔かくて温かい男だった。小太りの身体は痩《や》せた朝霧の身体を包むように抱く。

「唐島屋様、どうしてあたしなんですか」

その問いに男は答えず、ただにこにこしながら朝霧の背を撫《な》でる。それはとても心地よく、朝霧はその晩、遊女にあるまじき「客より先に眠りに入る」を久しぶりにやらかした。

深夜、宴会のために茶屋へ出ていた八津が足音を忍ばせ、朝霧を起こしに戻ってきた。隣の唐島屋は高い鼾《いびき》をかいている。手首を握る八津の手のひらが、この寒いのにも拘《かかわ》らずじっとりと汗を持っていたので、朝霧は慌《あわ》てて着物を着て帯を結んだ。八津に腕を引かれ奥の間から外に連れて行かれる。大引けも過ぎた外の通りは静かで、八津の持つ提燈の灯りと二人の吐く息だけが暗闇に浮かんでいた。

「どうしたんだい」

朝霧は目を擦《こす》りながら尋ねる。八津は辺りを憚《はばか》りながら低い声で答えた。

「吉田屋様が殺されたよ」

「なんだって、」

裏返ったような驚いた声が出たことが不思議だった。実際は、年季が延びる、としか思わなかった。

「つい先刻《さつき》だってさ。左の胸に短い刀を刺されて」

「誰が殺したのか判ってるのかい、」

「それがさ、逃げていく男の顔を見たってやつがいて」

八津は懐《ふところ》から折りたたんだ紙を取り出し、もどかしげにそれを開き朝霧の前に出した。

「これ、どう思う、」

それは人探しに回ってくる人相書きだった。何処《どこ》かで見たことのあるような落書きみたいな人の顔の横に、文字で説明がある。

——背ハ高ク、顔面ノ左ニ傷アリ——

「朝になったら瓦版《かわらばん》のやつらが同じ物を配るよ。ねえ姉さん、これってこないだの」

八津の声がどんどん遠くになっていくのを感じながら、朝霧はその場に蹲《うずくま》って膝《ひざ》に顔を埋めた。

……半次郎さん、どうしてこんなことを。

やはり年季は延びた。しかし唐島屋が以前より頻繁に通ってきてくれるようになったので、客足に問題はなかった。それに生まれたときから吉原にいるので、今更三月やそこら増えようが何も変わりやしない。

まだ先の話だが是非引き取ってもらいたい旨《むね》を女将を通じて唐島屋に伝えた日、話を聞きつけた八津は、姉さん良かったねと言ってぼろぼろと泣いた。

「馬鹿《ばか》だね、まだ先じゃないか」

可愛《かわい》い妹の頰を拭《ふ》いてやり、朝霧はその痩せた手をとった。

「ねえ八津、そろそろ仲之町《なかのちょう》の桜が咲く頃じゃないか。一緒に見にいこうか」

洟《はな》を啜《すす》りながら頷《うなず》く八津に自分の青い牡丹《ぼたん》の草履《ぞうり》を履かせ、長屋を出る。障子戸の外はもう春だった。まだ肌寒いが、息が白くなるようなことはないし、指先が凍えることもない。

秋のあの大火事にも負けず、仲之町の桜は僅《わず》かながら花を咲かせていた。大工が出入りするので、昼間の大門は開けっ放しになっている。同じことを考えたらしい遊女たちが、ちらほらと桜の周りを囲んでいた。

「綺麗《きれい》だねぇ」

他の見世《みせ》の見知らぬ女に声をかけられ、朝霧もそうだねぇと答える。どこの見世も楼はあらかたできていた。棟上は夏を過ぎた頃だろう。大勢の人足や大工が朝霧たちのうしろを通っていく。

「姉さん、やっぱり早く戻ってきたいね。長屋もう飽きたね」

朝霧の手を握ったまま八津が言う。そうだねぇと朝霧はもう一度答える。火付けをした遊女は誰だったのか。思いは遂げられたのか。見上げれば日が傾き始めた空に腕を伸ばす桜の幹。それは凜々《りり》しく、きっと次の火事に焼かれても生き続けるんだろう。

長屋に戻り、着物を替えようとしたら袖《そで》から畳まれた紙片が落ちた。あれから随分と出回っていた半次郎の人相書きがまだこんなところに。胸の奥がちりちりと燻《いぶ》される。何気なく広げると、それは確かに半次郎の人相書きだったが、裏に細筆で何か書いてあった。その文字を見て、朝霧は咄嗟《とっさ》にそれを手のひらの中に丸めた。胸の中に燻《くすぶ》っていた炎が音を立てて柱になる。

――今宵子《ね》ノ刻《こく》仲之町花ノ下ニテ――

朧月《おぼろづき》。夜空に澱《おり》が滲んだような月だった。不寝番《ねずのばん》の目を盗み、朝霧は裏戸から長屋を出ると、襦袢《じゅばん》の裾《すそ》が乱れるのも気にせず走り出した。すぐに息が上がったが、それでも止《や》めなかった。夜中の大門は閉まっている。しかし火事の名残で塀に穴があいているのはすぐに見つけられた。穴をくぐり、人気の全く無い仲之町をなお桜まで走りつづけ、桜の根元で腕を摑《つか》まれ、人の胸に抱きとめられた。暖かい熱と藍染《あいぞめ》の匂い。ぜいぜいと息を吐き、途切れ途切れにその胸の主を詰《なじ》った。

「馬鹿《ばか》あんた、どうして戻ってきたのさ。人殺して……自分の人相書きも見たんだろ、見つかったらお縄になるんだよ、判ってんのかい、」

その口を、半次郎の唇が塞《ふさ》いだ。柔かい舌が唇を割って入ってくる。荒く息を吐きながらその舌に自分の舌を絡《から》ませると、飲み下せない唾液《だえき》が唇の端から零《こぼ》れた。

「道中、したかったんだろ」

唇を離し、半次郎は朝霧の耳のすぐ傍で低く言った。

「うん」

「今此処《ここ》でやんな。仕掛け三枚、俺が染めて縫ってきたから。櫛《くし》も高下駄も用意したし」

半次郎の足元には行商人が背負うような大きな籠《かご》が置かれていた。朝霧が言葉を失っていると半次郎は片手でその蓋《ふた》を外す。恐る恐る朝霧は腰を屈《かが》めその中のものを取り出した。提燈《ちょうちん》の頼りない灯で色はおぼろげだったが、その三枚は柔かな生繭織《せいけんおり》で、色は薄青、薄桃、そして冬の夜よりも深い藍だった。帯は薄紫。最後に出てきた六寸高下駄は、黒漆にあの青い牡丹の鼻緒がすげられていた。紋様の入っているものは鼻緒だけだ。半次郎は朝霧の手から薄青の着物を取り、衿《えり》を持つと一気に広げた。

「え、でもあたし一人じゃ仕度できないよ」

「俺ができる」

そう言うと半次郎は乱れた朝霧の朱鷺色《ときいろ》の襦袢を直しにかかった。前を合わせ紐《ひも》を結び、うしろから衿を抜く。薄青の仕掛けをその上に被《かぶ》せ、再度紐を巻く。着物の仕度をする男衆と変わらぬ慣れた手つきだった。指先が後《おく》れ毛《げ》の張り付いたうなじに触れ、その毛を剝がして結髪に戻す。

「おまえ、本当の名前は、」

男の息を首の近くに感じながら朝霧は記憶を辿《たど》り、「あさ」と答えた。声に出してやっと自分の名を思い出す。あさ、と呼ばれていた時間は短かった。女将に買われ、朝霧と名付けられてからはずっと朝霧のままだ。

「殆《ほとん》ど変わらないんだな」

「きっと朝方生まれたから『あさ』だとか、そんな理由だろうね」

半次郎は既に帯を締めに入っていた。薄紫の帯はよく見ると織模様が入っている手の込んだものだった。結んでいる過程でその帯は、今まで見たことのない形になっていく。朝霧が戸惑っているのに気付くと半次郎は「今島原遊廓《ゆうかく》で流行《はや》ってる結び方らしい。手間かかるけど」と言った。遊廓という言葉にちくりと胸が焼ける。

「ねえ、親しくしてる遊女って何処の見世なの」

「……いねえよ」

「だったらどうして吉田屋の宴席で八津にあんなこと言ったの、あたしは聞いてないけど」

「惚《ほ》れてる女が犯されて失神してる前で、他の女抱けるほど鬼畜だと思ってんのか」

空が晴れた。薄雲に覆《おお》われていた丸い月が、冴《さ》え冴《ざ》えとした光を降らせながら姿を現す。半次郎は帯を結び終え、手を引いて桜の木の下から月の光の元へ朝霧を導いた。重い高下駄の足元が危うく、下を見ながら歩を進めていて、あ、と朝霧は小さく声をあげた。

何も描かれていなかった筈の濃藍《のうらん》の仕掛けが、月の光を受けて数々の花を咲かせ始めたのだ。

まやかしのようなできごとに、朝霧は口を開けたままそれに見入る。半次郎が直してくれた簪《かんざし》と同じ花、見たことのない花、丸咲の朝顔、見たことのない花、河原に飛ぶ蛍の瞬《また》きのように、濃藍の闇《やみ》の上で花たちは青白く浮かびあがっては消えてゆく。

「朝霧太夫《だゆう》の、お通ーりぃー」

そう言って、男は笑いながら朝霧の手を離した。その手は元来た方へ遠ざかる。

「太夫って、あんたいつの話さ」

朝霧も笑いながら言い返し、ふと月を見上げた。死んだ姉女郎の横顔が見えた。

此処は吉原仲之町。新品の仕掛けに高下駄、髪には十六本の簪。この先にはあたしの初めての客が待っている。前を見れば桜の大木。その下で客はあたしを待つ。

左足を一歩前へ出し、腰をおとすと右足の膝下を曲げて外側に振った。ばさりと音を立てて裾が翻《ひるがえ》り、腿《もも》まで露《あらわ》になった。後ろから左足を回すと、また腿が露になる。一歩、一歩、進むたびに膝の骨が軋《きし》む。足の付け根が軋む。痛いけれど、正確に歩を進めようと思った。短いけれどきっとこれは最初で最後の道中だから。

仕掛けの花は朝霧が足を進めるたびにその花弁を揺らした。朝露に濡《ぬ》れた朝顔、自分の行く道に花を咲かせても良いのか。ねえ、おまえは私の行く道で咲き続けてくれるのか。

やがて半次郎の待つ桜の下へたどり着く。高下駄を履いてもまだ男の顔は上のほうにある。朝霧はその顔を見つめながら胸に身を擦り寄せ、男の着物の裾を割り、温《ぬく》もった其処《そこ》に手を差し入れた。きつく締められた褌《ふんどし》の横から指を入れ、男の一物を取り出す。指を絡め、手のひらで弄《もてあそ》び、握ってみるとそれは、今まで触ったこともないくらい熱く、太く、ずっしりと重く、天を突くように屹立《きつりつ》していた。滑らかな手触りに朝霧の足の間はずきずきと熱くなる。

「お願い、これを頂戴《ちょうだい》、あたしももう……」

言うよりも早く、男は朝霧の背を桜の幹に押し付け、先刻手間をかけて着付けた仕掛けの合わせを左右に裂いた。白い肌が月光を受けて青磁のように冷たく浮き立つ。男の唇は尖《とが》った乳首を吸い、舌はその先端を舐《ねぶ》り、手は忙《せわ》しげに仕掛けの裾を手繰った。男の指が蜜壺《みつつぼ》に触れたとき、其処はもう溢《あふ》れて腿まで濡らし、花芯《かしん》は硬く膨れてその指の愛撫《あいぶ》を待っていた。しかし待っていても指はなかなか其処に触れてくれない。代わりに、何か生温かいものが其処に触れた。目を開けると半次郎が足元にしゃがみ込み、足の間に顔を埋めていた。ぬるぬるとした舌が其処を突付くように弄《いじ》り、柔かな唇が音を立てて其処を吸う。湿った音と執拗《しつよう》な愛撫に身体《からだ》の奥が震え出し、溢れる蜜が膝まで濡らす。

「イヤ、寂しい、一緒に来て」

うわずった喘《あえ》ぎ声をあげ、朝霧は身を捩《よじ》った。半次郎の唇が離れると其処は空虚になる。息をつく間もなく足を抱え上げられ、ずるりと音を立てて朝霧の中に太い杭《くい》が打ち込まれた。声も出なかった。瞬く間に身体中が半次郎に埋め尽くされる。汗が滲《にじ》み、自分の肌に満開の花が咲くのが判《わか》った。ひりひりと痛むほど熱かった。膣壁《ちつへき》に半次郎が擦れるたび、気がふれるんじゃないかと思うほど気持ちが良かった。

半次郎の首に腕を回して縋《すが》りつき、朝霧は何度も何度も声をあげた。高く細い喘ぎが闇の中に吸い込まれるように、自分の身体が半次郎の中に溶けてしまえば良いのにと思った。やがて半次郎が低い呻《うめ》き声《ごえ》と共に朝霧の中に熱い精を放つ。同じ時に朝霧も半次郎のものを締め上げながら身体をふるわせた。

間夫《まぶ》は罰。それが今の吉原遊女の決まりごと。仕置き部屋で手に縄を括《くく》られ、朝霧はもう其処に入って何日経《た》ったのか忘れた。日の入らない暗い部屋で、垂れ流しの小便の臭《にお》いも既に全く気にならなくなっていた。日に一度、下働きの幼い娘が鼻を抓《つま》みながら粥《かゆ》を持ってくる。女将の目を盗んで仕置き部屋に来ることは不可能で、もう随分と八津にも会っていなかった。

うなだれて目を閉じれば、浮かぶのは半次郎のことばかりだ。あんた逃げて、自分の発した叫び声がまだ耳に残っている。あさ、家へ戻れ。三人がかりで木戸番に腕を押さえられながら、半次郎は叫んだ。迎えにくるから、それまで家で大人しく花嫁修業でもしてろ。馬鹿そんなこと言ってる場合じゃないだろ、そんな奴《やつ》らぶちのめして早くお逃げ。腿の間を男の名残が伝う。締め上げられる朝霧の腕。もう痣《あざ》は消えただろうか。

引き戸の心張り棒がそっと外れる音がした。粥の時間か、それとも此処から出られるのか。朝霧は頭を上げて扉が開くのをぼんやりと眺め、入ってきたのが八津だったことに声をあげそうになった。八津はその部屋のあまりの酷《ひど》い有様に声を詰まらせた。

「女将に見つかったらお前も仕置き部屋だよ、早く出てお行き」

朝霧は低く囁《ささや》く。八津は意に介さず、持っていた灯皿を床に置き、両手で朝霧の顔を包んだ。温かかった。

「……こんなに瘦《や》せちまって、こんな部屋で、鬼かあいつは」

「あたしが此処に入ってから、どのくらい経った、」

「二十七日」

朝霧の顔から手を離すと八津は襦袢の懐《ふところ》から小さな白い包みを取り出して、床に置いた。

「なんだい、それ」

「阿部屋半次郎の髪。今日の昼、縛り首になったってよ。これで吉田屋様も成仏《じょうぶつ》できるね」

……息が止まり、朝霧の胸に大きな穴が開いた。ふぅっ、と、腹を押されたような声が漏れた。八津はそれを安堵《あんど》の溜息《ためいき》と勘違いして、嬉《うれ》しそうに微笑《ほほえ》んだ。

「良かったね姉さん。灯り置いていくよ、こんな暗かったら茸《きのこ》になっちまう」

そう言って八津は名残惜しげに朝霧を見たが、足を忍ばせ部屋を出て行く。朝霧はどさりと床に倒れ込み、唇と歯で目の前の包みを開いた。中には紙縒《こより》で結ばれた黒い髪の毛の束が一つ入っていた。後ろに腕を縛られていて、その残骸《ざんがい》に触れることができない。八津の置いていった灯りの火に縄の結びをあてると手首が焼けた。熱くて、痛くて、悲しくて空っぽで、疼痛《とうつう》に似た嗚咽《おえつ》が込み上げてきた。

半次郎さん、半次郎さん半次郎さん、力の入らない指先で髪の束を拾い上げると、紙縒が解けてそれはばらばらと床に散らばった。胸が詰まって苦しくて、もう泣くこともできない。

まだ初見世を迎える前、山田屋に売られてすぐの頃、朝霧の姉女郎が病で死んだ。

その晩の様子を八津はこっそりと襖《ふすま》の隙間《すきま》から見ていた。白木の丸い棺桶《かんおけ》が珍しく、あんな綺麗《きれい》なもんに入れてもらえるんだったら死んだあと極楽に行けるんじゃないかと思った。

羅生門河岸の横に澱《よど》むおはぐろどぶには女郎の死体が多く浮く。死んだ下級女郎が投げ捨てられるからだ。死体が引き上げられることはごく稀《まれ》にある。しかし八津は引き上げられた死体を見たのはこれが初めてだった。

八津よりも唐島屋よりも、一番泣いたのは髪結いの弥吉だった。本来なら吉原が一番活気付く五ツ時、殆ど人気のない河岸で、朝霧の髪に絡まっていた木彫りの花簪を握り締めてごうごうと泣いた。まだ幼い娘を病で亡《な》くしたことのある弥吉は、朝霧が山田屋に連れてこられた頃からずっと娘のように可愛《かわい》がっていたのだから、その悲しみは八津よりずっと深かろう。震える弥吉の小さな背中と、足元で濃藍の仕掛けを着て転がっている姉女郎の亡骸《なきがら》を見ながら、八津にはあの気位の高い姉がなぜ、死に場所におはぐろどぶなんかを選んだのか判らなかった。

姉さん、結局あたしには何も話してくれなかったんだね。八津は遣《や》る瀬《せ》なさと悔しさに、奥歯を嚙《か》み締める。

足元を見れば、季節も時間も勘違いした朝顔が、白い光を放ちながら花を咲かせている。

溢れてきた涙を零さぬよう空を見上げれば、深川鼠《ふかがわねず》の雲が晴れ、月は朧《おぼろ》に丸かった。

薄《うす》羽《ば》蜉《かげ》蝣《ろう》

雪の名残がほの白く妓楼《ぎろう》を照らす夕間暮れ、紺桔梗色《こんぎきょういろ》の夕闇《ゆうやみ》に沈みゆく江戸吉原には今日も暮れ六《む》つの鐘が鳴る。昼間に閉じた楼閣が再び開き、不寝番《ねずのばん》が提燈《ちょうちん》に灯りを入れ、見世《みせ》抱えの禿《かむろ》たちは客を呼ぶため暖簾《のれん》の外で笛を吹く。

島田髷《しまだまげ》にきらきら光る簪《かんざし》を矢車草のように挿した頭を傾《かし》げ、白粉《おしろい》を首まではたいた姉女郎たちが、仕掛けの長い裾《すそ》を引きずりながら煙管盆《きせるぼん》を片手に張見世《はりみせ》に上がってゆく。その横顔はそれぞれ別のものなのに、そのときは自分の姉女郎がどれだか判《わか》らなくなる。ぞろぞろと大階段を降りてくる遊女たちの一番うしろで、八津《やつ》は殊更《ことさら》だるそうに背中を丸めてやってきた。茜《あかね》は姉女郎の元に駆けてゆき、昼間道すがら知らない男から受け取った八津宛《あ》ての文を、その袖《そで》に丸めて入れた。

「なにこれ」

欠伸《あくび》交じりの声で八津が問う。

「知らないよ、姉さんいつのまに間夫《まぶ》でも作ったのかい」

「いねえよ、そんなの。面倒くせえ」

八津の冷たそうな耳朶《みみたぶ》が赤く染まるのを待ってみたが、相変わらず眠そうなその横顔はまるで文のことなど気にも留めていない様子で、茜は少し落胆した。きっと男からの文は読まれることなく、煙管盆から溢《あふ》れた灰を拭《ぬぐ》うのにでも使われるんだろう。最後に張見世に上がった八津の背中は、格子《こうし》の裏戸に遮られ、茜の視界から消えた。

山田屋にいる他の遊女と較《くら》べても八津は随分無愛想なくせに、張見世の並びの前列にならない程度には人気がある。熱心に通う馴染《なじみ》も何人かいて、八津が新造《しんぞ》出しをした茜は時々、名代にと座敷にあがっていた。地味で要領の悪い茜を投げ出さず、八津が根気良く躾《しつけ》た所為《せい》で、三味線だけはおそらく新造の中で一番達者である。

あんたは三味線もうまいけど、それよりも肌が柔かくて良いね。

八津と同郷で、既に八津の下で初見世を終えている三津《みつ》は、昼間手酌で酒を飲みながら、よく茜の頬を瘦《や》せた手の甲で撫《な》でて言った。肌の柔かい女は客が喜ぶよ。どことなく婀娜《あだ》っぽい三津の声と言葉は、夜具の隙間《すきま》で男を喜ばせるかもしれないけれど、茜をこれっぽっちも喜ばせない。

登楼のあらかた終わって一段落した二階の廻し座敷で、茜は一人三味線を弾く。無愛想な八津が瞳《ひとみ》を潤《うる》ませ客に媚《び》態《たい》を見せる様子と、ほんのり掠《かす》れた声を漏らすように喘《あえ》いで客を喜ばせる三津の様子を思って、茜は腹の中が煮えるような気がした。八津も三津も間夫はいない。夜になれば好いてもいない男の魔羅《まら》を咥《くわ》え込み、明け方になれば好いてもいない男にまた会いたいと媚《こび》を売る。それで良いのか。暗い部屋の中、ばいん、と不快な音を響かせて弦が切れた。手の甲に鋭い痛みが走る。あと二月で茜は初見世を迎える。仲之町《なかのちょう》に咲く桜の満開の頃、道中《どうちゅう》もなく、知らぬ男に貫かれて花をもぐように破瓜《はか》の血を流す。

好いた男に会うために、茜は日のまだ高い仲之町を駆けるように歩いた。どこも昼見世は閑散としていて、寒風に晒《さら》された頬がひりひりと痛む。伏見町《ふしみちょう》の入り口近くにある茶屋の暖簾をくぐると、客は若い船頭が一人いるだけだった。茜の頬は途端に熱を取り戻す。船頭の男はちらりと茜を見遣《みや》るが、すぐにふいと目を逸《そ》らせた。

昨年の晦日《みそか》、掃除も終えた八津の部屋で浅草寺《せんそうじ》の除夜の鐘を聞きながら、好いた男がいる、と茜は言った。すぐさま三津に頬を引《ひ》っ叩《ぱた》かれた。おまえ、まさかもうその男と寝たんじゃないだろうね。もしおまえが処女《きむすめ》じゃなかったら、初見世のお客になんて言い訳するんだい、おまえにずっと客を取らせなかった姉さんに、どうやって詫《わ》びるつもりなんだ。

三津の声は悲鳴のようだった。茜はその言葉を一言一句憶《おぼ》えている。寝てないよ、話したこともないよ、でも好きなんだ、他の男じゃ嫌なんだ。泣き崩れる茜を、八津がなんとなく寂しそうな顔をして見ていたのも憶えている。

上框《あがりかまち》越しに腰の曲がった爺《じじい》に甘酒をと頼み、茜は男から一番遠い腰掛けに座って男を見た。窓際《まどぎわ》に凭《もた》れかかる男の浅黒い横顔は、どこかの役者かと思うほど整っていて、それを見ているだけで茜は、甘酒の茶碗《ちゃわん》で温められた指先だけでなく、腹の下の方まで熱が籠《こも》ってくるのを感じた。こっちを見て。あたしを見て。幾度もそう念じるが、男は茜の念に気付きもせず、ただ愛《いと》しい女を待っている。

やがて一陣の春風のように暖簾を分けて、一人の女がやってくる。松葉色の地味な着物に小さく文庫に結んだ帯。およそ吉原に似つかわしくない装《よそお》いのその女は、頰を桃色に染め、息を弾ませ男の元へ駆け寄った。茜は膝《ひざ》の上で拳《こぶし》を握る。女がもどかしげに袖から覗《のぞ》く儚《はかな》げな白い腕を男に差し伸べると、男の浅黒い指はその手を絡《から》め取る。二人は他に誰もいないかのように茜の前を通り過ぎて上框を跨《また》ぎ、狭い階段を二階の小さな座敷へとあがっていった。頭上に消えてゆく足音を聞きながら、茜は暫《しばら》くそのまま其処《そこ》に座っていた。

女は京町《きょうまち》の角海老楼《かどえびろう》で道中が出せるほどの売《う》れっ妓《こ》である。以前華やかな道中を見たのでそれは知っている。

昨年の冬の始めに、この茶屋で逢引《あいびき》している女と船頭を見て、茜は生まれて初めて胸が疼《うず》いた。姉たちはさっぱり色恋事に縁遠いため、始めのうちはこの気持ちがどういうものなのか全く判らなかった。でも日増しにその疼きは深くなり、会いたくて、会いたくて、暇があれば忍ぶようにこの茶屋へ来てしまう。今日は会えた。耳をすませば、二人の睦《むつ》み合う声が聞こえるかもしれない。

「あの船頭は止《や》めた方が良《い》いよ」

隣からしゃがれた声がした。爺がいつの間にか隣に来ていた。

「なんでよ、」

「あいつはちょっと厄介なんだよ。それにあんな売れっ妓の情夫《いろ》だよ、敵《かな》うと思ってんのかい」

爺は底意地の悪そうな皺々《しわしわ》の顔で笑った。茜はなんとなく怒る気にもなれず、そんなんじゃないよ、とだけ、溜息《ためいき》混じりに答えた。

夜になれば相変わらず吉原は賑《にぎ》わう。煙草《たばこ》の匂《にお》い、酒の匂い、笑い声、喘ぎ声、夜鳴き蕎麦《そば》、そして姉たちが客を送り出したあとのけだるい朝。何もかも同じことの繰り返しで、日々は変わらず過ぎてゆく。

山田屋の看板女郎は桂山《かつらやま》である。同じ座敷持ちでも、八津や三津と違って滅多に張見世に出ないが、毎晩客がついている。そして客は皆驚くほど気前が良い。何度か座敷に呼んでもらったことがあったが、いつも八津の客では考えられないほどの金が振舞われる。そんな売れっ妓がなぜ山田屋なんて小見世《こみせ》に居着いているのか、茜には判らなかった。

噂《うわさ》が噂を呼び、桂山が育ててきた新造の緑《みどり》の初見世は、相当申し出が多いという。桂山も美しいが、緑も美しい。緑の初見世は茜よりも一月早い。そして茜と違い、山田屋は緑の初見世に道中を出す。世話をしてくれた姉が違うだけで、こんなにも惨《みじ》めな思いをしなければならないなんて、と、緑のための真新しい寝具が大階段を運ばれる様を見て、茜は下唇を噛《か》んだ。

緑と茜はほぼ同時期に吉原に売られてきた。緑は売られて初めての見世が山田屋だったが、茜は最初、半ば切見世《きりみせ》に近い下級見世に売られた。大門《おおもん》に近い見世は敷居が低い。茜は初潮が始まると同時に客を取ることになっていたのだが、運良く初潮前に茜を見つけた八津の申し出によって、山田屋の女将《おかみ》に買われた。三年前の話である。

「なんだい、恐《こわ》い顔して。どうした」

入り口の暖簾をばさりと分け、湯屋帰りの三津が入ってきて言った。化粧っ気のない痩せた顔は意外と幼く、そういえば三津とは年が二つしか離れていないことを茜は思い出す。

「腹でも痛えんか。寒いだろこんなところ、早く上《うえ》あがんな」

そう言って三津は茜の手を摑《つか》み、引いた。昼間の湯屋帰りだというのに、その手は冷たく、赤みのない顔は茜よりも寒そうだった。

「そういや、さっき風呂《ふろ》で嫌な噂聞いちまってさ」

茜の手を摑んだまま階段を上りながら、三津は忌々《いまいま》しげに言った。茜は、なに、と聞き返す。

「近いうちに、吉原の外から湯女《ゆな》や飯盛りが大勢入ってくるんだってよ。ただでさえ狭いってぇのに、また町が狭くなる。きっとうちの廻し部屋にも何人かくるね」

「それ本当かい、」

意外なところから声がかかった。大階段を上って右に折れると三津や八津の部屋があり、左側に行くと桂山の部屋がある。背後から声をかけてきたのは、まだ髪を結う前の桂山だった。

「噂だからまだ判んないけどね、水野なんとかって偉い爺がなんとかって改革をして て、吉原の外にいる女郎を全部吉原送りにするんだとよ」

全く要領を得ない三津の答えに、桂山の美しい顔はたちまち険しくなる。

「どうしてもっときちんと聞いてこないのさ、近いうちちっていつなの」

「だったら桂山さん、自分で聞きに行きなよ。あたしはただ風呂で会った萬華楼の女に聞いただけなんだし」

むっとして言い返した三津に、桂山は意外にもあっさりと、それもそうだね、と答えた。

「ごめんよ。そのなんとかいう改革が緑の初見世と被《かぶ》ったら嫌だと思ったからさ。茜も嫌だろう」

桂山は、ねえ、と茜に話を振るが、当の茜は何も考えていなかった。そもそも、好いた男がいるから初見世をしたくない、と言って、三津に引っ叩かれている。頬の痛みを思い出して茜が何も答えないでいたら、桂山は哀れむように微笑《ほほえ》んで、大階段を下りていった。長い髪の毛が薄色の着物の上で揺れている。少し遅れて飛び出すように部屋から出てきた緑が、犬の子のように姉のあとを追っていった。

「おまえ、なんで何も言わないのさ」

三津が二人の背中を見送りながら咎《とが》めるように言った。茜はやはり答えない。階段の下で桂山と緑が笑っている。小物屋が髪飾りを売りにきているようだ。ぼんやりと階下を見つめ、上まで響いてくる緑たちの朗らかなはしゃぎ声を聞いていると、低く、ゆっくりと三津が言った。

「遊女は同じじゃないんだよ。お前は緑じゃない、八津姉さんところの茜なんだ」

「そんなこと知ってるよ」

あからさまに不貞腐《ふてくさ》れた声が出た。三津は一瞬眉《まゆ》を吊《つ》り上げたが、すぐにふいと横を向き、自分の部屋へと戻って行く。

何が「同じじゃない」だ。茜は心の中で三津に毒づき、舌打ちした。遊女は遊女。所詮《しょせん》股《また》を開いて男の精を抜くだけだろうが。

緑の初見世はもう十日後に迫っていた。客のご面相がうんと悪けりゃ良いのに、と茜は願う。客がうんと無様であっちも弱蔵で、床に入ったあと、いつも澄ましてお高く止まっている緑が、其処らへんの生娘《おぼこ》と同じようにみっともなくうろたえれば良いのに。

茜は階下に唾《つば》を吐きかけようとして、階段を上ってきた八津に気付き、口を閉じた。

「なにやってんだい、そんなところで」

相変わらず眠たげな八津の声。茜は口の中に溜《た》めた唾を飲み込み、首を横に振った。

「饅頭《まんじゅう》買ってきたから一緒に食おう。茜の好きなよもぎ饅頭だよ」

八津は手に持った包みを見せて、もう片方の手で茜の手を引いた。三津の手と同じようにその手はしっとりと冷たかった。


乾いた寒空に枝を伸ばす紅梅の固い蕾《つぼみ》が膨らみはじめ、その淫靡《いんび》な様子に誘われた客が、手折った枝を座敷に持ってくるので、何処《どこ》の遊女の座敷も甘酸《あまず》っぱい匂いに満たされていた。

緑の初見世で、山田屋だけではなく吉原の町そのものが賑わっていた。大見世の大《だい》文字《もんじ》から、緑の初客なりたさに山田屋へ見世替えをするという客のために、畳を張り替えた新しい座敷が用意され、其処に真新しい簞笥《たんす》や仕立てあげた着物が運び込まれ、客を迎える準備が整う。

空が澄んだ桔梗《ききょう》に染まる夕刻、吉原にはいつものとおり暮れ六つの鐘が鳴り渡る。彼方此方《あっちこっち》の見世の提燈《ちょうちん》に灯りが入り、幼い禿《かむろ》の娘たちが笛を吹き、太鼓を鳴らす。見世番たちが、大門近くまで馴染の客を迎えに出始め、太鼓持ちは門の外まで客を引きに行く。

初見世客の待つ引手茶屋《ひきて》へ向かう道中には、箱提燈を持った男衆を頭に、赤い振袖《ふりそで》を着た新造が二人、そしてあと五人の供が並ぶ。久々の豪勢な道中、仲之町は緑を一目見ようという男たちで賑わっていた。その中に、右手に丸い小石を握り締め、眉間《みけん》に深く皺を寄せた茜もいた。緑など、慣れない高下駄で足をこねて転んじまえ。自分の前に緑が来たら、地面に小石を投げるつもりだった。

やがて高傘の下、山田屋の屋号の入った箱提燈に導かれ、ツンと澄ました緑がやってくる。太鼓や笛の音が鳴り響く仲之町に、わあっと歓声があがる。

金糸の縫い取りが豪華な真新しい白の仕掛けに、銀糸と紫で藤《ふじ》を縫い取った半だらの真っ赤な帯を前に垂れ、仕掛けの裾《すそ》から覗く黒漆の六寸高下駄で堂々と、完璧《かんぺき》な足捌《さば》きで外八文字を踏む緑の姿は、艶《あで》やかに着飾った新造と禿を傍らに従えていてもなお、あまりに気高く綺麗《きれい》だった。

茜は見物客の隙間《すきま》からその様子を眺め、腹の底から込み上げてくる熱くどろどろしたものを堪《こら》えた。口を閉じていないと何か出てしまいそうで、唇を噛むだけでなく両手で口を覆《おお》う。握っていた小石がぽとりと足元に落ちた。ちょうど目の前を、花簪《はなかんざし》をきらきらと輝かせた緑がゆっくりと通り過ぎる。咲いてもいない沈丁花《じんちょうげ》の匂いがその場を包んだ気がした。

……敵わない。

こめかみがずきずきと痛み、瞼《まぶた》の奥は煮えるように熱かった。茜は目を閉じる。緑の道中が、大文字からわざわざ山田屋のような小見世に鞍替《くらが》えしてくれるお客の面目を保つためだけのものだとしても、これでは敵わない。

たとえ桂山さんに世話をしてもらっていたとしても、あたしは緑には敵わない。

仲之町に背を向けて、茜は角町《すみちょう》を羅生門河岸《らしょうもんがし》へと逃げるように走った。口を覆っていた両手を離した途端、どっと涙が溢《あふ》れた。あの船頭に会いたい。遠くから見るだけで良いから、一目だけで良いから、会いたい。

羅生門河岸を左に曲がり、伏見町の方までなお走る。もう夜の見世が始まっている時間なので、船頭がいる確率は限りなく低かった。それでも、茶屋の暖簾《のれん》を分けて入ると、やはり船頭はいなかったが、意外なことに其処には、船頭の恋人である角海老楼の美しい遊女がしどけなく座っていた。相変わらず地味な着物姿で煙管《きせる》をふかしていた。

「…なんで、」

息を切らせながら、茜は小さな声で問う。

「あんた、もう見世開く時間だろうよ、そんな恰好《かっこう》で」

「……平左《へいざ》さんを待っていんす」

唐突に話し掛けた茜に女は特に驚きもせず、ゆったりとした口調で答えた。そして暫く茜の顔を見つめたあと、微《かす》かに笑って言葉を続けた。

「あんた、山田屋さんとこの新造でおざんしょ。今日は確か山田屋さんの道中がありんしたね。あんたこそそんな恰好で此処《ここ》にいてよろしおすか」

時代錯誤な花魁《おいらん》言葉が、まだ角海老のような高級見世では生きているのか、と茜は少し面食らって、一瞬涙が止まった。

「……あたしの道中じゃないからね」

「それは見れば判《わか》りんす。……突っ立ってないでこっちに来なんせ、お座《ざ》りんす」

女がそう言ったすぐあとに、背後から船頭が入ってきた。平左さん、と女が嬉《うれ》しそうに声をあげる。男は無言のまま女に近付き、薄紙にくるまれた細い包みを差し出した。なあに、と言って女がその包みを手にとって解《ほど》くと、中からは南天の実ほどの小さな赤い飾りの付いた銀の簪が出てきた。痛々しいほど嬉しそうな笑顔で、女は男を見あげる。

何が悲しいのか何が悔しいのか、全く判らなかったけど、茜の目からは再び涙が溢れた。ぐずぐずと洟《はな》を啜《すす》りあげる茜の頬を、無言のまま女の手のひらが触れる。姉女郎たちと同じく、その手のひらは冷たかった。

「……あたし、あんたたちが好き」

茜は嗚咽《おえつ》の間に漏れる息を微かに声にして言った。女は茜を見つめつつも、何も答えない。

「あたしももうすぐ初見世なんだ。でも嫌なんだ、お開帳するの。道中もさせてもらえないし、好きでもない男の魔羅《まら》咥《くわ》えるのなんか嫌なんだ。そう言ったら引《ひ》っ叩《ぱた》かれた。姉さんが苦労して初見世の準備をしてるのにって」

「……自分の育てた新造《しんぞ》に言われたら、それはあちきでも引っ叩くでおざんしょうね」

女は、涙に濡《ぬ》れた茜の柔かな頬を軽く抓《つね》った。涙は、生まれ育った村の海岸に打ちつける波のように、引いたり満ちたりする。女はそれきり黙って茜の次の言葉を待っていた。

「……最初はあんたの情夫だけが好きなんだと思ってた。ものすごい男前だし、背も高いし。初めて抱かれるんだったらあんたの情夫が良いと思ってた。でも違ったよ。男だけじゃなくてあんたも、あんたたちが二人でいるところが好きだったんだ」

自分の姉女郎たちと較《くら》べて、女は地味な着物を着ていても、花の咲くように輝いていた。大見世抱えか小見世抱えかの違いなどではないだろう。干涸《ひから》びたように無表情なあの二人に育てられた自分が嫌で、それを思うとまた情けなくて泣けてきた。

「お開帳は、」

暫《しば》く黙っていた女は、静かに口を開いた。

「目を瞑《つむ》って、愛《いと》しい人を胸に思って、他の男に抱かれるんだ」

おいで、と茜の手を引いて、女は座敷へ通じる狭い階段を上った。男は何も言わず、茜のうしろからついてきている。上の座敷は初めて見たが、外の提燈が照らし出すその中は、恐ろしく狭く汚かった。切見世や河岸の女郎が、見世に上納する必要のない小銭を稼ぐために使う部屋だ。敷きっ放しの布団《ふとん》の上に、女は自分の着ていた着物の帯を解いて放り投げ、入り口で突っ立っている茜に、其処《そこ》で見ておいで、と言った。先ほどまでのおっとりした物言いとはうって変わり、その声は三津にも負けず婀娜《あだ》っぽくて、茜は足を竦《すく》ませた。

女は男の腕を取り、布団へと誘《いざな》う。男は寝転がった女の上に覆い被さり、上から唇を重ねた。静かな座敷に、舌を絡《から》める音が小さく響く。二人とも茜など其処にいないかのように、乱れた裾から出た足を絡めあい、着物を脱がせあった。闇《やみ》に沈みそうな男の身体《からだ》、外の微かな光を受けて、闇に白く浮き立つ女の身体。平左さん、女が切なげに男の名を呼ぶ。男は答えない。代わりに、男の手は愛しそうに女の身体を撫《な》でた。女の艶やかな額を、瘦《や》せた頬を、細い首筋を、薄い胸に芽吹いた梅の蕾を。男の固そうな指が蕾を抓《つま》むと、あ、と幽《かす》かに女が声を漏らした。女の白い腹の上で、男の魔羅は黒々と反《そ》り勃《た》っていた。白百合《しらゆり》のような手が、その魔羅を摑《つか》む。

「平左さん、ねえ、もうこんなに固くなってるよ、あたしのことが好きなんだね」

女の言葉のあとで、男は初めて声を発した。ううあー、と。茜はそのくぐもるような異質な声にはっと頭が冷え、男の顔を見た。

「平左さん、好きだよ、はやくあんたと一緒になりたいよ」

女の言葉とは無関係に、男は魔羅を擦《こす》られるたびにあーとかうーとか、赤子のような声をあげている。女は男の身体と入れ替わり、仰向けにした男の腹の上に顔を持ってゆき、濡れて光る魔羅に唇をつけた。そして小さな舌でそれを丹念に舐《な》める。生き物のように魔羅は脈打ち、女の頬を打つ。女は口を開けて、その生き物を咥え込み、最初はゆっくりと、そして徐々に速さを増して頭を上下に振った。茜は目を逸《そ》らすこともできず、ただその行為を見ている。やがて男が獣の叫び声をあげて、動いていた頭を摑みあげた。女の口からは唾液《だえき》の糸を引いて魔羅が抜ける。

「……こっちが良いんだね、平左さん。あたしももう溢れちまってる」

　男の手を摑み、自分の足の間に持っていき、女は言った。男は声をあげながら潤《うる》んだ目で女を見あげ、その腰を摑むと、ごろりと転がって再び女を組み敷いた。そして女の白い片足を高く持ち上げると、ますます大きく反り返った魔羅を、女の足の間にずぶりと埋めた。女の吐息は細い悲鳴に変わる。

　足の間がじわりと湿り、温かい液が腿《もも》を伝った。茜は立っていることもしんどく、ぎゅっと胸の合わせを摑んで壁を背に座り込んだ。女は身を捩《よじ》って掠《かす》れた喘《あえ》ぎ声をあげながら、何度も男の名前を呼んだ。男には決して聞こえないであろうその切ない女の声は、蜜《みつ》の匂《にお》いのする闇の中へ霧散する。

　平左さん、平左さん。思い人には届かない女の声に、茜は心の中で自分の声を重ねた。

　その晩遅くに見世へ戻ったら、鬼のような形相の三津から盛大に叱《しか》られた。叱られついでに次の日の朝飯まで抜かれた。ひどい仕打ちだ。

　鳴《な》り止まない腹を紛らわせるため、茜は誰もいない廻し座敷に寝転がって女の言葉を思い出した。目を瞑って、愛しい人を思って、他の男に抱かれるんだ。茜は目を瞑る。平左の耳は、どんな音も聞き取らない。それでも女は男の名を呼び、話し掛ける。

「あ、こんなところにいた」

突如襖《ふすま》が開いて、八津の声が降ってきた。茜は慌《あわ》てて足の間から手を抜き、起きあがる。

「あたしの部屋においで。おまえの初見世の着物と髪飾りができたから」

八津のあとについて二階へあがり、部屋の襖を開けると、其処には大輪の青い牡丹《ぼたん》の染め上げられた淡い藤色の仕掛けが飾ってあった。茜はその美しさに息を呑《の》む。紫色の帯にも、銀糸で一面に牡丹の刺繡《ししゅう》が入っている。

「綺麗……」

仕掛けに近寄り、茜は青い牡丹を指先でなぞった。本当の花びらのように柔かい。足元には、花飾りのついた笄《こうがい》と鼈甲《べっこう》の櫛《くし》の入った真新しい化粧箱が置いてあった。

「お客も決まったよ。唐島屋《からしまや》さんっつって、昔あたしの姉さんの馴染《なじみ》だった。良い人だよ」

八津は長煙管に火をつけ、安堵《あんど》の溜息《ためいき》のような煙を吐き出した。初見世までに客の決まらない新造は、張見世に出て初めての客を取ることになる。そんな惨《みじ》めなことにはならずに済んで、茜も軽く安堵の溜息をつく。

「姉さんの姉さんって、どんな人だったの、」

煙管を貰《もら》うために手を伸ばし、茜は尋ねた。

「朝霧《あさぎり》さんって言ってね、おまえに似てた」

八津は座り込んだ茜に煙管を渡してやり、答えた。

続く言葉を茜は待ったが、それきり八津は何も言わなかった。

そしてまた、変わらぬ日々が繰り返される。

茜の初見世は、仲之町の桜が満開に近く、くすんだ瓶覗《かめのぞき》の空に、ちらりほらりとその白い花弁を散らし始める晴れた日だった。

女将《おかみ》と二階廻しにもてなされて山田屋の引付《ひきつけ》座敷に登楼《あが》った唐島屋庄一郎は、年季が明けたら引き取る予定だった朝霧に一年の年季を残して死なれてしまい、それ以降疎遠《そえん》になっていたのだ、という話を、なんとかかんとか三津から聞き出した。だから切見世でおまえを見つけたとき、姉さんは女将に無理を言っておまえの見世替えをさせてもらったのだ、と。姉さんは朝霧さんのことがとても好きだったのだ、と。

「こう言っちゃアレかもしれませんが、本当に朝霧さんに瓜《うり》二つだ。唐島屋の旦那《だんな》も喜ぶでしょうね」

随分前から山田屋で髪結いをしている弥吉《やきち》は、老人と思えぬ手際《てぎわ》の良さで茜の髪を島田に結い上げ、簪を挿し終えると、懐《なつ》かしそうに言った。青い牡丹の仕掛けを着付け、前に帯を垂れる。仕上げに八津が自分の小指に紅を取り、茜の小さな唇の上にそれを乗せてやった。

「お気張りなさんせ」

眼差《まなざ》しの奥にある暖かさとはうらはらに、ちっとも気持ちの籠《こも》っていなさそうなその言葉を聞いて、茜は泣きそうになり、八津を見つめた。八津は困ったように茜の頬を撫でる。

「泣くんじゃないよ、せっかくの化粧が崩れちまうだろ。さ、お行き」

ぐずぐずとしていたら、痺《しび》れを切らした二階廻しが呼びにきてしまい、早く、と茜の手を引いた。

茜にあてがわれた座敷は、元々朝霧が使っていた座敷である。

其処で茜を待っていた唐島屋庄一郎は、小太りの、人の良さそうな初老の男だった。

初会の挨拶《あいさつ》を済ませ、台の物で簡単に食事をする。

「三味線が得意なんだってねえ」

穏やかな口調で男が言った。はい、と茜は答える。

「朝霧も三味線は上手だったんだよ」

その言葉に、ああ、と茜は思う。

この男もきっと、目を瞑って愛しい人を思いながら、他の女を抱くのだ、と。名前を呼んでも届かぬ人に呼びかけ続ける、男だとて自分と変わらぬ立場なのだ、と。

「庄一郎様」

茜は手を伸ばし、男の手に重ねた。男は何も言わず、柔かくその手を握り返す。

「……床へ参りましょう」

奥の間には真新しい寝具が用意されていた。行燈《あんどん》の薄ぼんやりした灯りの元で、茜の着物を脱がせ、男はすべすべとした温かい手でその身体を撫でた。

「柔かい肌だねえ」

そう言って、男は茜の胸に口付ける。初見世があれほど嫌だったというのに、今の茜は不思議と男の愛撫《あいぶ》を受け入れていた。朝霧。男が小さく呼ぶ。はい。茜は答える。目を瞑り、平左を思った。足を割られ、その間に男の頭が入り込み、ぬるぬると舌が足の間を這《は》い回る。あのとき女が漏らした切ない喘ぎ声を思い出し、それを真似《まね》て茜は声を漏らした。女と平左の絡み合う音、闇に散った蜜の匂い。思い出せば茜の足の間は潤《うるお》う。

やがて男の魔羅が女陰を突付いて湿った音を立てた。ひっと息を呑み、茜は下唇を噛《か》んで腹に力を入れる。

「力を抜いて……恐《こわ》くないから」

唐島屋は茜の頰を撫でた。そして、茜が気を緩めた隙《すき》に、一気に腰を前に突き出した。後に聞いたことだが、その時の茜の悲鳴は、一番遠い緑の部屋まで届いていたという。

後朝《きぬぎぬ》の別れを惜しむ遊女と帰り客で賑《にぎ》わう、仲之町の早朝六ツ時、空は薄ら白んで、雀《すずめ》の鳴き声が間近に聞こえる。茜は無事に大門まで唐島屋庄一郎を送り出し、見世に戻ると再度、真新しい寝具の中で一人床についた。破瓜《はか》の血のこびりついた敷布は、二階廻しが取り替えておいてくれたようだ。

通りの喧騒《けんそう》を遠くに聞きながらうつらうつらしていると、すっと座敷の襖が開き、誰かが入ってきた。嗅《か》ぎなれた沈香《じんこう》は八津のものだ。足音を忍ばせて入ってくるので、茜も起きようとはせず、枕《まくら》もとでなにやらごそごそとしたあと、再び襖の閉まる音がするまでやり過ごした。

小さな足音が去っていったあと、上半身を起こして目を擦りながら枕《まくら》もとを見遣《みや》ると、其処には茜の好物のよもぎ饅頭《まんじゅう》が二つ、懐紙の上に並んで置いてあった。

その甘い草の匂いに、茜は声を殺して泣いた。


紅緋色《べにひいろ》の夕日が火事のように妓楼《ぎろう》を照らす初夏の夕暮れ、桜の青葉が風にそよぐ江戸吉原には今日も暮れ六つの鐘が鳴る。昼間に閉じた楼閣が再び開き、不寝番《ねずのばん》が提燈《ちょうちん》に灯りを入れ、見世抱えの禿《かむろ》たちは客を呼ぶため暖簾《のれん》の外で笛を吹く。

桂山が心配していた、なんとかいう改革による下級遊女の増加は、まだない。なので、相変わらずの顔ぶれで山田屋は見世の提燈に灯をいれる。煙管盆《きせるぼん》を片手に大階段をぞろぞろと下りてくる遊女たちの中に、茜はいた。張見世の中に入っていく姉女郎たちを、初見世前の新造がぼんやりと横で眺めている。

「そういや姉さん、前にもらった文ってどうしたの」

茜は張見世の中でうしろに並んだ八津に尋ねた。

「ああ、客が洟《はな》かんで、顔に墨が付いたっつって怒ってた」

姉の答えは、想像していた「煙管盆の灰拭《はいぬぐ》い」よりももっとひどかった。茜は笑う。

そうこうしているうちに、格子《こうし》の外で茜の差し出した長煙管を受け取った男がいた。

その手を掴むと温かい。しかも結構若くて男前で、どことなく平左に似ていた。

茜は張見世の裏戸を開けて出て、暖簾を分けて入ってきた男の手を取った。そして入り口の真新しい「茜」の札を裏に返し、男の手を引き、大階段を上る。何処《どこ》からか小さな薄羽《うすば》蜉蝣《かげろう》が飛んできて、茜の衿《えり》に止まった。水のように透きとおった羽が小刻みに震え、茜の首筋をくすぐる。

「このとんぼ、もともとは蟻《あり》地獄なんだよ」

平左に似た男は指先で蜉蝣の羽を抓み、言った。良い声だ。一夜で死にゆく薄羽蜉蝣。まあ怖い。笑いながら茜は言い、男の手を引いて座敷の襖を開けた。

青花牡丹《ぼたん》

霧里《きりさと》

真冬だというのにどこかで鵺鳥《ぬえどり》が鳴いている。女のすすり泣くように、細く高く、恨みがましく鳴いている。

足の間を切り裂かれるような、頭のてっぺんまで貫かれる痛みは、身体《からだ》の中の隅々にまで消えない痣《あざ》を作り、きっとずっとその痣は消えないだろうし、痛みは忘れることができないだろうと思った。狭い部屋の闇《やみ》の中、火がついたように泣き叫ぶ幼い弟の悲鳴、長い髪を乱して冷たくなった母の亡骸《なきがら》、恐怖で声を出すことすらできなくなった娘の身体。

弟が泣き叫んでいるのはいつものことなので、長屋の住民は隣で何が起きているのか窺《うかが》いにもこなかった。身体の内側で、何かが擦《こす》れるように激しく動いている。痛いよ、痛いよ、やめてよ。何よりも泣いている弟の声が悲痛で、娘まで泣きたくなってきたが、身体を動かすことができないので、泣くこともできない。ただ痛い。なあ、なんかうち悪いことしたか。其処《そこ》で死んでるお母はんはうちが殺したんか。それでお父はんはいまお仕置きをしとるんか。苛《さいな》まれるような荒い息、生臭い、お願いだから止《や》めて。

突如、ふと身体が軽くなった。弟の泣き声が近くなる。

弟が泣き喚《わめ》きながら小さな身体で、父親に体当たりをしたのだ。身体の中に刺さっていた痛みも、抜け去った。何かに縛られているような緊張から解かれ、身体から力が抜けて、その後はガタガタと震えが来た。

姉ちゃ、逃げろ。

父のひどい罵《ば》声《せい》の中に、甲高い弟の声が響く。早う、姉ちゃ。娘から引き離そうと父親の足に纏《まと》わりつく弟。逃げたいよ。逃げたいけど身体が動かないんだよ。足の間からは小便とは違う温かな液体が流れ出ていた。いやや、なにこれ。やっと涙が滲《にじ》んできた。皹《ひび》がひりひりと痛む頬に涙が伝うのと同時に、父親の一際《ひときわ》大きな罵声が聞こえた。そして、涙とは違う液体が飛沫《しぶき》のように飛んできた。床に転がる弟の悲鳴、鉄臭い血飛沫、骨の折れる音。

喉《のど》の奥がぱかりと開いた。

「いぃぃやぁぁーっ」

娘は裸のまま、長屋の外に転がり出た。外は静かに雪が積もり、その冷たさに身体中が粟立《あわだ》った。

「ひーひとごろし、ひとごろしやー」

甲高い叫び声は軒を木魂《こだま》し、しんしんと積もる雪の中へと吸い込まれる。足の間からは赤い筋が一つ滴《したた》り落ちて、白い雪の上に赤い花を咲かせた。家から飛び出してきたひとごろしは娘を突き飛ばし、積もった雪に点々と足跡を残して北のほうへ消えた。

やがて雪は時間をかけてその足跡を埋めてゆく。真っ白くしんしんと降り積もり、娘の涙も、切りつけられた弟の血も、娘と弟の父がひとごろしだったということすら、いつしか綺麗《きれい》に押し隠す。鵺鳥の鳴き声はいつの間にか消えていた。

朱雀野《すざくの》の島原遊廓《ゆうかく》は、江戸の吉原よりも歴史が古い。

寛永十八年に定着するまでは、万里小路《までのこうじ》に始まり六条三筋町へ移り、結果朱雀野の土地で今まで廓街《くるわまち》の島原として続いている。

　お上が当時遊廓と認めたのは島原、吉原、新町だけだった。吉原も新町も、町を興《おこ》す時は島原の廓街を真似《まね》て作った。従って、大門《おおもん》を入って仲之町《なかのちょう》、左右に折れて江戸《えど》町《ちょう》、京町《きょうまち》など、廓街の中にある通り町の名前はどの遊廓も同じである。伝説になった高尾太夫《たゆう》を抱えた吉原京町の三浦屋は、今はもう吉原にはないけれど、京都の祇園《ぎおん》には同名の置屋があったり、色々とややこしい。

　吉原、丸山、新町を遊び歩いてきたという客は皆、島原が一番良い女を抱えている、と褒めた。布団《ふとん》の中で聞くそんな酒くさい言葉を鵜呑《うの》みにするほど、京都生まれの遊女や芸妓《げいぎ》がおぼこでないことは、きっと客も知っている。それでも可愛《かわい》らしい笑顔を見るために、客は霧里を喜ばせようと、思ってもいないようなことを言う。

　初々《ういうい》しい笑顔を返しながら心の中で、当然じゃ、と霧里は舌打ちをする。島原の大《おお》見世《みせ》の中でも、霧里は昔で言う番付女郎だ。祇園の芸妓と競っても、芸事は劣らないし、文字も書ければ歌も詠《よ》む。場所柄、貴族の相手もするし、売《う》れっ妓《こ》なのである程度客も選べる。その日の客は、霧里のいるきよみ屋とは違う見世の遊女の客だが、以前揚屋で霧里を見て忘れられなくなったという。すべすべとした足を割って、その薄い色合いの美しい女陰を「観音様や」とありがたがった男の禿頭《はげあたま》が灯りに反射し、まるで観音様の後光のようだったので、霧里は思わず吹き出しそうになった。

男の舌と唇が「観音様」を舐《な》めまわしてもちっとも気持ち良くならないのに、条件反射のように霧里の脚の間は潤《うるお》う。てらてらと光る頭がひどく無様で、本当に笑ってしまいそうだったので、霧里は誤魔化すために「もう、たまらん」と甘えた声を出した。その声に導かれるように入ってきた男の一物は、足の小指かと思うほど小さく細く、霧里の身体になんの痛みも快楽も、一抹《いちまつ》の虚《むな》しささえ与えなかった。

高い塀に囲まれた島原の中で、霧里は可愛い弟と共に一生を終える予定だった。

弟は霧里と共に、親に捨てられた。弟ばかりを可愛がる母だった。母から構ってもらえない寂しさを弟を憎むことで昇華していた筈《はず》なのに、母が死に、父が蒸発すれば共に生きるのは弟だけだ。憎たらしかったが、小さい頃から可愛い顔をした男の子だった。それが成長してくるにつれ、見事なまでに男前に育って、霧里も日々成長を続ける弟を見ると驚く。少年の幼さを残した見目の良い弟は、同じ見世の遊女たちにも人気があった。本気で心中を申し出た年下趣味の遊女もいたほどだ。そんな姉さんたちを尻目《しりめ》に、里子へ出した先から時おり遊びに来る弟と朗らかに笑いあう自分は、きっとこのままそれなりに幸せに生きてゆけると思っていた。

「霧里はん、ちょっとよろしおすか」

突然、転機はやってくる。

その転機が良く転ぶ方か悪く転ぶ方かで言えば、おそらくこれは悪い方だ、と、女将《おかみ》の言葉を聞きながら霧里は考えた。

霧里は角屋《すみや》の遊女の中では売れっ妓だったが、人のお客を取ってしまうあたり、評判は悪かった。揚屋で宴会を持っていると、他の遊女の客が霧里を見初《みそ》めてしまい、揚屋の中で軽く揉《も》め事がおきるのだ。前日の「観音様の後光」のような客は珍しくない。自分の所為《せい》ではないとはいえ、それが今まで何度もあったため、見世出しされて三年も経《た》っていないのに、早すぎる見世替えの話だった。見世は大見世、そして霧里は昔で言えば呼び出しと同等。もしこれ以上良い話だったのだとしたら、今更何処《どこ》へ見世替えの必要があろうか。女将は丸い顔に笑顔を張り付かせ、悪いようにはせんから、と言った。

何を言うかこのくそばばあ。どこが悪くない話なんじゃ。そもそも自分の客を自分の座敷だけに留め置けない女の要領が悪いんじゃボケ。

と思いつつ霧里は目にいっぱい涙を湛《たた》えて女将を見上げた。

「わっちの所為じゃございせんえ」

涙ながらに霧里が訴えても、女将は笑顔のまま取り合わなかった。あれほどちやほやと育ててくれていたのに、女将の「堪忍《かんにん》な」の一言で霧里は大見世抱えの遊女ではなくなった。そして、結果的に島原からも追放された。

決まったあとは、随分と早かったような気がする。あっという間に霧里の座敷には他の遊女の荷物が運び込まれ、霧里の荷物は廊下に放り出された。ここまであからさまだと、悲しいとか悔しいとかいう気持ちはおこらないのだな、と、廊下に落ちて割れたびいどろの根付《ねつけ》を片付けながら思った。破片が刺さり、指先が切れて軽く血が流れた。

借金のかたになるのであれば、と作った着物は全部置いてきた。髪飾りも置いてきた。世話をしていた禿《かむろ》たちには、縮緬《ちりめん》のお手玉やびいどろのおはじき、少女が喜びそうなこまごまとしたものをあげてきた。姉さん行かんといて、と少女たちは泣いてくれたけれど、そんなの遊女の常套《じようとう》手段だ。自分が育ててきた娘たちに真似できぬわけがない。置いてきたものに未練などはないが、里子に出した先に置いてきた弟にだけ、どうしようもない未練があった。

姉ちゃん、どないしても行かなあかんの。

出発の日、幼さの残る表情で見つめた弟を霧里は大門の前で抱き締めた。堪忍な、一緒におられへんようになってしもうて、お父はんとお母はんの言うことちゃんと聞いて、良い子にしとるんやで、達者でな。

唇を噛《か》んで涙を堪《こら》えている弟はいつの間にか自分よりも背が高くなり、肩幅が広くなり、霧里はその背中に廻す手が思ったよりまわらなかったことに驚いた。そして、肉体労働によって固められた男らしい厚い胸にも、思わず頬を染めた。

後に聞いた話では、揚屋で霧里を見初めた客の一人である奉公侍《ほうこうざむらい》が、島原の中でも一番の大見世抱えの看板女郎、菫《すみれ》の客だったという。こっそりと霧里のところにその侍が通っているという話を聞きつけた菫が、怒り狂って霧里を追放するよう上の方に掛け合ったそうだ。

そして霧里が大門から旅立ち、話は江戸へと移る。

霧里の売られた先は、京都から遠く離れた、江戸の吉原だった。

季節はじんわりと脇《わき》の下が汗ばむ夏。島原よりもいくぶんか夕凪《ゆうなぎ》の涼しい、ちょうど昼見世の終わる時間帯に大門を入れば、左右の通りに島原よりも派手派手しい妓楼が所狭しと立ち並ぶ。どぶの近く、二階の窓から覗《のぞ》いている下級女郎の白粉《おしろい》の匂《にお》いが、歩いている霧里のところまで漂ってきそうだった。

島原と同じであれば、奥のほうの京町に行けば大見世があるはずだ。しかし菫の力は吉原まで及んでいたようで、前にいた見世のように、花代も高い大見世には入れなかった。連れていかれたのは、角町《すみちょう》にある山田屋という半籬《はんまがき》の小見世だった。暖簾《のれん》の隅に穴が開いているのがまず目に入る。そして出てきた女将のみすぼらしさにもくらくらと眩暈《めまい》がした。まず痩《や》せ過ぎだ。そして角屋の女将なら、もう少しましな着物を着れば良いのに、女のくせに茶鼠《ちゃねず》の着物に羽織だなんて、そこらへんの町人と見分けがつかない。柱の奥の方から、だらしなく襦袢《じゅばん》を引きずった娘たちがじろじろと霧里と女将を見ていた。

「おやまあ、随分と別嬪《べっぴん》だこと」

えらく古びた算盤《そろばん》をじゃらじゃらと振りながら上框《あがりかまち》を降りてきた女将は、女衒《ぜげん》に連れられてきた霧里の顔を見て窪《くぼ》んだ目を丸くした。女衒はそうでしょう、と得意げに言って言葉を続けた。

「えらい別嬪だけどわけありでね、大見世じゃあ引き取ってもらえないんですよ」

霧里はその屈辱的な言葉に下唇を噛み締める。わっちの所為じゃござんせん。低く呟《つぶや》く霧里の言葉は何の意味も持たない。女衒と女将の商談はとんとん拍子に進み、その日から霧里は山田屋の遊女となった。

あてがわれた座敷はきよみ屋のときからは考えられない小さなもので、着物の一枚も持っていない霧里は、まずは着物と簪《かんざし》を作ることで借金を重ねるはめになった。良い着物は高い。そして霧里は高い着物しか着たくなかった。必然的に借金は大層な額になり、売られたばかりの娘よりもその額は大きくなった。

お母はん、あんたの代わりにあたしは今身体《からだ》を売ってるよ。あんたの旦那《だんな》が作った借金を、娘のあたしが返してるんだよ。

反物商が持ってきた色とりどりの友禅を畳いっぱいに広げ、部屋に花畑を作る。真新しい真っ赤な牡丹《ぼたん》を眺め、霧里はその花を踏みにじりたくなった。

霧里の母、藤緒《ふじお》は京都宇治の町人の生まれだった。

町人の中でも貧富の差はある。藤緒は富める層に位置する商家の生まれの、所謂《いわゆる》箱入り娘だった。そして父、芳之助《よしのすけ》は、庭師の仕事をしている片親に育てられた、貧しい生まれの男だった。藤緒の屋敷の広い庭に、芳之助は父親と一緒に剪定《せんてい》仕事で定期的に通ってきていた。庭に咲く花と、時おり入り込んでくる白い猫くらいしか話し相手のいなかった藤緒が、彼女の大切な花を慈《いつく》しみ美しく咲かせる手を持った男、そして外の世界の全《すべ》てを知り尽くしているような男と恋仲になるのも、そして藤緒が芳之助の子を腹に宿すまでも、大した時間はかからなかった。

お父はんは遅いねぇ。

暗い長屋の床に敷かれた薄い布団の上で霧里を寝かしつけるときに漏らす、囁《ささや》くような藤緒の声は、とても優しげなのに、土間の下に出る青黒い蛇のように恐《こわ》かった。

芳之助は正真正銘の遊び人だった。典型的な男だったと言えば良いのか、夜は飲みに出たきり朝まで戻ってこない。稼いだ金の幾ばくかは家に入るので、なんとか口を糊《のり》することはできたが、決して裕福ではなかった。藤緒はこっそりと実家から自分の着物や簪を持ち出しては、質に入れて霧里に綺麗な着物を買い与えたりしていた。貧乏だったが、みすぼらしい恰好《かっこう》をした憶《おぼ》えがない。それは藤緒の、近隣への見栄《みえ》だったのだろう。

半ば駆け落ちのようなかたちで芳之助と所帯を持った藤緒は、霧里の弟を産んだのち早々に、夫の不在によって寂しさの余り気を違えた。美しい女だった。狂女になってもなお、その青白い炎のような、足跡のない新雪のような美しさは凄《すご》みを増すばかりで、芳之助はますます家に寄り付かない。女の美しさは度を越すと男を遠ざけるものなのだ、と霧里は幼心に刻みつけた。実際、昼間ふらふらと歩いているときに見てしまった芳之助が傍らに連れていた女は、肌の色は浅黒く、顔は饅頭《まんじゅう》のように丸く、よく笑う女だった。物陰からその様子を見つめる霧里は、藤緒や自分とは違う場所に住む者だと思った。見るからに汚らしい女と、その汚らしい女に笑いかける軽薄な父。違う場所に住む女に父を取られた屈辱を、侮蔑《ぶべつ》に置き換えて霧里は目を背ける。弟の泣き叫ぶ声で、藤緒と芳之助が言い争う声は遥《はる》かに遠い。

「あんたはね、気位が高すぎるよ」

盛夏も過ぎ、茜色《あかねいろ》に光る夕焼けの中でひぐらしの声が軒下に響く頃、一人打ち解けて話すようになった同い年の菊由《きくよし》が、団扇《うちわ》でバタバタと胸元を扇《あお》ぎながら、愉快そうに言った。生まれたときから吉原にいた菊由は、外の話を聞きたがって霧里に話し掛けた。父親も母親も誰なのか判《わか》らないというが、眦《まなじり》の切れ上がったさっぱりと美しい顔からして、母親か父親が相当綺麗だったのだろう。とっつきにくい外見とは反対に人懐《ひとなつ》こい性質で、島原の話をするようになってから、菊由はよく霧里の部屋に来る。

京都島原からの見世替え、ということで、霧里は最初一月は珍しいもん見たさで随分と人気があった。しかしすぐにその人気は下降し、やがて張見世《はりみせ》に出され、しかも最前列に並ばされた。

島原の大見世にいた頃、見世にはまだ初会制度が残っていた。初会では客を引付座《ひきつけ》敷に揚げるだけで、口は聞かずに台の物で食事を済ますだけである。そして裏を返し、三度目で霧里が気に入れば座敷に招き入れ、床に入る。島原では霧里を抱くために、散々《さんざ》っぱら金がかかっていたのである。

それが、山田屋はいったいどういうことだ。引付座敷ではなく自分の座敷で初会を済ます。そして初会ですぐに床に入る。張見世に上がることのない看板女郎の玉蔓《たまかずら》ですら、初会で床に入っていた。そして隣の部屋まで聞こえるほどの声で、よがる。なんと下品なことじゃ、と霧里がお開帳の最中に一言も声をあげなければ、客の間では「人形のようでつまらぬ女」と噂《うわさ》になる。

「気位を無くしたら女郎はお仕舞いじゃ」

そっけなく言い返し、霧里は鏡を片手に丹念に眉墨《まゆずみ》を塗った。江戸と京都では微妙に化粧の仕方も違うのだが、霧里は未練がましく京都の化粧をし続けていた。

「そりゃそうだけど、あんたみたいに無愛想だといつか客が付かなくなって、切見世に売られちまうよ」

菊由の言葉に霧里は眉をひそめた。恐ろしいことを言う。吉原に初めて入った時に見た、散茶女郎《さんちゃじょろう》の刻まれた皺《しわ》にこびりついた白粉の匂いがどぶの饐《す》えたにおいに混じって漂ってきたようで、吐き気がした。

「此処《ここ》ですら辛抱しとるのに、そんなことになったら死んだ方がましやわ」

霧里は筆を置き、菊由に向き直った。薄色の襦袢の胸元が開《はだ》けている。あばらの浮いた胸は薄いが、乳房は豊かだ。

「なんか用、」

我ながらそっけない、と思うが菊由はお構いなしにじりじりと寄ってきて、あんた他の女の客奪うのが得意だったんだってね、と笑いを含んだ小さな声で言った。本当にそういうくだらない噂話は何処からどうやって漏れるのか。霧里は浅い溜息《ためいき》をついた。

「別に得意とかあらへん。男が勝手に惚《ほ》れてくるだけやもの」

「そういう物言いも鼻につくよねあんた」

言葉はきついが、別に咎《とが》めているようでもない。菊由は霧里の煙管盆《きせるぼん》から長煙管を取り上げると勝手に刻みを詰め、火を入れた。天井に向かって細く長い筋が浮かぶ。

「あたしね、玉蔓さんのお客さんの一人が好きなんだ。だから一度で良いから寝てみたいの。どうすれば良いかな」

「江戸の女は自分から迫りすぎや。よう待ちもせんから、男が逃げてくんやわ」

菊由の手から煙管を奪い、霧里は深々と一服した。

「待てば良いの、」

「アホか。待っとるだけで玉蔓さんの客があんたなんか見向きもせえへんやろ。まずは玉蔓さんとこの座敷に呼んでもらうのが先や。そんで呼んでもろたら、相手が酔うてきた頃にこう、向かって流し目して」

実践して見せると、菊由は感心して溜息をついた。

「さすが、色っぽいねえ」

「あんたがガサツなだけや」

「余計なお世話じゃ」

頬を膨らませ、菊由はそっぽを向いた。その顔は案外可愛《かわい》い。

「ただな、うちはそうやって他の女の客取ったって濡《ぬ》れ衣《ぎぬ》で、島原からこの店に廻されて来たんやで。その覚悟があるんやったらええけど、あんたがいなくなってしもうたらうちは寂しいわ」

ただ単にそう言っただけなのに、菊由は頬を赤らめ、「何言ってんだい」と言って背中を叩《たた》いた。意外にその力は強く、霧里は煙がおかしなところに入ってしまって、げほげほと咽《むせ》た。

待っても待っても決して手に入らぬ男は唯《ただ》一人。それは弟か。

その晩久しぶりに若い客に抱かれ、霧里はその胸の中で弟の夢を見た。まだ夜明けまで一刻《いっとき》以上あるころ、屋根にあたる雨の音と、自分の涙の冷たさに目を覚ました。

弟は小さな頃から絵が上手だった。障子の破れ紙と細筆を与えておけば、何刻でもずっと絵を描いていた。特に蝶《ちょう》や虫、花が上手で、蝶や花の絵などは近所の姉さんたちが、こぞって欲しがった。

一枚だけ、弟は母の絵を描いた。髪を下ろし、空《うつ》ろな瞳《ひとみ》をした、白い襦袢姿のものだった。できあがった絵は、まだ十にもならない子供の描いたものではなかった。その空ろな瞳の奥に見える闇《やみ》と青白い炎。

開けた天窓から冷たい小糠雨《こぬかあめ》の舞い込んでくる夕刻、お遣いを終えて家に戻ると、母は布団《ふとん》を被《かぶ》って床に倒れ、傍では雨に濡れそぼった弟が火のついたように泣き叫んでいた。何事かと思ったら、絵に描いたことで母の魂が抜けてしまったのではないかと思ったそうだ。それほどまでにその絵は、禍々《まがまが》しいほど見事だった。母の口元に人差し指を持っていけば、くすぐるような吐息がその先に触れた。ひとまずほっと息をつく。

姉ちゃんの絵は描いてくれへんの。

母の絵をくるくると巻いて小抽斗《こひきだし》に仕舞い、尋ねると、弟は洟《はな》を啜《すす》りながら、まだ描けへん、と答えた。

いつか描いてな。

わからん。

天窓を閉めると、屋根に雨の打ちつける音が次第にひどくなっていった。

母は目を覚まさない。そしてその夜も父は帰らない。闇が濃くなるにつれて弟の身体も闇に埋もれゆく。ずっと降り続くと思われた雨は明け方までには止《や》み、鳥の声で目覚めれば、外の町は深い霧の中に沈んでいた。水溜《みずたま》りの残る通りに走り出て耳を澄ましても、霧の向こうから父の足音は聞こえてこなかった。


「あの人」

灯りが入ってから暫《しばら》く経《た》った張見世の中で、うしろから菊由が小声で言った。前にいた霧里は、格子《こうし》の外に並んで自分たちを品定めしている男たちに阻《はば》まれて、菊由のお目当てがどれだか判らず、どれや、と言ってうしろを振り向いたら軽く叩かれた。

どうやら、店の前で店番と談笑している、ずんぐりとした坊主頭《ぼうずあたま》の男らしい。

「坊主やん。江戸じゃ坊主が女郎屋に来てええんか」

「いんや、袈裟《けさ》かけてないだろ。今は医者だって」

男は格子の中を一瞥《いちべつ》すると、慣れた様子で暖簾《のれん》をくぐった。今は医者、ということは昔は坊主か。霧里は溜息をついた。坊主の女郎屋通いはご法度《はっと》である。したがって、坊主頭の男は坊主の期間は陰間《かげま》茶屋《ぢゃや》に通う。男色に飽きると、髷《まげ》が結えるほどに髪が伸びるまで医者だと言い張る。

「男前じゃないかい、」

「頭しか見とらんかったわ。えらい潔《いさぎよ》く坊主やな」

張り合いのない子だね、と言って今度は菊由が溜息をつく。坊主は嫌いじゃ。小さな声で霧里は言ったが、誰も聞いていなかった。

藤緒が床に伏せがちだったので、家にはよく医者が来ていた。京都でも医者と坊主は坊主頭である。なまぐさ坊主とはよく言ったもので、霧里と弟は藤緒の見ていないところで、医者だか坊主だか判らない男によく「診てやる」と言って身体中を触られた。たいてい、母に似て憂《うれ》いを含んだ美しい顔をした弟が、霧里よりも多く犠牲となっていた。裸に剝《む》かれた小さな弟。赤く染まった指の先ほどの幼い小筆を、男のごつい手で弄《いじ》られ、堪《たま》らない表情で泣きそうになっている弟を見ていると、霧里の下っ腹まで疼《うず》いた。

小さくて可愛いなぁ。

坊主頭がそう言って、褌《ふんどし》の横から鎌首《かまくび》をもたげる蛇のような自分の一物を引きずり出す。赤黒く醜悪なそれを自らしごく様子を、弟は恐怖と好奇の入り混じった瞳で見つめた。

おまえのもそのうちこんな立派になるんやで。

男の言葉に霧里は、そんなのはいやじゃと思う。あんなにでかくて気味の悪いものが弟の股《また》にぶら下がるなんて。魔羅《まら》の先は、持ち主の坊主頭のように膨らみ、つやつやと光る。男の手の動きが速くなり、やがてはちきれんばかりになったその先から粘っこい汁が飛び、弟の顔にかかる。泣き出しそうな弟の口の中に、男は飴玉《あめだま》を詰め込み、しぼんだ一物を閨紙《ねやがみ》でふき取るとそそくさと家を出て行く。

薄暗い襖《ふすま》の隙間《すきま》から、藤緒は子供たちが男に弄《もてあそ》ばれる様子をいつも見ていた。見ていたことを霧里は知っていた。そして、男から幾ばくかの金を受け取っているのも知っていた。思えばその頃から霧里は親に売られていたのだ。坊主頭の男はひどいことをする男。そういう過去の記憶が刻み込まれていたから、菊由の思い人の坊主頭のことも、頭しか見ていなかった。

「霧里さん、玉蔓さんのお座敷でお呼びだよ」

「いやじゃ」

即答してから、はっと現《うつつ》へ引き戻された。うしろを振り向くと、裏戸から二階廻しがこめかみを引き攣《ひつ》らせて霧里を見ていた。

「名代なら他の女でもええやろ。うちは坊主頭が嫌いや。代わりに菊由さんをやったって」

うしろの菊由は、期待と不安の入り混じった複雑な表情で霧里を見るが、すぐに笑顔になって、そうしたって、と霧里の口調を真似《まね》て二階廻しに言った。

「あんじょうやりや」

張見世を出て行く菊由の背に声をかけると、振り返って歯を見せて嬉《うれ》しそうに笑った。

菊由と、あと一人見世で話すようになったのは、髪結いの弥吉《やきち》である。若くはないが爺《じじ》むさくもなく、若い頃はさぞ男前だったろうと窺《うかが》わせるような顔立ちをしている。何よりも、仕事をしているときの手が色っぽい。決してなよやかな女のような手というわけではないのに、むしろ粗忽《そこつ》そうな手指なのに、長い髪の束をまとめる手つきなど、女を抱かせたらこれは相当よがるんじゃないのかと霧里は思う。

見世には髪結いが三人来ている。姉さんたちの好みで来てもらっているので、少ないときは一人、多いときは五人くらいもの髪結いが見世で仕事をする。弥吉は他の見世でも仕事をしており、山田屋では霧里の他は菊由の髪しか結っていない。髪は一度結えば、夜の床が激しくなければ三日ほどは形を保つ。しかし弥吉は毎日のように山田屋へ足を運んでいた。なんでこんなに毎日来てるのか、しばらく疑問だったが、やがてその謎《なぞ》も解けた。

山田屋の抱えている禿《かむろ》の娘に会いにきていたのである。小見世なので禿の数はそう多くない。その中でもとりわけ地味で小さな娘が、弥吉のお気に入りのようだった。よく見ると可愛くないこともないが、とにかく地味で無表情で、きっと自分が女将《おかみ》だったら、あんな地味な娘はどこか他の見世に売っ払うだろうと思っていた。

しかし、その娘は結果、霧里のところに来た。吉原に来て一年経つか経たないか。次第に山田屋の貧乏たらしさにも慣れ、それなりにお客もついてきた頃だった。昼見世の閉じたあと、面倒見てやっとくれ、と、女将は禿を連れてきて、そのまま置いて自分は部屋から出て行った。赤い着物を着て、所在無く佇《たたず》む地味な娘。霧里は暫くじろじろと娘を見ながら煙管をふかした。細くて柔かそうな髪の毛のおかっぱ頭が、午後の残光を受けてつやつやと光っている。

「名前は、」

霧里は尋ねた。

「朝霧《あさぎり》」

娘が小さな、それでいて凜《りん》とした声で答えた。

東雲《しののめ》

青花《あおばな》付けと一言聞いても、市井《しせい》の人は何のことか判《わか》るまい。

実際、東雲も駒方屋に修業に入るまで言葉の意味すら知らなかった。青い花、ではなく青花とは露草の花の汁を浸み込ませた青花紙のことである。それを水に浸して得られる青い液で、仮絵羽《かりえば》にされた生地に下絵を描くことを青花付けという。露草の汁が青いから、そう呼ばれるそうだ。

勘違いした東雲は駒方屋に入ってすぐの頃に「青花付け」と言われ、親方たちの見よう見真似《みまね》で反物を一つ、全《すべ》て青い牡丹《ぼたん》に染め上げた。花といえば牡丹、そして青花を付けるのだから青い牡丹を染めるのだろうと。本来ならば激怒されて然《しか》るべきであるが、その牡丹の花が微に入り細に入りあまりにも見事だったため、また、全ての工程を一つと抜かすことなく踏んでいるため、誰も何も言わなかった。

本来であれば、京友禅は下絵から全ての工程を一人では行わない。元禄《げんろく》からの伝統で、図案、青花付け、糊置《のりお》き、そしてその後の工程も全て別の職人の手によって行われる。一人の親方についていても、全ての工程は憶《おぼ》えられない筈《はず》なのに、一番年若い東雲は、経験もないのに湯のしまで、四日をかけて全て一人でやりあげた。

色付けがよれとる。残念やけど、売り物にはならへんな。

駒方屋の旦那《だんな》は染め上げられた青い牡丹を丹念に確認すると、そう言った。確かに糊置きのときに何箇所か線を間違えた。それは着物に仕立て上げられることはなかったが、何処《どこ》かの問屋に安く売られていった。東雲は、可愛がっていた猫を手放したときのような気分で、柱の陰から恨みがましくその商談を見つめた。他の反物に混じって、申し訳なさそうに転がっている地味な青い牡丹。初めて染めた反物が売り物になることすら自慢して良いことだ、と、その様子を見ていた親方に妬《ねた》み半分で慰められた。

青い牡丹の失敗から三年ほど経《た》って、東雲は親方の直下で図案、青花付け、色挿しをさせてもらえるようになった。実物の花が手元にあれば、それを生け捕るかのように紙に写し描く。生きている蝶《ちょう》があればその鱗粉《りんぷん》の散って風に流れる様すら写し描く。

精密な筆遣いで絹へ命を吹き込むことに半端《はんぱ》なく長《た》けていたので、その尋常ならざる早い出世は、誰にも妬まれなかった。

美しい姉のために、深い山吹色に青い蝶の飛ぶ着物を染めて縫ってあげよう、と東雲は思った。島原の花魁道中《おいらんどうちゅう》は何枚ものけばけばしい仕掛けを重そうに引きずりながら行うものだが、きっと自分の染めた青い蝶の飛ぶ着物で道中をしたら、姉は宙舞う天女のように見えるに違いない。

図案を描いた紙を持って、島原の大門をくぐる。京町きよみ屋の霧里の弟、という事実は門番に既に知れていて、本来であれば座敷に揚がるだけで金がかかる角屋へも、昼間、昼見世の終わった頃に姉の部屋へ行くだけだったら誰も咎《とが》めなかった。

姉は部屋の角で窓から外を眺めて煙管《きせる》をふかしていた。なんとも言えない甘酸《あまず》っぱいような匂《にお》いが、部屋にこもっている。熱を持った姉の白いうなじから立ちのぼるようで、東雲は鼻腔《びこう》に残る匂いにくらくらした。

「ああ、よう来たな」

入り口で自分を見ている弟に気付き、霧里は来訪を歓迎した。

東雲は休みがあれば姉の元へ足を運んだ。職人仕事は殆《ほとん》ど休みはないものだが、月に一度くらいは暇をもらえるので、そのときは必ず島原に来ていた。

うちはどうなってもかまへん、後生やから東雲だけは売らんとって、後生や。

父親が雪の向こうに消えた次の朝、父親ではなく人買いが、二人の家に土足で上がり込んだ。人形のように転がっている母の亡骸《なきがら》に一瞬は怯《ひる》んだものの、男たちは部屋の角で抱き合って丸まっていた二人の子供を目ざとく見つけ、引き剝《は》がした。弟の方は、左の頰に大きな傷ができて、まだ血が固まっていない。姉のほうは、足の間からの出血が止まっていなかった。犯された拍子に初潮が来たのだろう。細い腕に人買いの固い指が食い込む。恐怖で頰の痛みなど忘れる。

東雲はよ逃げ。ああお願いや、うちが倍働くから、弟は連れていかんとって。

泣き叫ぶ姉。非情な人買いとて所詮《しょせん》人の子。取り押さえられ、暴れながら悲痛な声で懇願する姉の美しさに免じて、弟は陰間茶屋へ売られることから逃れ、子供に恵まれなかった母の姉夫婦の元へ里子に出された。まだ子供たちがほんの小さな頃に一度だけ妹を見舞いに来た母の姉は、里子に来た東雲の美しさが左頰の傷によって損なわれたのを、大げさに嘆いた。それより先に、自分の妹が死んだということを嘆くべきだと思ったが、口には出さなかった。

「飴《あめこ》買うてきたで。どれが好きなんかよう判らんかったけど」

東雲は、赤い金魚と、紅白のねじり棒の飴細工を包んだ油紙を姉の前で解いた。

「可愛《かわい》い」

姉は子供のように喜び、ねじり棒を咥《くわ》えると、小さな金魚を壊さぬよう、そっと窓《まど》際《ぎわ》へ持っていく。夕陽で赤く染った窓辺に置くと、それは小さな炎のようにゆらゆらと光った。

「そんなとこ置いといたら溶けるで。はよう食べ」

「うん。でももう少し」

ぼんやりと金魚を見つめる姉。昼見世の名残か、後《おく》れ毛《げ》が頬に垂れ、幽《かす》かな風がそれを揺らした。

「なあ東雲」

飴を口の中に入れたまま、金魚を見つめる姉が言った。

「なん、」

「姉ちゃん近いうち、島原出て行くことになるわ」

告げる声には、どこか諦《あきら》めたような、乾いた笑いが滲《にじ》んでいた。がりがりと飴を嚙《か》み砕く音が聞こえる。

姉に着てもらう筈だった山吹色に青い蝶の着物。橙《だいだい》の夕陽のさす部屋でゆるく青い帯を垂れた姉は東雲が図案絵に描いた蝶のようで、今にもふわふわと窓から飛び立ってゆきそうで、東雲は持ってきた絵図面を懐《ふところ》で握り潰《つぶ》した。

おまえは間違うて生まれてきたんやで。おまえなんかおらんほうがええんや。

ごくごく小さな頃、姉はそう言って東雲を苛《いじ》めた。普通なら憶えていないほど小さな頃の記憶なのに、不思議なことに小さければ小さいほど、自分の泣き叫ぶ声と一緒に鮮明に記憶は刻まれている。

思えば、母の藤緒は東雲ばかりを可愛がった。貧しかったので、食事は一日一回だったが、ふらりと外に出て行った母が、何処からか団子などを持って帰ってきて、その手から直接東雲に食べさせる。姉はそれを、腹を鳴らしながら見ない振りで我慢する。

近隣の子らが、外の通りで侍の真似をして遊ぶ。その中に東雲は入ったことがなかった。姉は藤緒に放ったらかされていたので、近所の姉さんたちとよく遊んだ。よく笑い、よく遊び、そして家に帰ってからは家事仕事をまかない、父の帰らぬ夜、待ちくたびれて疲れきった老婆《ろうば》のような顔で眠る。

気付いたときから筆を持って花の絵を描いていたが、文字の読み書きは、物心ついた頃から藤緒が教えてくれた。芳之助は読めも書けもしなかったし、筆の持ち方すら知らなかった。

あの人の手は花を咲かせるためだけにあるけど、おまえの手は花を描くためにあるんやな。

藤緒はそう言って、東雲の絵を奪ってびりびりと破いた。文字の読み書きの練習の合間だった。練習そっちのけで、姉がどこからか手折ってきた桔梗《ききよう》の花を描いた所為《せい》だ。東雲は萎縮《いしゆく》しながらも、藤緒の、薄く笑ったような赤い唇をぼんやりと見ていた。後に里親に聞いたことだが、藤緒の生家には、芳之助の手によって美しく咲かされた桔梗がたくさんあったのだそうだ。

気付けば、外に出ない東雲はいつも、姉のお下がりである女物の着物を着せられるようになっていた。藤緒は気まぐれに綺麗《きれい》な着物を買ってきては、大きな人形を可愛がるように姉を可愛がった。それは本当に気まぐれで、半刻《はんとき》もすれば藤緒はすぐに飽きる。

綺麗な着物を着ることは単純に嬉《うれ》しいようで、姉は藤緒が飽きるのを見計らって、外に遊びに出て行った。昨日着てた萌黄《もえぎ》の着物はどうしたん。飽きたから東雲にやった。東雲は男やんか。そんなんどっちでもかまへん、東雲やし。戸の外で、おしゃまな姉さんたちの笑い声があがる。

東雲、という呼び名は姉がつけた。近所の姉さんに教えてもらった、綺麗な言葉だから、という理由で有無を言わさずそうなった。本来ならば女の名、しかも遊女の名である。しかし子供の名前などどうでも良いようで、藤緒も次第に東雲と呼ぶようになった。東雲の前になんと呼ばれていたのか、もはや覚えていない。

芳之助に名前を呼ばれた記憶はなかった。時おり家に戻る芳之助は、何か忌《い》むべきもののように、女の着物を着た東雲を見た。おぼろげながら憶えているのは、姉に罵《ば》倒《とう》されている自分だけだった。

おまえなんかが生まれてきよったから、お父はん帰ってこんし、お母はんはおかしゅうなってしもたんや。

なんとなく、それは幼心にも判っていた。あまりに幼すぎて判っていたかどうかも今となっては判らないが、姉も自分も望まれていたわけではないだろう。姉は東雲を殴り、蹴《け》り、罵倒し、声を押し殺して泣いた。傍らでその様子を見ていた藤緒は何を判っていたのだろう。虚《うつ》ろな瞳《ひとみ》の奥には何を映していたのだろう。ただひたすら芳之助の帰りを待ち続け、金の工面に子らの身体《からだ》を慰みものとして売り、自分の着物は決して他の男の前では開《はだ》けさせなかった母。

おまえが死ね。

坊主頭《ぼうずあたま》の男に身体を触られたあと、姉は東雲に向かって忌々《いまいま》しげに言う。死ねと言われても、幼い東雲には死に方も判らなかった。そして、それが果たして本当に自分に向けられた言葉なのかも判らなかった。

姉ちゃんと一緒に江戸へ行くか。

という姉の申し出は、少しの沈黙ののちに断った。駒方屋の仕事が楽しかったこともあるし、毎月の母の墓参りを欠かすこともなんとなく憚《はばか》られた。そして、できることならば、もう姉の傍にいたくなかった。今までのようにこのまま姉の傍にいたら、いつか他の女に惚《ほ》れたとしても、姉と較《くら》べてしまう。何人もの男が姉に惚れて、高い金を払って会いにきているのが、最近になって判るようになっていた。

姉ちゃんのこと、許せへんか。

東雲が断ると、姉は寂しげに笑って尋ねた。幼い頃に散々苛めたことを苦い記憶として憶えているのだろう。東雲は首を横に振る。姉のおかげで、自分は身体を売らずに済んでいる。

駒方屋は染色屋としての歴史は古く、宮崎友禅が染色の技術として発祥した頃から宇治に工房を構えている。駒方屋が反物をおろす問屋の先にある顧客は、殆どが貴族のお針の間か、金持ち相手の大店《おおだな》で、工房の評判も京都で三本の指に入ると言われていた。そんなところで、自分の描いた花の図案が受け入れられ、反物になる。

いつか俺の染めた反物で着物作ったるからな。

江戸へ発《た》つのは、よくよく聞いてみればもう二日後だという。山吹色に青い蝶は、とうてい今から染めたのでは間に合わない。姉はその言葉には何も答えず、立ち上がって言った。

「もう見世開くから、帰り」

「そやな」

「下まで送るわ」

手を伸ばし、東雲の腕を取って立ち上がらせる。窓辺では案の定、金魚がぐずぐずと形を崩していた。羽虫の飛ぶ音が耳を掠《かす》めた。

頬の傷は時々引《ひ》き攣《つ》れるように痛む。姉の足の間は痛まないのだろうか。

さらさらと細い絹糸のような雨の降っている昼間、まだ真っ白な絹に黙々と花の形の糊《のり》をつける。糸目糊置きという。色挿しのとき染料の滲《にじ》みを防ぐため、下絵にそって、糸のように細い防染糊を置くのである。この糊のあとが、友禅染特有の白い模様線になる。

旦那に呼ばれている、と同輩が声をかけてきた。工房と屋敷が同じ建物ではないので、一度外に出て、勝手口から屋敷に入った。屋敷に上がることは滅多にない。必要もないし、手指の汚れた職人が上がり込むことを女将《おかみ》が嫌がる。

見たことのない小間使いの娘に案内され、旦那の部屋へ入ると、以前東雲が染めた桃色の手鞠《てまり》柄《がら》の反物を眺めている最中だった。若く見えるが、おそらく自分の父と同じか、それよりも年嵩《としかさ》だろう。絹を撫《な》でる手の血管が浮いていた。

「まだ若いのに、うまいもんやな」

旦那は感心したように言った。東雲は膝《ひざ》を正し、頭《こうべ》を垂れる。

「おおきに」

「姉さん元気にしとるか、」

「それなりに」

「伊勢屋の佐衛門がきよみ屋の霧里に振られたいうて嘆いてたで」

「まあ、登楼《あが》るだけで金がかかりますからね」

「一度くらい相手したってや」

「もう無理ですわ」

「は、」

旦那《だんな》は訝《いぶか》しげに東雲を見遣《みや》った。東雲は、笑おうとした。

「昨日、江戸に売られてしもうた」

結果、笑おうとする努力は無様なことに終わり、泣かないつもりだったのにこんなところで泣いてしまった。東雲は慌《あわ》てて片手を口に当て、声を漏らさぬようにしたが、嗚咽《おえつ》が、あとからあとからこみ上げてくる。そして下唇を嚙み締めても、ぱたぱたと床に涙が落ちた。

旦那は暫《しばら》くその様子を何も言わずにじっと眺めていた。雨足は次第に強まっているようで、天井から響く音が先ほどよりも強い。胸の痞《つか》えは取れないが、旦那の煙管から煙が消える頃、東雲の涙も止まった。

「寂しいか」

旦那がぽつりと尋ねた。

寂しいというより、辛《つら》い。東雲は洟《はな》を啜《すす》りながら答える。

散々苛められていたのが、打ち解けたのはいつだったろうか。幾百回もこうやって泣いたが、苛められて泣くことは、いつしかなくなっていた。おそらく最後に泣いたのは、母の死んだ日、父の消えた日。目を瞑《つむ》れば記憶が蘇《よみがえ》る。

ああ、確かいつかの、こういう雨の日を境に、姉の態度は変わったのだった。おまえなんか死ね、と何度も言われていてもう慣れていたと言えば慣れていたが、幼心にも死ねとかいらないとか言われれば、傷付く。ひどいことを言われれば泣き、姉が部屋を出て行った後は藤緒の胸に抱かれた。ひどいこと言われたねえ。そう言って頭を撫でながらも、藤緒は姉を叱《しか》ってはくれない。

その日はたまたま、姉が出て行ったあとに芳之助が家へ戻ってきた。この町の男は雨が降っても傘は差さぬ。雨粒に濡《ぬ》れて扉を開けて入ってきた芳之助は、息子の自分から見ても男前だった。藤緒は扉の前で雨を払う芳之助を一瞥《いちべつ》したが、汚らしいものを見たかのようにすぐに目を逸《そ》らす。

なんでや。

東雲は尋ねた。あんなに待ってたのに、なんで喋《しゃべ》らへんの。

芳之助も藤緒も、東雲の言葉に対して何も言わず、芳之助は膳台《ぜんだい》にじゃらりと銭の入った袋を置くと、再び出て行こうとした。そのとき、姉が勢いよく戸を開けて入ってきた。雨の滴《したた》り落ちる髪の毛。その日の姉は、藤緒が新しく着せた、紫色に扇の模様の入った大人っぽい着物を着ていた。目の前に立っている大きな影に息を止める。

なんや、良いべべ着とるな。

そう言う芳之助を、姉は上目遣いに睨《にら》みつけた。

お父はん、あの女、誰やねん。

どの女や。

どぶみたく色黒の、饅頭《まんじゅう》みたいな顔の丸い女や。あんな汚らしい女やったら、お母はんの方がなんぼもマシや。なんであんなんと一緒におるん。

芳之助は黙り、東雲は母の膝から転がり落ちる。藤緒はゆらりと立ち上がり、障子戸の柱に凭《もた》れかかって芳之助を見上げた。

もう、帰ってこんでもええわ。

その藤緒の言葉に一瞬遅れて、姉が甲高い悲鳴をあげた。悲鳴と思われたのは、泣き声だった。火の付いたように泣きじゃくる姉を初めて見た東雲は声を出すこともできず、沈黙の中に響き渡る姉の声を聞いている。藤緒も芳之助も、姉を抱くことはしない。ただ対峙《たいじ》してお互いを見詰め合うだけだった。

ほうか。

暫くののちに芳之助はそう言い、背を向けて再び戸を開けた。雨足は強くなり、向かいの家の壁が霞《かす》んでいる。

嫌や、行かんとって、お父はん。

泣きじゃくってはいたが、姉は出て行く芳之助の足に縋《すが》りつくようなみっともない真似《まね》はしなかった。そしてその代わりに、痛いほど東雲を胸に抱いた。細い腕が、蛇のように東雲の身体を締め付ける。苦しい、とは言えなかった。よほど苦しいのは姉の方だ。

「半次郎《はんじろう》、おまえ幾つになった」

旦那の声に、東雲はふっと我に返る。部屋は雨の所為《せい》で寒々と冷えていた。相変わらず雨の音がひどい。風も出てきているようで、小間使いの娘が雨戸を閉めにきていた。これは夜半には嵐《あらし》になるかもしれない。

「十七に」

「ほうか。まだ所帯を持つには早いわな」

冗談かと思って顔を上げて旦那を見たが、その顔は笑ってはいなかった。頬の傷の奥が、しくしくと痛んだ。

半次郎という名は、里親がつけた。奉公に出す際に東雲という遊女名では笑われる。最初の内は慣れなかったが、初めての晦日《みそか》を越えれば慣れた。東雲と呼ぶ者は姉以外にもうおらぬ。そして先日本当に誰もいなくなった。姉が江戸へ発って十日が過ぎた。

おそらく死ぬまで会えないだろう。否《いな》、死んでも会えないだろう。

今こうして黙々と青花付けをしている自分が所帯を持つ、などとは考えたこともなかった。確かに貴族や士族であれば、もう祝言《しゅうげん》を挙げていても良い年だ。女の子のようだった外見は、里親の元へ行ってからは背も伸び、外で遊ぶようになったので肌もあさ黒く焼けた。力仕事も多かったので、ひょろりと細かった腕も今では太く硬い。工房に付文《つけぶみ》をされたことも何度かあったが、女と喋るよりも花を描いている方が良かった。

筆を離し、伸びをしながら長い溜息《ためいき》をつくと、色挿し職人の末吉が饂飩《うどん》でも食いにいくかと声をかけてきた。二つしか年が違わないのに、随分と大人に見える。

「もうだいぶ腹もすいたろ」

「すいた」

一本隣の通りに饂飩屋がある。確か末吉は、其処《そこ》の娘にちょっかいを出していた筈《はず》だ。通りに出れば日差しは強く、くらくらと眩暈《めまい》がした。暑さのあまり足が重い。

「おまえ、旦那様から所帯持つような話されへんかったか、」

末吉は東雲の前を歩きながら言った。

「された。なんで知ってんの、」

「断れ。今おまえに出て行かれたら駒方屋が傾く。旦那様も本心じゃおまえに断ってほしがっとる」

「なんで俺が出て行かなあかんの」

「相手の女、萩尾屋の娘やで」

「ほんまかいな」

東雲は驚きのあまり足を止めた。目の前の饂飩屋の暖簾《のれん》を、末吉は一人でくぐる。今日もええ尻《しり》しとるな、という末吉の下品な声が聞こえ、そのあとに、なにさらすんじゃこのボケナス、と娘のドスのきいた声が重なった。旦那の真意も判《わか》らないが、末吉の女の好みもよく判らない。

萩尾屋はおそらく京都一の絹問屋である。問屋でもあるが、京友禅の工房も併設する、言わば駒方屋の商売敵である。そして卸し先は駒方屋ではとうてい太刀打ちできない天皇家と将軍家も含まれている。なんでそんなところの娘と俺が。

悶々《もんもん》とした気分で暖簾をくぐると、しかめっ面《つら》をしていた娘はぱっと笑顔になり、お越しやす半次郎はん、と弾んだ声で東雲を出迎えた。末吉はその様子を仏頂面して見ている。

「なんでおまえばっかりもてるんや」

「末吉はんみたく下品なことせえへんからや」

東雲の代わりに娘が答えた。どうでも良い女からもてても仕方ないやろ、という言葉は、娘の手前、控えた。ぎゃんぎゃんと言い争っている娘と末吉。それなりにお互い好き合っているのかもしれない。この二人が所帯を持ったら、やはりぎゃんぎゃん言いながら五人くらい子供を産んだりして、結構幸せになるのだろう。東雲は黙って冷たい饂飩をすすった。

霧里

朝霧が小さな身体《からだ》で扇を持って舞う。その姿は美しく儚《はかな》げで、舞い方を教えている霧里が感嘆の溜息《ためいき》をついた。傍らで三味線を弾いていた菊由も、朝霧が扇を床に置いたあと、これは相当筋が良いよ、と太鼓判を押した。朝霧は、霧里の舞ったものを一度か二度で必ず憶《おぼ》える。三度目には腰のぶれも、手足の指先に残る粗雑さもなくなる。確かに相当筋が良い。

女将《おかみ》から面倒を頼まれたとき、その身体の小ささからまだ十にもなっていないだろうと踏んでいた朝霧は、実はもう十四だった。禿《かむろ》どころか、すぐに新造《しんぞ》出しをしなければならない。そのためには八文字の踏み方を始め、一連の芸事を完璧《かんぺき》に叩《たた》き込まなければならなかった。島原きよみ屋出身の霧里が山田屋で初めて出す新造だ。見世や客に対して恥ずかしいことにはしたくない。そして何よりも、江戸の女に負けたくなかった。

「どうだった、」

不安そうな面持ちで朝霧は、三味線を置いて立ち上がった菊由を見上げる。

「うまいよ。綺麗《きれい》だし、きっと旦那《だんな》がたも喜ぶよ。ただねえ」

これでもうちょっと器量良しだったらねえ。きっと菊由もそう続けたいのだろうが、声には出さなかった。

「ただ、なに、」

「なんでもないよ。おまえ、これでもうちょっと背が高ければねえ」

まるで子供のような体型の朝霧は、菊由の言葉にしょんぼりと肩を落とした。なで肩なので、その後姿は笹《ささ》の葉のようだ。扇を拾い、部屋を出て行こうとしたところに反対側から襖《ふすま》を開けて入ってきた者があった。

「弥吉」

しょんぼりが打って変わって、嬉《うれ》しそうに朝霧が声をあげる。

「おお、お稽古《けいこ》中でしたかい」

「今終わったよ。ちょうど良かった」

霧里の下に来ておよそ一年、朝霧の髪もだいぶ伸びた。今は自分で適当に団子のように丸めているが、そろそろ勝山でも島田でも兵庫でも結える長さだ。

「弥吉、朝霧の髪、試しに結ってもろてええか」

そう言うと、弥吉はなんとなく寂しそうな顔になって、しみじみと言った。

「そういや、そろそろ新造出しですもんね」

「こんな子供みたいのに名代なんか任せられへんけどな」

玉蔓《たまかずら》の世話している禿も確か朝霧と同い年で、今年中に新造出しがある。さすがに玉蔓の下だけあって、新造出しは豪華になる予定だし、朝霧に較《くら》べれば娘の存在そのものが豪華だ。

とりあえず桃割《ももわれ》にでもしてみますか、と笑いながら弥吉が尋ね、霧里は、せめて島田にしてやんな、と溜息をついた。桃割は町の娘が十を越えた頃にする髪だ。いくら朝霧が幼かろうと、それはない。面白がった菊由は自分の部屋には戻らず、座り込んで朝霧が髪を結われている様を見ている。菊由の世話している禿は朝霧よりも年下なので、新造出しはまだだった。

手際《てぎわ》良く髪を結い終え、ついでだからと弥吉は霧里の化粧箱から紅と白粉《おしろい》を取り出し、朝霧の顔に薄く化粧を施し始めた。

「あ」

終わって振り向いた朝霧を見て、霧里と菊由は同時に素《す》っ頓狂《とんきょう》な声をあげた。

おそろしく地味で小ぶりだった朝霧の顔は、目尻《めじり》と口元にくっきりと紅を差し、薄く眉《まゆ》を書き足せば、子供と大人の中間で戸惑う憂《うれ》いを含んだ、色気の漂う若い女の顔に変わるのだ。結い上げた髪もなかなか似合っている。

「これはなかなか」

「……いけるんじゃないかい」

霧里と菊由は、同時に顔を見合わせると、にんまりと笑った。

年が明けて春に、朝霧の新造出しは行われた。

客は取らないが、きちんと遊女の装《よそお》いをして、姉女郎の馴染《なじみ》客に挨拶《あいさつ》をしてまわる。お座敷では酒の相手もする。こんな地味なのを自分が新造出しするのか、と最初は不安だったけれど、思いのほか評判は良かった。とにもかくにも、どの姉さんにも負けないほど芸事に長《た》けていた所為《せい》もある。

さらに、思わぬところでも評判になった。朝霧の肌は酒を飲ませてみると、腕や開《はだ》けた胸に、ぽっぽっと桃色の斑点《はんてん》が浮かびあがるのだった。それは花が咲くようで美しく、雅《みやび》趣味の客は大層喜び、ぜひとも抱かせてくれと霧里に頼み込んだ。

「いやじゃ」

新造で客を取る見世もあるが、そして山田屋でもそういうことをしている姉さんはいるらしいが、霧里は初見世に出す日まで朝霧に客を取らすことはしない、と女将に申し伝えた。なんだか知らないが、噂《うわさ》が噂を呼んで随分と朝霧の人気が高くなっていて、女将からなんとか朝霧を床につけさせられないもんかと頼まれた上での反論だった。だいたいあんな小さい子供みたいのが客を取るなんて、想像するだけでぞっとする。

「そしたらこれから二年か三年、またおまえ面倒見る金がかかるよ」

女将は眉間《みけん》に皺《しわ》を寄せ、相変わらず古い算盤《そろばん》を鳴らしている。

「かまへん。どうせ戻るアテもあらへんし。借金にまみれて死んだるわ」

京都を離れてもう三年が経《た》った。家もなければ親もいない。何処《どこ》にも帰るところなどないし、待っていてくれる男もおらぬ。幼かった弟とてもう所帯を持っただろう。その心を見透かしたかのように女将は、島原に戻りたいかい、と尋ねた。

「戻られへんやろ」

立ち上がり、二階へと戻る。開け放した入り口から二階の部屋へと、夏の生ぬるい風が大階段を抜ける。部屋の襖を開けると、中では朝霧がいっちょまえに煙管《きせる》をふかしていた。

「美味《うま》いか」

「頭がふらふらする」

「じきに慣れるよ」

「そういえば、さっき女将から受け取ったんだけど、差し紙だって」

はいこれ、と言って朝霧は煙管を置くと、袂《たもと》から折りたたんだ文を取り出して霧里の前に差し出した。差し紙とは、昔引手《ひきて》茶屋と揚屋《あげや》が全盛だった頃、執り行われていた遊女の予約状である。差し紙を受け取った遊女は、その客を引手茶屋まで道中して迎えにゆく。島原ではまだ生きていた慣わしだが、江戸ではもう廃《すた》れているはずだ。そもそも吉原の道中が一日一人のみに限定されてしまったこのご時世、大見世の初見世や新造出しでもない限り、道中はできない。

訝《いぶか》しげにその文を開くと、其処《そこ》には霧里と朝霧を呼ぶ旨《むね》と、吉田屋藤衛門と名があった。見覚えも聞き覚えもなく、霧里は首を傾《かし》げた。

「誰やこれ」

「広小路のほうでなんかのお店やってる人だって女将が言ってた。広小路ってどこ、」

「知らんわなぁ」

控えてある茶屋は、仲之町を横切って向こう側の揚屋町《あげやまち》の中ほどにある。

「まあ、どうせまたおまえ目当てなんやろうけどな」

霧里は溜息をつき、窓の外に身を乗り出した。何処からか味噌《みそ》の焼ける良い匂《にお》いがしてきたので、いっぱいに吸いこむ。朝霧も横で姉に倣《なら》う。そして下を歩いている弥吉を見つけると、大声でその名前を呼んだ。


今でこそ揚屋町は単なる飲食店を連ねる通りだが、まだ太夫《たゆう》と呼ばれる花魁《おいらん》がいた頃、そこは高級遊女を呼ぶための座敷を提供する茶屋町として栄えていた。

霧里は朝霧を連れて茶屋の暖簾《のれん》をくぐり、吉田屋藤衛門の待つ座敷へと向かった。

「どんな男や、」

遊女たちの嬌声《きょうせい》の響く階段を上りながら霧里は店番に尋ねる。

「新参者ですよ。今まで此処《ここ》らじゃ見たことねえ。深川の方で遊んでたって話だけど、まあ結構な伊達男《だておとこ》ですよ」

どうぞ、と店番が部屋を示し、襖を開けた。座敷の中には弥吉と同い年くらいの体格の良い男が一人、台の物を前に酒を舐《な》めていた。お待ちどおさんでしたぁ霧里さんですぅ。店番が言って、うしろで襖が閉められる。

待ってたよ、と男は言って二人を手招きした。にこにこと人の良さそうな笑顔ではあるが、なんとなく違和感があった。呼ばれた朝霧は素直に吉田屋の横に行く。

あんたが噂の朝霧かい。

あい。

こんなにちっこいとは思わなんだよ、新造出しされてすぐだもんなあ。

もう三月は経ちんしたよ。

まだ三月だろうよ。

長い三月でありんした。

朝霧が喋《しゃべ》る冗談みたいな慣れない花魁言葉が微笑《ほほえ》ましく、男が笑っている。霧里もにこやかに笑顔を作りながら前に進んで、挨拶をした。

「旦那さん、差し紙なんかいただかなくても、山田屋の方にいらしてよろしいんですよ」

「え、初会は見世には登楼《あが》れないだろうよ」

「それは大見世なんかの話で、うちみたいな小見世だったら、一見《いちげん》でも冷やかしでも大丈夫なんですよ」

「そうなのかい」

「ええ。ただ朝霧を見たかったんでしたら、揚屋に呼んで正解かもしれませんけどね。引っ張りだこだからいつ他の客に呼ばれるか判《わか》らないし」

男は人の良さそうな笑顔を崩さない。霧里の胸の中では違和感がじわじわと大きくなる。この胸の内に広がるねばっこい靄《もや》はなんだろうか。

酒を勧められ、朝霧が猪口《ちょこ》を呷《あお》る。何杯か目に、その手の甲にぽっと桃色の花が咲いた。手の甲に出たあとは、白い首筋に、細いうなじに浮かび上がる。恥ずかしそうにうつむく朝霧。その耳朶《みみたぶ》も桃色に染まっている。

「綺麗やなぁ」

朝霧の手を取り、花を撫《な》で回しながら男が言った。あ、と思った瞬間、霧里の胸の靄が強風に煽《あお》られたように渦を巻いて、冷たく脳天をついた。その目、その鼻、その口元、そして花を慈《いつく》しむその手指。

綺麗やなぁ。

花が、咲いている。あれはいつのことだったか、目の前にはたくさんの花が競うように咲いていた。たぶん一番霧里の目を引いたのは、緑の葉も見えないほどに咲き乱れたつつじの花だった。薄紅、中紅、深紫。父は鋏《はさみ》を操って木を切っていた。花に埋もれて隠れてしまいそうな霧里の小さな身体《からだ》。虫に刺されんようにするんやで。父の声が頭上から降ってくる。うん、お父はん、お花綺麗やなぁ。そやな、綺麗やなぁ。

まだ初見世前は駄目なんだって。

今日は無理だけど、きっと旦那さんが初めてになっておくんなまし。

それ言うの何人目じゃ。

三十七人。

数えてんのかい。

じゃあ、一人。

酒も入っていないのに、ぐらぐらと頭が揺れた。朝霧は芳之助を前に楽しそうに笑っている。芳之助も、朝霧を前に楽しそうに笑っている。

判った、競《せ》りに出たら一番高い値付けてやるわ。

朝霧はまだ客を取らない。そう決めたのは霧里だ。朝霧が初見世を迎えるまで、吉田屋藤衛門は、霧里の客となる。母の死んだ日、母の亡骸《なきがら》を横に自分を貫き血を流させた父に、また貫かれる。今度流れる血は、破瓜《はか》の血ではない。

もう、帰ってこんでもええわ。

藤緒の言葉どおり、芳之助は帰ってこなくなった。言い争う声さえも懐《なつ》かしい。弟がまだほんの幼かった頃、芳之助が帰ってきては、藤緒は罵声《ばせい》を浴びせかけた。芳之助もそれに応じていた。その頃はまだせめてもの、言い争うだけだが会話があった。

弟は、芳之助が酔っ払って意識を無くしているときに、藤緒が無理やり上に乗って作った子だ。その現場を霧里は見ていた。ぼんやりと闇《やみ》に浮かぶ母の白い背中が、滑らかな蛇のようにくねる。足の間に顔を埋めて立てる小さな水の音と、切なげな息遣いすら忘れられない。

意識の無かった芳之助は、当然その夜に情交があったことも憶《おぼ》えていなかった。次第に藤緒の腹は膨らんでゆき、芳之助は訝しむ。

この売女《ばいた》、誰の子や。

人のこと言えた義理か、毎晩ほっつき歩いて何処行っとるんや。

おまえには関係ないやろ。

やがて弟は生まれる。無残にも弟は芳之助には全く似ずに、成長するにつれ母だけに似ていった。母の執念だけで生まれてきた子だ、と霧里は思った。男に抱かれて子種をつけたのではなく、女の情念だけで産み落としたのだ。

ねえ、なんでお母はんを抱いてあげんかったの。

霧里は、自分の胸に吸い付いている男の頭を見つめた。こんな簡単なこと、なんでできんかったの。目を瞑《つむ》り、他の男のことを思った。たすけて、東雲。

おぼこみたいなぼぼやのう。

男は灯りを手元に持ち、霧里の足の間を覗《のぞ》き込むと、生温い舌で穴を舐《ねぶ》った。なあ、そのぼぼに見覚えはないか。そのぼぼにおまえの匂いは染《し》み付いていないか。おまえの流させた血の匂いは残っていまいか。血はいくらでも流れるが、涙は流れない。男の頭が股《また》から離れ、濡《ぬ》れた女陰を魔羅《まら》が突いた。入れるで、俺のは大きいから、心せえよ。霧里は歯を食い縛る。知っとるわ。

お父はん、痛いよ、やめてよ。

幼い霧里は闇の中、ただ怯《おび》えて震えていた。

旦那さん、もう辛抱できないよ。

今此処にいる霧里は、そう言って父の魔羅をねだる。

ずぶりと音を立てて、肉棒が霧里の足の間に突き刺さった。嚙《か》み締めた下唇から血が流れ、霧里は弟の頰から飛散した血飛沫《ちしぶき》の味を思い出す。塩辛かった。突き刺さったのは足の間だけではない。たすけて、東雲。

家へ戻ったら、母の足が浮いていた。屎尿《しにょう》の臭《にお》いが鼻を突き、霧里は吐きそうになった。

お母はん。

呼びかけた声が虚《むな》しく響く部屋の奥では弟が白い顔で、笑ったような白い顔で母を見つめていた。外に降っている雪みたいに白い。弟の顔も、母の爪先《つまさき》も。その爪先の下には尿が染みを作り、見上げれば口からは赤い舌がだらりと一尺ほど垂れ下がり、目玉は片方飛び出していた。あんなに綺麗《きれい》な顔だったのに、見る影もない。

お母はん。

もう一度呼びかける。答えはない。

父が、母の身体を鴨居《かもい》から下ろす。どさりと人形のように床に転がる母の身体は、触れると水のように冷たく、木のように硬かった。父は母の首に巻きついている縄を解き、見つめた。

なんで死ぬんや。

低く呟《つぶや》く父の声。弟が四つん這《ば》いになって母の亡骸の傍らへやってくる。小さな手が母の胸元をまさぐり、ひい、と悲鳴のような声をあげて息を呑《の》む。息遣いの他の全《すべ》ての音は外に降り積もった雪に紛れて消えていた。

なあ、なんで死ぬんや。

父の顔が鬼の顔に変わる。手に持った縄を目の前に突きつけられ、あっと思った次のときにはその縄は霧里の首に巻きついていた。床に倒れて広がる赤い牡丹《ぼたん》の着物は母が買ってくれたもの。苦しいと思う間もなく、その着物は父の手に剝《む》かれていた。寒さと恐怖に全身が粟立《あわだ》ち、胸の突起がツンと立つ。父の固い指がその突起を抓《つま》み、もげるほど引っ張った。痛さのあまり声も出ず、ただ霧里は鬼になった父の顔を見る。

鬼の足の間にそそり立った赤黒い魔羅は、坊主頭《ぼうずあたま》の男のそれよりも太く、大きかった。朦朧《もうろう》とする目の前でつやつやと光る雁首《かりくび》は何か別の生き物のようだ。

おまえかて俺の子か怪しいもんや。

鼻を抓まれ、口を開いた隙《すき》に父は魔羅を霧里の口に押し入れた。顎《あご》が外れそうだった。

死ぬほど欲しかったんやろ。どいつもこいつもお高くとまりやがって。

うちはお父はんの子や。東雲もお父はんの子や。

喉《のど》の奥まで突っ込まれ、胃の中の物が戻ってきても、父の手に頭を押さえ込まれ、吐き出すこともできない。

鬼の魔羅が抜け、霧里は畳の上に嘔吐《おうと》する。そのうしろから、足を抱えあげられ、間に杭《くい》が打ち込まれた。痰《たん》が詰まって悲鳴もあがらない。代わりに弟が火のついたような悲鳴をあげた。

涙が止まらなかった。小用ですと布団《ふとん》を離れ、厠《かわや》へ向かう最中に回廊で足がもつれた。そのまま倒れ込み、額を床に押し当てて両手で口を押さえた。呻《うめ》くような泣き声が、大引けを過ぎてしんとした回廊に小さく響く。

うちのこと、判らへんかった。

十何年も経《た》っちまえば親子とて他人か。額にあたる床は冷たい。そしてその床に小さな足音が近付いてくる。

「何してんだい、そんなところで」

聞こえたのは囁《ささや》くような菊由の声だった。霧里は何も答えられない。口を覆《おお》う手を離してしまえば、泣き声が周りに聞こえてしまう。菊由の手が霧里の両の肩に添えられる。

「客にひどいことでもされたのかい、」

ひどくはなかった。むしろ、このうえもなくいやらしく、優しかった。実際霧里は二度も気を遣《や》った。それでも肩に置かれた菊由の手の温かさに、霧里は顔をあげてその胸に縋《すが》りついた。白粉《おしろい》と汗の匂《にお》いが交じり合う菊由の胸は柔かく温かい。大きな乳房の間に顔を埋めれば、声は漏れなかった。

「……あたしの部屋に行くか、今日は客はないから」

霧里が頷《うなず》くと、菊由は袂《たもと》から手拭《てぬぐい》を出して霧里の口元に当てた。二階廻しに見つかれば自分の部屋に戻される。

「すぐだから、辛抱おし」

四間離れた菊由の部屋の襖《ふすま》を開けて、霧里はその部屋の布団に倒れ込んだ。手拭を嚙み締めたまま、呻きながら涙を流した。菊由は霧里の前に横たわり、黙ったまま、泣いている女の頭を胸に抱く。

「……辛《つら》いのかい、」

霧里は答えない。辛いのか悲しいのか寂しいのか悔しいのか、判らなかった。菊由の手のひらが、赤子をあやすように霧里の背を撫《な》でる。温かい胸の間と手のひらに甘えて長いときが過ぎ、やがて潮の引くように霧里の涙は引いた。

眠い筈《はず》なのに、ずっと菊由は背を撫で続けてくれていた。霧里が申し訳ない気持ちになり、眠いやろ、と尋ねると、客がいたらまだ寝てないよ、と笑いを含んだ答えが返ってきた。

「酒、飲むかい」

「あるの」

あるよ、と言って菊由は立ち上がり、続きの間へ入ると、銚子《ちょうし》と猪口の乗った盆と、煙管盆《きせるぼん》を持って戻ってきた。煙管に火を入れ、起き上がった霧里にそれを渡す。深々と煙を吸い込むと、頭がくらりとした。白い煙が天井に向かってゆらゆらと渦を巻く。

「人、殺したいと思ったこと、ある」

霧里は煙管を菊由に差し出して、尋ねた。

「坊主と寝たことがばれて、玉蔓さんにぶちのめされたときくらいかな」

菊由は鼻の穴から煙を吐き出しながら答えた。

「寝たんか」

「寝たよ」

「どないやった」

「それが見かけによらず弱助でさ、小っちぇえし、こっちは殴られ損だっつうの」

「で、どっち殺したかったん、」

「両方」

おどけた言葉に霧里は洟《はな》を啜《すす》りながら笑う。その拍子に、足の間がぬるりと濡れた。

「あ」

「なに、」

「月のもんが来た」

暫《しばら》く休業だね。菊由は言って、ごくごくと銚子から直接酒を呷《あお》った。結局自分が呑みたかっただけらしく、霧里には一滴の酒も回ってこなかった。

霧里は最後まで、吉田屋藤衛門に自分が娘であることは明かさなかった。吉田屋も気付かなかった。気付くわけがない、芳之助には端《はな》から子供などいなかったのだ。

朝霧の初見世には、予想通り大層多くの申し出があった。最初は道中をさせてやるつもりで、吉田屋に頼んで美しい着物を仕立ててもらった。なんの因果か、吉田屋つまり芳之助は、江戸に逃げてから広小路にある織物問屋の一人娘をたらし込み、そこの若旦那と成り上がっていた。奥方の顔は知らない。きっと饅頭《まんじゅう》みたいに丸い顔の女なのだろう。結局、これ以上はないほど豪勢な仕掛けはできあがったものの、大文字《だいもんじ》の新造出しと日にちが重なって、朝霧の道中はさせてやることができなかった。

ごめんね姉さん、あたしがもっと綺麗だったら。

朝霧は申し訳なさそうに謝っていた。やはり筋は良く、重い高下駄を履いてもよろけもせずに内八文字《うちはちもんじ》を完璧《かんぺき》に踏むことができたのに、悔しいのは朝霧の方だろうに、姉の自分に謝っていた。

吉田屋は宣言どおり、朝霧の初客の権利を得た。引付座敷で霧里は吉田屋に対して、姉女郎として最後の挨拶《あいさつ》をした。

朝霧を、よろしゅうおたの申します。

京都の言葉を初めて発した。最後まで吉田屋は気付かなかった。

朝霧の初見世から半年と少しが経った頃、菊由が血を吐いて倒れた。

まだ肌寒い初夏の昼見世の最中、菊由の座敷に揚がっていた客が悲鳴をあげ、褌《ふんどし》を赤く染めたまま襖を開けて飛び出してきた。客のなかった霧里は何事かとその開け放たれた襖の中を覗く。布団の上で菊由が身体《からだ》を折り曲げて倒れていた。

「どないしたんや、」

慌《あわ》てて抱え起こし、その口から血の流れているのを見つけた。目は虚《うつ》ろで霧里を見ていない。

「菊由、しっかりせえ」

異様な気配を察したか、客のなかった他の女たちもわらわらと部屋へ集まってくる。そのうちの一人が、癆咳《ろうがい》病じゃないの、と迂闊《うかつ》にも声に出して言った。その途端、集まっていた女たちは悲鳴をあげて再び散り散りに部屋から飛び出してゆく。霧里は菊由の身体を抱えたまま舌打ちした。

癆咳病に間違いない。今江戸の街中で流行《はや》っているやつだ。今更どこの誰が持ち込んだのか、と推測してもなんの意味もなかった。

その夜から菊由は奥の間に隔離されるようになった。病に侵された遊女はもう働くことができない。食事も満足に与えられずただひたすら暗い奥の間で、死を待つのみだ。菊由が世話をしていた禿《かむろ》の娘はひとまず霧里が引き受けた。そしてその娘と自分の朝飯と台の物を少しずつ他の器に移し、客の帰った早朝に、それを菊由の部屋へ運んだ。

「来なくて良いよ、あんたにまでうつっちまう」

吐いた血のこびり付いた布団の上で、日に日に痩《や》せゆく菊由はそんなことを言った。

「やかましいわ、黙って食え」

霧里は薄い粥《かゆ》の入った器を菊由に突きつける。菊由は細く骨のようになった腕でそれを受け取り、匙《さじ》も使わず口の中に流し込む。途中で咽《むせ》て、口の端から血の混じった食べかすが零《こぼ》れた。霧里は手拭を出し、その口を拭う。

「あたしさ」

手拭の離れるのを待ち、菊由が小さく言葉を発した。

「なに、」

「このまま死ぬんだよね」

霧里は息を呑む。答えられなかった。気丈で快活でいつも笑っていた菊由。今その手は瘦せ細り、寝間着の浴衣《ゆかた》には吐き出した血が赤黒くこびり付いている。空になった器を受け取り、盆に置くと霧里は菊由の身体を布団に横たえさせた。そして、その胸の上に覆《おお》いかぶさり、頰をつけた。たわわだった乳房は瘦せて小さく萎《しぼ》み、両側から寄せても、もう霧里の顔を優しく温かく押し包まない。

「……死なないよ」

やっとの思いで発した声は、驚くほど薄っぺらかった。

「もし死んでも、きっとまた生まれ変わるよ」

「そうかなあ」

薄い胸の向こうから、緩やかな心音が聞こえる。

「生まれ変わったら、何になりたい」

霧里は尋ねた。そうだねえ、と菊由は暫くののち、答えた。

「もう、女郎だけはごめんだね」

毎日毎日霧里は菊由を見舞った。そして菊由が倒れてから二月後、膳《ぜん》を持って奥の間へ行くと、其処《そこ》には変わり果てた女の死体が転がり、わんわんと音をたてて蠅《はえ》がたかっていた。取り落とした膳が派手な音を立てて割れた。

そしてそのまた二月後、霧里が厠で血を吐いた。幸いなことに、それは誰も見ていなかった。紙で慎重に口の周りを拭い、着物に血が付いていないことを確かめ、座敷に出た。赤い着物と赤い襦袢《じゅばん》を何枚か新調した。喀血《かっけつ》しても赤い着物の袖《そで》で拭ったのであれば、よほどのことがない限りはばれない。

本来赤い着物は大見世の若い新造《しんぞ》の着るものだ。振袖新造って年でもなかろうに、と客は笑った。まだまだ若いですよう、ほら、このぼぼなんかご覧なし、おぼこみたいに綺麗《きれい》でしょう。霧里は笑いながら足を開く。擦り切れている筈の観音様はくすみのない桃色で、まだ生娘のようにつやつやと輝き、男の欲情を誘った。

朝霧はもう大丈夫だ。玉蔓の育てた娘には及ばないが、吉田屋の他にも熱心な客がつき、ほとんど毎日出ずっぱりで、張見世でお茶を挽《ひ》くようなことはない。何人かの朝霧の客に、妬《や》くような素振りで朝霧の何が良いのか聞いてみた。そろって皆同じ答えだった。地味なのが良いという。霧里みたいに綺麗なのはたまに良いけど、二人でいて安心していられるのは、朝霧みたいに地味でどちらかというと不器量な娘なんだと。

美しく生まれつき、悲しく死んだ藤緒を思い出す。美しさは男を遠ざける。そして幸せすらも遠ざける。

幸せだったときなど、自分にはあったのだろうか。

喀血は日増しにひどくなっていった。そして確実に身体も痩せていった。やはり菊由の癆咳病がうつったのだ。しかし菊由を恨む気持ちは露ほども生まれなかった。

おはぐろどぶに投げ込まれるだけだと思っていた菊由の亡骸《なきがら》は、弔衆《とむらいしゅう》の手によってきちんと棺桶《かんおけ》に収められ、見世の裏戸から大門の外の投げ込み寺へと運ばれていった。簡単だが、供養《くよう》もしてもらえるという。きっと坊主《ぼうず》はそのうち医者になるようないんちき坊主だろうが、経のひとつもあげてもらえれば、あの菊由のことだから、意地でも成仏《じょうぶつ》するだろう。

外はいつの間にか冬になっていた。寒さは咳《せき》をひどくする。本当なら立っているのも辛いし、もう化粧でごまかしが利《き》かないほど顔色も悪かった。でも倒れて奥の間に隔離されることだけは避けなければならない。霧里が倒れれば、律儀《りちぎ》な朝霧はかつての霧里が菊由にしたように、毎日見舞いに来るだろう。そうすれば、朝霧にもこの病はうつる。

朝霧を遠ざけ、ひどい風邪をひいたと言って見世へ出るのを控えさせてもらった。

「孕《はら》んだんじゃないだろうね」

頻繁に厠《かわや》へ駆け込む霧里を訝《いぶか》しみ、女将は見当違いな疑いをかけた。

「違う、本当に風邪や。寝てりゃ治る」

寝具の中で咳き込みながら、霧里はうとうとと夢を見た。窓辺で溶けて崩れる赤い金魚を指に掬《すく》えば甘い糸を引く。姉ちゃんと一緒に江戸へ行くか。その問いに弟は否《いな》と返事をした。付いてくるだろうと思っていた。付いてきてほしかった。他に心に留めた女がいるのか。そう尋ねることはできなかった。そういう女がいる、と弟の口から聞きたくなかった。何を望んでいたのだろう。そんな問いは恐ろしく無意味で、霧里は笑いながら指に絡《から》めた赤い飴《あめ》を舌で舐《ねぶ》る。

部屋の襖が音もなく開いた。闇《やみ》に沈む回廊から細かな雪が吹き込んできた。雪の中から現れたのは、あの日別れた弟だった。

東雲、

霧里は布団《ふとん》の上に起きあがる。胸の痛みが嘘《うそ》のように消えていた。姉ちゃん。弟は嬉《うれ》しそうに霧里を呼び、肩に担《かつ》いだ籠《かご》を床に降ろすとその傍らに膝《ひざ》をついた。

着物、染めてきたで。今までで一番ええ出来やったから、早う見せたくて。

ほんま、見せて。

籠の中からは、鮮やかな山吹色の上に濃淡とりどりの青い蝶《ちょう》が飛ぶ、見たこともないほど美しい着物が出てきた。声も出ず、霧里はその着物を手に取り、見入る。

綺麗やろ。

……ほんま、綺麗やなあ。

弟の腕が、霧里の背にまわされる。その胸は広く、温かく、懐《なつ》かしい匂《にお》いがした。霧里も、細い腕を弟の背にまわした。弟はそのままゆっくりと前に屈《かが》みこみ、霧里の身体を布団の上に倒し、額にくちづけた。

なあ、もう無理せんでもええよ。

その声は深く優しく、気が遠くなるほど愛《いと》しかった。ぎゅうと腕に力を込めて弟の身体を抱き締める。柔かな唇は霧里の額から頰に、そして唇に触れる。気付けば甘い香りが部屋を満たしていた。弟の描いた青い蝶が、ひとつ、またひとつと着物から浮かびあがり、きらきらと鱗粉《りんぷん》を散らしながら舞っている。

やがて蝶は部屋中を埋め尽くし、青い闇に東雲の身体を覆い隠し、

いつしか霧里の吐息も止めた。

東雲

人の血は、色といい触感といい、その密度までが赤い染料に似ている。違うのは匂《にお》いと、そして温度。冬の朝の染料は冷たいが、冬の夜の血は人の体温そのものだ。指の股《また》を父の胸から滲《にじ》み出した血が伝う。闇《やみ》に響いて外にまで聞こえるのではないかと思えるほど、東雲の鼓動は大きく、そして速かった。それなのに妙に落ち着いて父の苦悶《くもん》に歪《ゆが》む顔を見ていた。壁を背にした厚い身体《からだ》が徐々に力なく頽《くずお》れてゆく。ここで身体から懐剣を抜けば、返り血を浴びることになるだろう。硬直した指を、反対の手指で剝《は》ぎ取り、懐剣を離すと、父の身体は音を立てて畳の上に崩れた。

畳の上の死にかけた男は何か言っているが、聞き取ることはできない。おそらく何

を言っていたとしても東雲の耳に届くことはないだろう。一人の人間をこんなに憎むことができるのかと不思議に思うほど憎んだ相手の言うことなど、はなから聞く気もない。

手放すのが惜しい、柄《つか》の部分が綺麗《きれい》な懐剣だった。花弁の筋まで写した杜若《かきつばた》の金属彫り。刃は冬の月のように青白く光る。母の布団の下にいつも忍ばせてあったものだ。過去、東雲の左の頬に傷を残し、そして今は父の胸に埋まる。

死にゆく人間に手向ける花だと思うことにしよう。

東雲は鈍く光る杜若に未練を感じながらも立ち上がり、屋敷の中庭へ通ずる障子戸を開けた。ひやりと冷たい外気が汗を凍らせる。暗闇に沈みつつも、石灯籠《いしどうろう》の薄明かりに浮かぶ中庭は、見事だった。春に訪れることができればどんなに良かっただろう。名残惜しい気持ちでそこを通り抜けようとしたら、若い奉公人とすれ違った。こんな時間まで起きている者があったか、と東雲は肝を冷やした。そして、ひとごろしの手と顔は隠せない。人の勘というのはとてもよくできているようで、一瞬目が合っただけなのに、若い男はあからさまに東雲を訝《いぶか》しむ眼差《まなざ》しで見つめ、その視点の先にある東雲の右手からは父の血が滴《したた》っていた。

……あかん。

そう思ったときにはもう遅かった。若い男は走り出し、東雲も逆へと走り出す。顔も背恰好《せかつこう》も見られた。人相書きが回るのはそう遅くはないだろう。

まだ、お縄になるわけにはいかない。箱根関所に話が伝わる前に、一度京都に戻らなければ。

東雲は中門を開けて出ると、長くしなやかな脚で闇に沈む江戸の町を駆けた。広小路から昌平橋を渡って鍛冶町《かじちよう》へ抜け、朧月《おぼろづき》の下に浮かぶお城を右手に見ながら新橋の方へとなおも駆ける。新橋の目抜き通りを抜ければ、人は少なく家も少なくなる。上野界隈《かいわい》を縄張りとしている御用聞きの管轄《かんかつ》も抜けるだろう。遥《はる》かうしろの方で、ひとごろしー、と叫ぶ声が聞こえたような気がしたが、吉田屋藤衛門を殺したひとごろしを見たのは結局、吉田屋の若い奉公人だけだった。

ひとごろしの足音は冷たい闇に散って消える。


飛脚を生業《なりわい》とする男の足は、江戸と京都を僅《わず》か六日で駆けるという。東雲は飛脚の足の二倍以上の日数をかけて京都へと戻った。大工や人足を生業としている者ならば軽い道のりだろうが、東雲の身体はそれほど頑丈ではない。相模《さがみ》も終わりの宿場町の半ば、狭い宿の部屋に敷かれた薄い布団《ふとん》に倒れ込み、凍傷のようになった足の小指を撫《な》で擦《こす》る。

もうそろそろ人相書きも出回っている頃だろう。一つ所にじっとはしていられない。せめて尾張《おわり》あたりまでたどり着かねば足が付く。そう思いながらも疲れと眠気には勝てず、夢と現《うつつ》の間をたゆたうような眠りの中で、東雲は一人の女が目に涙を溜《た》めて身を捩《よじ》らせる様を、薄い紗《しゃ》の膜の向こうに見ていた。東雲は金縛りにあったように動けず、ただその女の名を呼ぶ。

姉ちゃん。

否《いな》、その顔は姉ではない。熱を出した子供のような小さな顔。処女の女陰のように赤くぬらぬらと光る小さな唇。半次郎さん、小さな唇を歪めて女が呼ぶ。

……朝霧。

東雲は女に向かって手を伸ばすが、二人を隔てる薄い紗は蜘蛛《くも》の巣のようにその指を絡《から》めとり、いつまで経《た》っても朝霧には届かない。半次郎さん、朝霧の声が耳の奥で木魂《こだま》する。東雲、姉の声が頭の奥で木魂する。柔かな蜘蛛の巣に埋もれながら耳を塞《ふさ》ぎ、これは呪縛《じゅばく》だ、と東雲は思う。父の手から愛した女を守れなかった自分への罰だと。

霧里、はて、聞いたこともねえやなぁ。おめえ知ってるか。
京都から来た女、ああ、たしか一時期角町《すみちょう》の山田屋にお高いのがいたね。
今はもう年季も明けてるだろうよ。あんたいつの吉原細見で調べて来たんだい。
そういや、山田屋は癆咳《ろうがい》病出して何人か死んだろう、だいぶ前だったが。
ああ、そうだ、たしか霧里と菊由が死んだんだ。
まだ借金も残ってたろうに、山田屋も損なこったなあ。
吉原ぁ去年の秋に焼けちまってよ、今はどの見世も仮宅《かりたく》なんだよ。
ありゃあ酷《ひど》かったな、黒助のお稲荷《いなり》さんも焼けちまったしな。
山田屋はどこにいったんだっけ、
八幡様の前だよ、縁日にゃ遊女どもが大はしゃぎして来てらあ。
おいこら若えの、道は判《わか》んのかい。

行商のため江戸に来た際、姉を訪ねようと猪牙《ちょき》の船頭に声をかけたときの、無遠慮な彼らの声。川の水音も鴨《かも》の鳴き声も何もかもが遠かった。よろけそうになる足をなんとかふんばって、吾妻橋《あずまばし》の横を通り過ぎると、蔵前《くらまえ》天王町の目抜きに入り、半刻《はんとき》も経たずに浅草橋のたもとまでたどり着いた。背後から浅草寺《せんそうじ》で暮れ六《む》つの鐘をつくのが聞こえる。鐘の音は何処《どこ》も変わらぬ。

東雲、今夜姉ちゃん道中するねん、仲之町《なかのちょう》で見ていきや。

まだお上から花魁《おいらん》道中に規制のかかっていなかった島原は、毎晩それは豪勢な道中が行われた。絹を染める職人という職業柄、着物の柄ばっかりに目がいってしまって姉以外の顔など見ていなかったが、引手《ひきて》茶屋へ向かう遊女たちが、藤《ふじ》の花のような銀《ぎん》簪《かんざし》の涼やかな金属音を鳴らしながら連なって仲之町を練り歩く様は、本当に綺麗だった。

京都島原。死んだ姉は其処《そこ》へどれだけ戻りたがっていただろう。

隅田川の河岸に座り込み、東雲は膝《ひざ》を抱えて額を埋めた。仲之町にずらりと並ぶ見物客たちの目が、白く輝くような細い脚を惜しげもなく露《あらわ》にしながら内八文字《うちはちもんじ》を踏む姉を見る。そしてその美しさに溜息《ためいき》を漏らす。東雲はそのときが好きだった。

うなじに冷たいものがあたる。雪か。そういえばだいぶ冷えてきている。もう吉原の見世も開く時間だからお天道様《てんとさま》も沈んでいる筈《はず》だ。寒いし、暗い。早く宿に帰らなければ。そう思っても東雲は動けなかった。このまま寒さに凍えて死んでも良いだろうか。あの日自らを犠牲にして自分を救ってくれた姉は、いま此処《ここ》で雪に埋もれて死のうとしている弟を許してくれるだろうか。

萩尾屋との縁談の話があってから十日余ののち、正式に断りを入れると、旦那《だんな》は複雑な顔をしながらも幾分か安心した様子だった。ひよっこのおまえが萩尾屋の若旦那なんかになったら、俺の立場がないわ。そう言って人の上に立つ者特有の声で笑った。それまでは特に旦那に対して何の感情も抱いていなかったが、東雲はなんとなくそのとき不安になった。

そして断りを入れてから一月後、夜遅くに親方の用事で遣いに出されたおり、東雲は二人組みの図体の大きな男に行く手を阻《はば》まれ、月の光の届かない狭い路地の裏へと引きずり込まれた。抗《あらが》おうとしても無駄であることは、その二人組みがまるで関取のような体格をしていた時点で明らかだ。そして一人の男に力任せに首を絞め上げられ、力の抜けたところにもう一人の男の手によって右腕を折られた。ばき、という鈍い音が最初何の音だったのか判らなかったが、朦朧《もうろう》とする意識の中、次第にずきずきと熱を持ってくるのと、手首と肘《ひじ》の間で奇妙な方向に折れ曲がった自分の腕を見てぼんやりと、ああ、折られたのだと判った。男たちはその腕を確認すると、暗い夜道に土埃《つちぼこり》をあげて走り出す。顔は見えなかった。東雲は歩くこともままならず、その場に蹲《うずくま》って腕を押さえ、低く呻《うめ》いた。

じっとしていても痛みは増すばかりで、額から脂汗《あぶらあせ》が垂れてくる。これでは遣いに行っても荷物を持ってくることは無理だ。よろよろと立ち上がり、駒方屋の方角へ引き返した。何度か意識が抜けそうになったが、どうにかこうにか工房の裏戸へたどり着き、中に入ると、末吉が小さな灯りを頼りにまだ作業をしていた。青い顔をして入ってきた東雲を幽霊か何かと思ったらしく、末吉はおかしな声をあげて立ち上がる。そしてその顔を確認すると、不機嫌に溜息をついて言った。

……なんや、おまえか。どないしたん。

腕、折られたわ。

東雲は末吉の肩に体重を預けて凭《もた》れかかった。腕も熱いし、絞め上げられた首も熱い。末吉は慌《あわ》ててその身体を支え、腫《は》れあがってきた東雲の右腕を取ると眉《まゆ》を顰《しか》めた。

ひどいな。誰や、こんなことしたんは。

わからん。

身におぼえは。

ないわ。

紙入れは取られなかったし、他に怪我《けが》もない。東雲の荒い息遣いを聞きながら、末吉は暫《しばら》く折れた腕を見つめていたが、突如、我慢せえよ、と言ってその肘と手首を摑《つか》み、物凄《ものすご》い力で引っ張った。暗い工房の天井に、自分のものとは思えない獣の遠吠《とおぼ》えのような悲鳴が響いた。

吉田屋藤衛門の店は、日本橋からも注文が来るような、界隈では大きな織物問屋である。店の裏には母屋《おもや》があり、母屋の中庭は相当腕の良い植木職人に頼んでいるらしく、見事なまでに整っていた。

店では東雲が染めていたような各地の伝統友禅や、同じ京都の西陣、江戸特有の洒落《しゃれ》た小紋、それに見たこともない南蛮渡来のものも扱っていた。東雲が表から顔を覗《のぞ》かせると、藤衛門はにこやかに手招きをした。年齢相応に脂の乗った人好きのする笑顔だが、その過剰に人の良さそうな様子が、東雲には腹黒く見える。

「阿部屋さん、昨日の品物、いただくことにしますよ」

「ほんまですか」

「ええ。うちの店は南蛮のものは入ってきても、支那《しな》のものは少ないんですよ。良いものを仕入れさせていただきました」

そう言って吉田屋は古い算盤《そろばん》を弾《はじ》いて東雲の前に差し出した。

「吉田屋さん、それは厳しい。もうちょっと色つけてもらえまへんか」

即座に東雲は返した。正直その値では、大坂から江戸までの旅籠《はたご》の料金を出すと、儲《もう》けが殆《ほとん》どなくなる。そういう返しをあらかじめ予想していたようで、吉田屋は笑ってもう一度算盤を弾いた。その上げ幅はだいぶ大雑把であるが、何度か交渉するうちに、ある程度の儲けが出る金額まで上げられたので、東雲は欲張らずに其処で手を打つことにした。取引が解消になっては元も子もない。

「そう言えば、探していたお姉さんは見つかりましたか」

吉田屋は番台の下に算盤を仕舞いながら、悪意のない声で尋ねた。

「はあ、癆咳でくたばってましたわ」

東雲は笑いながら、血を吐く思いで答えた。それはお気の毒さまでしたねえ、という吉田屋の妙にしんみりした声も、善人の面《つら》の皮を被《かぶ》っているようで気味が悪い。もやもやと頭を掻《か》き毟《むし》りたい気分でいると、突然「吉原にはもう行きましたか」と、全く関係のない話を吉田屋が振ってきた。

「……去年の秋に火事で焼けたと聞きましたけど」

東雲は訝しげに答えた。

「仮宅ってのができるんですよ。店構えは落ちますけどね、茶屋まで呼べばそんなにみみっちくもない」

「まだ大坂には戻らないんでしょう。近いうちお連れしますよ」

「はあ」

だから元気を出しなさい、とでも言いたそうな顔だった。正直、もう遊女であろうと素人《しろうと》の娘であろうと、女には係わり合うつもりはなかったが、ここであほみたく正直にそんなことを言っても、心証が悪くなるだけだろう。おおきに、とだけ答えて東雲は店をあとにした。


ことが明らかになったのは、萩尾屋の一人娘、沙耶《さや》と祝言《しゅうげん》を挙げ、床に入る晩のことだった。沙耶は東雲の母、藤緒に似て肌が白く、漆黒の髪と瞳《ひとみ》を持つ美しい娘だった。盃《さかずき》を交わした際、慣れない酒に頬と耳を桃色に染める様子も愛らしく、この娘であったら愛することができるかもしれない、と東雲は思った。

祝言の酒宴もお開きになり、湯をもらい、火照《ほて》った肌の上に白い寝間着の帯を締める。床の延べられた部屋へ戻る回廊を歩いていたら、襖《ふすま》の向こうでぼそぼそと人の声がした。立ち止まり耳をそばだてると、それは先に部屋で待っているはずの沙耶の声だった。

十両あるから、もううちには近づかんといて。

約束は十五両やろ。

人殺しやあるまいし、腕潰《つぶ》してって頼んだだけや、十両で充分やろ。

初めは何を話しているのか判らなかった。否、会話は明瞭《めいりょう》に聞こえるが、それが何を意味しているのか判らなかった。

無事に祝言挙げられたのは誰のお陰やと思ってるんや。

せやから金なら渡すさかい、もう来んとって。

湯上りの温かいはずの肌が、寒気を覚えて粟立《あわだ》った。三月前、知らぬ男に襲われ、腕を折られ、駒方屋では染物職人として使えないとお払い箱になった。そしてちょうどよくもう一度、萩尾屋の娘との縁談の話があがった。東雲は小指の先ほど襖を開ける。中を覗くと、闇《やみ》に埋もれて定かではないが、恐ろしく大きな男の影が小さな灯りに揺れていた。あの日東雲を襲った男の一人に間違いないだろう。

あんたどうせ駒方屋の親方からも金貰《もろ》うてるんやろ、充分やないの。

低く冷たく沙耶は言い、衣擦《きぬず》れの音をさせて立ち上がった。東雲はとっさに其処を離れ、隣の部屋の襖を開けると中に滑り込んだ。小さな足音が襖の外を通り過ぎてゆく。温かかった筈の身体《からだ》は既に冷たい。つい先刻まで愛せるかもしれないと思っていた女は、今となっては見知らぬ鬼女だ。東雲は奥歯を噛《か》み締め、熱を持つとまだずきずきと痛む右腕を胸に抱く。

ずっと半次郎はんが好きやったん。

はにかみながらそう言って愛くるしく笑っていた沙耶。その言葉にも笑顔にも嘘《うそ》はない。ただ単に好きだったから手に入れたかった。ただ単に手に入れたかったから職人としての東雲を潰した。絹を染めることすらもはやできない男など、手に入れておまえは満足か。

その晩、沙耶が柔かな胸を押し付けてきても、濡《ぬ》れたような手指で執拗《しつよう》に撫《な》で擦《こす》っても、口に含み音を立てながら生温い舌を絡《から》めても、東雲の魔羅《まら》は勃《た》たなかった。抱けるわけがない。まとわり付く汗ばんだ身体を引き剝《は》がしたい思いもあったが、そんな気力もなかった。やがて外からは鳥の鳴き声が聞こえ始める。沙耶は血走った大きな両の目に涙を浮かべて東雲を見下ろした。

うちのこと、嫌いなん。

涙の膜の向こうには、恐ろしいほど深く暗い闇。そしてその闇の向こうには静かに燃え上がる青白い炎。懐《なつ》かしい、と東雲は思った。その色は藤緒の瞳と同じだった。藤緒が飢えた子供のように恨みがましく芳之助を見つめていた瞳と。東雲は記憶に棲《す》む幻影の白蛇から逃れるため、目を瞑《つむ》り両手で顔を覆《おお》う。

今日は深川八幡で縁日をやっているから、用事がないなら行ってみると良《い》いよ、という宿の主人の言葉を聞いて、東雲は気分転換も兼ねて足を運んだ。空は高く青く澄んでいた。雪の残る道はずいぶんと滑るが、江戸の男はよくもまあよろけずに歩けるものだと感心する。そして高い鳥居の向こうは、何処からこんなに人が湧《わ》いてきたのかと思うほどの賑《にぎ》わいぶりだった。一見して遊女と判る類《たぐい》の女が多い。猪牙の船頭たちが言ってたのは此処の縁日のことだったのか、と東雲は、幼い娘のように笑いながら雪の残る参道を駆けてゆく化粧っ気のない女たちを目で追った。

島原と吉原の違うところは、その町が高い塀で囲まれているかいないかだ。島原はまるで罪人を囲い込むかのように高い塀がめぐらされているが、焼け跡の吉原には、大門の間近以外に塀の名残はなかった。その所為《せい》なのか、遊女たちは娑婆《しゃば》でもずいぶんと朗らかに笑う。

参道の半ば、ふと横を見遣《みや》ると飴細工《あめざいく》の店が出ていた。禿《かむろ》の娘や幼子を連れた若い女たちが前に群がっている。気恥ずかしい感じもしたが、東雲はその中に加わり、朱赤の金魚があるか探す。金魚はなかったが、紅白のねじり棒はあった。姉ちゃんと一緒に江戸へ行くか。そう言った姉の口の中に入っていたのと同じ。東雲は懐かしさに手を伸ばしかけて、今はもう姉などいないことを思い出し、やめた。そしてまた歩き始めようと振り向いたら、足元に娘が蹲っていた。驚くほど小さな背中は子供のようだ。あまりに小さいため、参道を浮かれて歩く人々は娘に気付かない。

人酔いか、迷子か。いずれにしても踏み潰されてしまっては可哀相《かわいそう》だと思い、東雲は蹲っている娘の脇《わき》の下に手を差し入れ、抱きかかえた。小さな身体と相応に、抱えあげた娘は驚くほど軽かった。出店の脇を通り、人の少なくなったところで娘を降ろす。

「大丈夫、怪我はなかったかい」

声をかけると娘は、水溜《みずたま》りに足を突っ込んでしまった猫のような顔をして東雲を振り返ったが、すぐに若い娘の顔に戻り、草履《ぞうり》が脱げちまったんです、と不自然な笑顔で言った。娘の足元を見て、東雲は、あ、と声をあげそうになった。片方しかない白《しろ》練《ねり》の草履には、青い牡丹《ぼたん》の鼻緒。それは紛れもなく、駒方屋へ入って初めて東雲が染めたあの青い牡丹だった。

娘を其処《そこ》で待たせ、東雲は参道へ戻り草履を探した。ずいぶんと踏まれたり蹴《け》られたりしたらしく、見付かったときには小さな草履は雪解け水で汚れていたが、東雲は手拭《てぬぐい》でそれを綺麗《きれい》に拭い、娘の元へと戻った。不安げな顔をして片足で突っ立っていた娘は、東雲の姿と、その手に持っている草履を見止めると、小さな顔に花のような笑顔を咲かせた。

「ありがとう」

本当に嬉《うれ》しそうな顔とその言葉につられて、東雲も笑顔になる。

「俺が染めたんだ、これ」

娘の足に草履を履かせてやりながら、東雲は言った。そして誘われるように、目の前にある娘の小さな白い手指を自分の手で包んだ。冷たく、柔かい、姉と同じ遊女の手だ。

「綺麗だろ」

白い息を吐きながら、娘がほんのりと頰を桃色に染めた。その様子を見て東雲は、何年かぶりに臍《へそ》の下に血が満たされていくのを感じた。


三年耐えた。

一方的に見初《みそ》め、商売敵に無理な縁談を持ちかけ、職人としての未来を潰してまでやっと手に入れた愛《いと》しい男の萎《な》えた股間《こかん》を沙耶はしごき、舐《な》めあげ、吸い付き、なんとか勃たせようとした。毎夜のそれが美しい女の気位をどれほど傷つける行為なのか、東雲には判《わか》っていた。相応の復讐《ふくしゅう》だと思っていた。

そして祝言から三年、東雲は陰間《かげま》だ、という噂《うわさ》が店に流れ、店にいられなくなるどころか、店の面汚しだと京都の絹業界からも追われることになった。店から、そして京都から東雲が去っていく様子を店の戸の中から笑って見ている沙耶の横には、いつかの大男がアホ面さして立っていた。悔しさに泣く代わりに東雲は大笑いした。

素人の淫売《いんばい》女が。その男の汚い腹の上で股間を擦り付けて下品によがれば良いわ。ついでにあのとき渋った残りの五両も手間賃として与えてやれ。

行き場を失い、東雲は大坂へと向かった。寄ってくる女は何人もいたが、もう女とは係りたくなかった。美しい女であればなおさらだ。

手切れ金として投げつけられた金で暫《しばら》く宿を転々とした後、舶来の変わった布地ばかりを集めて小さな商売をしている阿部屋という問屋を見つけ、興味本位で店を覗いたところ、店の主人は東雲と同じくらいの若い男で、一刻《とき》ほど世間話をしたのち、目《め》利《き》きとして雇われた。何もかも大雑把で気取ったところのない主人の善治《ぜんじ》は、反物の価値もあまり判っておらず、気に入ったものであれば価値がなくても金を出してしまうような暢気《のんき》さだったが、男の目から見ても気持ちの良い男で、東雲はすぐに打ち解けた。

吉田屋は上機嫌で茶屋の階段を上っていく。東雲は浮かない気持ちでそのあとに続いた。ただの世間話だろうと思っていたら、本当に吉原に連れてこられた。否《いな》、吉原という街は今は機能しておらず、正確に言えば吉原の遊女を呼んである深川の茶屋での宴に招かれた。奥の間の付いている座敷はそのまま朝まで居座れる。

「顔の美しい女が嫌いでね」

座敷に用意された酒を手酌で呷《あお》りながら、吉田屋が言った。意外に思って東雲は無言で吉田屋の顔を見つめる。

「だから今日呼んであるのもね、私が馴染《なじ》みにしてる地味な顔した女ですよ。阿部屋さんみたいな伊達男《だておとこ》には申し訳ないんですが」

「いや、かえってその方がありがたいですわ」

東雲は吉田屋と自分に意外な接点を見つけ、少し安堵《あんど》した。地味な顔、と聞いて、先日八幡の参道で出会った娘を思い出す。

柔かく冷たい、雨に濡れた百合《ゆり》の花びらのような感触の手のひらを忘れることができず、東雲は明けて早朝、もう一度八幡へと向かった。会えるわけがないと思っていたのに、まだ夜明けの気配のない参道半ばには、娘がまたしても猫の子のように蹲《うずくま》っていた。珍しい朝顔の細工の簪《かんざし》が壊れてしまったと差し出す悲しげな顔を、昨日の見事な笑顔に戻してやりたくて、直してやろうか、と東雲は提案した。表情に乏しい地味な顔に、少しだけ嬉しそうな灯りが差す。

おまちどおさんでしたー朝霧さんですー、と威勢の良い店番の声がして、座敷の襖が開いた。聞き覚えのある名前にぎょっとして、東雲は開いた襖の向こうを見つめた。そこには後光のごとくどっさりと簪の挿された頭を重そうに垂れ下げ、三人の女が正座をしている。一際《ひときわ》小さな女が最初に顔を上げ、東雲を一瞥《いちべつ》した。小さな目の際に長い睫毛《まつげ》のような赤い紅、鼻筋に練白粉《ねりおしろい》、そして唇よりも一回り小さな紅、隙《すき》のない遊女の化粧を施してはいるが、間違いなくあの娘だった。なんという偶然か。東雲は娘を凝視する。娘の方も東雲を見止め、はっと息を止めた。

誰に対しても勃たなかったわけではない。沙耶を相手にしたときだけだ。萩尾屋へ入ったあとも、末吉や他の仲間が呼びにきたときは、こっそりと島原の小見世に通った。白粉の匂《にお》いと汗の匂い、そして幽《かす》かな花の匂いに目を閉じて姉を思い、女を抱いた。瞼《まぶた》の裏の闇には二人の女が見え隠れする。母と、姉と。蹂躙《じゅうりん》したいのはどちらか。抱きたいのはどちらか。射精の快楽は得ても闇は深まるばかりで、東雲はその闇から逃げるように、柔かな女の身体を胸に抱いた。

目の前で、女が悶《もだ》えている。吉田屋の手によって開《はだ》けられた胸は痛々しいほど薄く、白かった。男の指が女の紅色の乳首を抓《つま》み、弄《いじ》ると、女は眉間《みけん》に苦しげな皺《しわ》を刻み、顔を背ける。その白い肌には、桃の花に似た薄い斑点《はんてん》が、吉田屋の言ったとおり「咲いている」ように見えた。

「旦那《だんな》さん、だめ」

朝霧は甘く掠《かす》れた声で、男に抗議する。背けた顔の頬と耳朶《みみたぶ》が赤く染まってゆく速さで、肌に咲いた花は徐々に色の濃度を増し、その数も増していった。

愛しいと思った女なのに。

東雲は胡座《あぐら》をかいた足の間が湿り気を帯び、熱くなってゆくのを感じた。きつく締めた褌《ふんどし》の下でそれは苦しげに捩《よじ》れる。

この感覚は何処《どこ》かで憶《おぼ》えがないか。

啜《すす》り泣きに似た朝霧の吐息が荒くなる。聞こえる筈《はず》のない悲鳴が聞こえた気がした。目の前で朝霧の着物の裾《すそ》が割られ、鮮やかな色の蹴出しが露《あらわ》になり、その奥の濃い闇の中まで吉田屋は腕を突っ込んだ。

目の前で男に犯されている女。それを見て初めて勃起《ぼっき》していた東雲。確かそのときは泣いていた。

……この感覚はどこかで憶えがないか。

行燈《あんどん》の火がゆらゆらと揺れた。橙《だいだい》の灯りは朝霧の女陰の奥まで照らし出す。

「ほら朝霧、顔を見せておあげ」

笑いを含んだ吉田屋の声が有無を言わさず、横を向いていた女の顔をこちらへと向ける。頰にも、首にも、胸にも、白い肌一面に花を咲かせた女が切なげに眉根《まゆね》を寄せ、今にも泣き出しそうな顔で東雲を見つめたとき、あばらの奥の方で骨が軋《きし》んだ音がした。鼓動が早くなり、左頰の傷が音を立ててずきずきと痛み始めた。頰の皮膚を突き破って何かが噴き出してきそうだ。

……何故《なぜ》今の今まで気付かなかったのか。

東雲は屹立《きつりつ》した股間を押さえる術《すべ》もなく、目の前で絡み合う男と女を見つめる。紛れもなくその男は父だった。何故気付かなかったのか。あの寒い部屋で母と一緒にあれほど待ち詫《わ》びていた男だというのに、通りで出会っても絶対に見分けのつくよう、黒子《ほくろ》の位置まで把握していた父だというのに。

凍《い》て付く部屋の中、目の前で女が男に犯されている。東雲はその女を愛しいと思っている。そして愛しいと思っている女を犯しているのは、父。

たすけて、東雲。

姉の声は幻聴だ。あの雪の晩、姉は一言も声を発しなかった。ひとごろし、という叫び声だけを鮮明に覚えている。泣き叫ぶ弟に助けなど求めなかった。目の前で朝霧は父の魔羅を女壺に受け入れる。細い悲鳴は絹糸のようにしなやかで悲しげで。

たすけて、東雲。

……幻聴の筈なのに、いま其処に姉が耳元で囁《ささや》いているかのごとくはっきりと声が聞こえる。

たすけて、東雲。

ああ、だからこれはただの幻聴なのに。

たすけて、東雲。

たすけて、東雲。

たすけて、東雲。

たすけて、東雲。

たすけ

蜘蛛《くも》の巣は柔かで、耳さえ塞《ふさ》いでしまえば、自分の身体《からだ》が其処に囚《とら》われているという事実から目を逸《そ》らしさえすれば、何処へ行く必要もなく寝ていられる。しかしそのままではいずれ死ぬ。死なないために塞いだ手を離し、目を開け。

あたしの姉さんは、京都から売られてきた人なんだよ。

朝霧は言った。この時代になって内八文字《うちはちもんじ》を踏む遊女は、島原でも霧里の筋だけだった。そして朝霧は姉女郎に内八文字の踏み方を教わったという。

朝霧の姉女郎ってなんて女だったんです。

東雲は吉田屋に尋ねた。

ええと、たしか霧里だったか。

……どんな女だったんですか。

別嬪《べっぴん》だったけどね、私の好みじゃありませんでしたよ。

好み。

抱いた時に愛想のない女は嫌いなんですよ。首っ玉に齧《かじ》り付いてくるくらいじゃないとね。

……抱いたんですか。

まだ朝霧はそのとき初見世前だったからね。

おまえが抱いた霧里はおまえの娘や。

なぜ、父の胸に刃を突き刺したときに、俺はおまえの息子だ、と言わなかったのか。突き刺さった懐剣が少しでも浅く、もしあと少しでも吉田屋の頽《くずお》れるときが遅ければ、そのことを明かしていただろうか。

否。

息子の存在を憶えていないということは充分ありうる。息子ではなく、東雲は吉田屋にとって、ただ単に阿部屋の半次郎だ。その事実が悲しいとか辛《つら》いとか思う筈もないのに、東雲は死にゆく男に躊躇《ちゅうちょ》した。

お父はん。

そんな言葉には未練もないのに。

朝霧はあと二年で年季明けと言っていた。おそらく一番の上得意である吉田屋は、死んだ。身請けの話ももうないだろう。年季明けを待って、何処か江戸からも京都からも遠いところへ逃げ、所帯を持とう。その前に、諦《あきら》めていた道中をさせてやろう。あの島原の仲之町の、輝くような道中をさせてやるだけの甲斐性《かいしょう》はないが、夜の焼け落ちた吉原の仲之町に咲き誇る花のような着物を染めてやろう。右腕はまだ痺《しび》れるけれど、筆は握れる。指は工程を憶えている。

半次郎さん。

きっと朝霧は子供みたいに嬉《うれ》しそうな笑顔で東雲が染めた仕掛けを喜ぶだろう。柔かな手のひらも、小さな身体も、花の咲くような笑顔も、何もかも今度こそ守ってやらなければならない。

待っとってな。

固い布団《ふとん》の上で呟《つぶや》き、暫く東雲は泣いた。父を殺した右手で絹を染める罪と、母と姉を見殺しにした罪とを塗り潰《つぶ》すかのように、数年後に訪れるであろう細々と幸せな日々を思って泣いた。

頬の上で涙と埃《ほこり》が固まってはりはりと音を立てて剝《は》がれ落ちる頃、寒々とした狭い部屋の中で、再び東雲は眠りに落ちる。

柔かな蜘蛛の糸にがんじがらめになりながら、母を、父を、姉を、朝霧を、蔓《つる》のように絡《から》め結ぶ青い牡丹《ぼたん》の夢を見た。

十六夜時雨《いざよいしぐれ》

月の翳《かげ》った暗い晩には決まって鉄砲風が吹く。

痩《や》せた土地と枯れた林に風が通り抜ける音は、ヒーともアーとも聞こえ、失った何かを偲《しの》び泣く亡霊の低い唸《うな》り声のようで、幼心に恐《こわ》かった。

粗末なあばら家の建付け悪い土間の戸は、風に煽《あお》られ今にも壊れそうな音を立てる。薄い布団《ふとん》を引被《ひっかぶ》ってもその音は大きくなるばかりで、両の耳を塞《ふさ》いでも亡霊の泣き声が遠くに聞こえた。誰かがあたしをどっか遠くに連れ去ろうとしている。ガタガタと音を立てて戸が外れ、誰かがうちに入ってくるよ、恐い、恐いよ、そう言って泣きながら隣の姉やに抱きついた。姉やは妹の背を叩《たた》き、大丈夫、大丈夫、と優しい声で繰り返し、温《ぬく》もった布団の上で寝かしつける。

姉やの歌ってくれた子守唄《こもりうた》は、どんなお話だったっけ。

ある日、立派なお馬に乗った殿様の御使いがやってきて、百姓の娘をお城に連れていくお話だったっけ。

そして娘は綺麗《きれい》な赤いべべを着た、お城のお姫様になるんだったっけ。

いなくなった誰かを探すように激しく戸を揺する鉄砲風は、殿様の御使いか、死神の御使いか。

姉やの薄い手のひらが妹の背を叩くのを止《や》め、外れた心張り棒を直しに布団を抜け出て土間に下りる。駄目だよ姉や、戸を開けたら駄目だ、外の闇《やみ》には恐い人がきっと待ってるよ、戸を開けないで姉や、開けないで。

年の瀬

天保《てんぽう》十二年、師走《しわす》も半ば、江戸吉原は二日に及ぶ豪雪で、角町《すみちょう》も端とくれば酔狂な金持ち以外の客足は遠退《とおの》き、灯りが入った張見世《はりみせ》の中に並ぶ遊女たちも、身を切るような寒さに身を縮めていた。

師走の往来には、借金取りと晦日《みそか》の仕度にかかる女たちと痩《や》せた犬だけがうろつき回り、吉原の見世には暫《しばら》く沙汰《さた》なしにする客も多い。馴染《なじみ》だった旦那《だんな》たちは顔も見せておらず、一見《いちげん》で来る客といえば借金取りと暇な奉公侍《ほうこうざむらい》ばかりだ。

昼間のぼうぼうと音を立てて横に降っていた雪よりかは、少しはましになったようで、夜の雪は提燈《ちょうちん》の光を反射させながら天から地へしんしんと落ちている。少しは見通しの良くなった夜道、仲之町《なかのちょう》へ向かう黒い羽織の二人連れが見えた。軒に響く酔っ払いの笑い声。八津《やつ》は傍らの火鉢に触れないよう、刻《きざ》み煙草《たばこ》を長煙管《ながきせる》に詰め直し、火をつけた。早くお客を取って座敷に入らないと、寒くて凍えてしまう。

「こんな寒けりゃお客も来ないよねぇ」

張見世の一番端で、座敷持ちになったばかりの絢音《あやね》が、煙管に火をつけることも忘れ、手を擦《こす》り合わせながら言った。

「寒いから、人肌恋しくて来る客もいるんじゃないの」

その隣の、絢音より一月先に座敷持ちに上がった若耶麻《わかやま》が、姉さんぶって言うのが八津には可笑《おか》しかった。この間までおかっぱ頭に赤い振袖《ふりそで》を着て、江利耶《えりや》に蹴《け》っ飛ばされたり引《ひ》っ叩《ぱた》かれたりしていた筈《はず》なのに。その若耶麻が絢音に、煙管に火をつけるよう促している。そして火をつけた煙管を持った白い手を次々と格子《こうし》の外へと伸ばし、前を通る羽織の二人連れに声をかけるが、二人連れは伸ばされた手を無視して通り過ぎ、通りの方に歩いていった。揚屋町《あげやまち》に向かう客か。赤く塗った唇から漏れる溜息《ためいき》は、彼女たちの腕より白い。

不寝番《ねずのばん》が入り口に吊《つ》るした提燈の蠟燭《ろうそく》を足しにくる。すかさず中央にいた江利耶がそれを呼び止めた。

「ちょっと次郎、このまじゃ皆寒くって死んじまうよ、あんた大門《おおもん》まで客引きに行っておいで」

「そうしたいのは山々なんだけどね、今は借金取りと借金取りから逃げ回ってる貧乏人と借金返せなくて縊《くび》れた死人か土左衛門しかいないのよ。いくらあんただって死人の相手はごめんでしょう」

なよなよとした言葉で返事をする次郎は陰間《かげま》だった。江利耶はガツンと煙管を火鉢に打ち付け、忌々《いまいま》しげに足を崩して言った。

「だいたいこんな寒い日に見世に灯り入れてる方がおかしいんだよ、角海老楼《かどえびろう》は閉めてるらしいじゃないか。あたしたちが風邪でもひいて客取れなくなったら見世が困るんだよ」

「風邪引いたくらいじゃうちの女将《おかみ》は休ませないわよ。それに角海老楼とうちを比べる方が間違ってるわ。角海老楼にはちょんちょん格子なんてないじゃないの」

八津は次郎の言葉に思わず噴き出した。隣の江利耶はそれを見て鼻を鳴らしてそっぽを向く。

江利耶が前々から角海老楼に見世替えしたいと言っているのは知っていた。京町《きょうまち》の角海老楼には山田屋のような張見世はなく、遊女たちは皆、昼間に茶屋で客を取る。寒かったり熱かったり格子に出るのが辛《つら》い日でも、角海老楼ではのんびりと自分の座敷で客を待っていれば良いのだ。

という話を客から聞いた江利耶は、早速女将に自分にあとどれだけ借金があるのかを正面切って確かめて、遣手《やりて》にうまく丸め込まれていた。江利耶はその客に、どうにかして角海老楼に行かせてくれるよう頼んだようだが、それを機にその客はぱったりと来なくなった。だいたい、角海老楼に登楼《あが》れるような客が山田屋には来ない。

次郎がいなくなると、座敷持ちの桂山《かつらやま》についている禿《かむろ》の百合《ゆり》が、こっそりと裏戸から燗《かん》のついた酒を差し入れてくれた。山田屋を実質支えている遊女は桂山で、八津や江利耶と同じ座敷持ちとは言え、大見世の呼び出しと同等の扱いを受けている。勿論《もちろん》張見世には上がらない。

こんな寒い日は、ますますその扱いの差が気に食わないらしく、負けず嫌いの江利耶だけは温かい酒に手をつけなかった。

山田屋は、江戸吉原の中では総籬《そうまがき》を持たない小見世である。

張見世に、形ばかりの半籬があるぶん、同じ小見世でも小格子までは落ちないが、御茶屋の呼び出しだけでやっていけるような上玉揃《じょうだまぞろ》いでもない。格子が半籬であるように、昔は中見世の位を保っていたらしいが、良い遊女は他に引き抜かれ、結局中見世として保つことができず、小見世まで落ちてしまった。未練がましく張見世を小格子に変えず半籬のままにしているのは、女将の見栄《みえ》か、もしくは節約である。

昔の太夫《たゆう》のように大層な位を持つ遊女はおらず、そのかわり不見転《みずてん》の遊女もいない。間口は広くはなく張見世も狭い。大名のようなしゃちほこばった客は来ないけれど、そのかわり身元の怪しい客も来ない。良く言えばこぢんまりとした馴染みやすい、悪く言えば貧乏臭くて中途半端《はんぱ》な感じの見世である。実際、見世の入り口にかけた大暖《おおの》簾《れん》にも穴があいているほどの貧乏臭さである。そもそも不寝番が陰間で、一階の物置で隠れて客を取っていること自体、そしてそれを女将が黙認していること自体、高級見世では考えられない。

見世にいる座敷持ちは、桂山を頭に江利耶と八津、小春《こはる》と三津《みつ》に、上がったばかりの絢音と若耶麻。まだ座敷にあがらない、客も取らない新造《しんぞ》も何人かいて、その中でも器量も頭も良い新造の緑《みどり》と禿の百合は、桂山が面倒を見ている。一階には遊女になれない年齢の下働きや見習の娘たちも何人かいたが、滅多に二階に上がってこないため、顔も名前も判《わか》らなかった。百合たちと同じく、いずれ姉女郎について、素質があると見極められた娘は新造になる。

その、顔も名前も判らない幼い娘の一人が、氷嚢《ひょうのう》と粥《かゆ》を持って三津の部屋にやってきた。部屋の主が寝込んでいる布団《ふとん》の傍らにいた八津は、娘から盆を受け取り襖《ふすま》を閉めた。

結局昨日は四ツ時を過ぎるまで八津には客がつかず、逆に四ツ時前に最初の客が引けてしまった三津は、大門が閉まるまで張見世に戻され、翌朝風邪をひいた。コンコンと乾いた咳《せき》を繰り返す三津はもともと身体《からだ》があまり強くはなく、八津はその痩せた背を撫《な》でていると不憫《ふびん》になる。

「三津、お粥食べられる、」

八津は、傍らの火鉢の熱と自分の熱で夢現《ゆめうつつ》になっている三津の氷嚢を替えてやり、尋ねた。盆にのった粥はほかほかと湯気を立てているが、見るからに米が少ない。粥というより糊《のり》のようだ。

こんなんで風邪ひいた娘に精がつくわけないじゃないか。

八津は女将の徹底した吝嗇《りんしょく》ぶりにあきれた。夕方からまた客を取らせるんだから、生卵の一つくらい付けてくれても良さそうなものを、こんな糊みたいな粥一杯だけなんで。

三津は八津と同郷の妹女郎で、本当の姉妹のように仲も良く、名前の一文字も八津からもらっている。身体は弱いが愛想は良く、頭も良い。山田屋ではなく、もっと良い見世に入れていたとしたら、山田屋の数倍良い客が付いていただろうし、新造の時点で身請けの話もあったろうと思うと、それもまた不憫だった。

「お粥、食いてぇ」

三津は荒く息を吐きながら、しんどそうに半身を起こした。八津がその肩に綿入半《はん》纏《てん》をかけてやり、器と匙《さじ》を盆ごと突き出すと、三津は明らかにがっかりした顔を見せた。

「……刻み葱《ねぎ》ぐれぇ入れてくれても良さそうなもんを」

「あたしは生卵ぐれぇって思ったんだけどね」

「そんな良いもん食わせてくれるわけねぇべ、あの女将が」

「おだまり。どこで誰が聞いてるか判んねえよ」

身体は弱っているが、憎まれ口だけは達者だ。文句を言っていた割には一気に粥を流し込み、またもや桂山が残して百合が差し入れてくれた温《ぬる》い酒を一口呷《あお》った。

少し腹が落ち着いたのか、三津は再び寝転がると、江戸の娘に戻って言った。

「姉さん、あたしもうちょっと寝る。昼見世は無理だからその分夜に客取るって、女将に伝えてもらえる、」

「夜も一人で良いよ。あたし今日は昼と夜に御茶屋の客が入ってるから、一人はあんたの上がりにしておくよ」

「そんな、駄目だよ姉さん」

「駄目じゃないよ、夜の客は大島屋の旦那だから。あんたが風邪引いて唸《うな》ってるったらきっと花代弾んでくれるからさ。その代わりあたしが寝込んだときには、あんたも看病するんだよ」

その言葉に三津は心から嬉《うれ》しそうな顔をして頷《うなず》き、安心したのか、すぐに寝息を立て始めた。

八津は音を立てないよう襖を開け、凍りついたように冷たい廊下を爪先《つまさき》立ちで自分の部屋へ戻った。急いで湯屋に向かい、髪を結わないと昼見世の客に間に合わない。

浅草寺《せんそうじ》の歳《とし》の市の名残も冷めぬ、師走も二十日を過ぎると、遊女たちが張見世に出ることもなくなり、二階では松飾の準備が始まり、いよいよ晦日が迫っているのだと感じる。

た。八津は、三津の後に世話をしている新造の茜《あかね》と禿の宇津木《うつぎ》を連れて御茶屋へ向かった。久々の晴天に賑《にぎ》わう仲之町には、歳末もあって、昼間だというのに夕方のように彼方此方《あっちこっち》から楽の音が聞こえ、遊女も含めて大勢の人が繰り出している。雪が溶けていないので、下駄では足元が危うい。草鞋《わらじ》の方が雪道は楽なのに、この恰好《かっこう》で草鞋は履けないのが悔しい。

どうにか転ばずに茶屋に辿《たど》り着き、長い暖簾をくぐると、驚いたことに、こんな大門入り口近くの貧乏臭い茶屋に、連れもつけずに角海老楼の遊女がいた。ひどく質素な身なりであるにも拘《かかわ》らず、はっとするほどその顔は綺麗《きれい》だった。

吉原は広く、上から下まで数え切れないほどの遊女がいるが、その中でも京町にある角海老楼の遊女は別格である。道中が昔気質《むかしかたぎ》に派手なので、仲之町でその道中を見れば、だいたい顔も憶《おぼ》えられる。つい先日、この女の道中を目にしたばかりだった。客を待つ三津と一緒に仲之町の茶屋で甘酒を啜《すす》りながら、屋号の入る箱提燈を掲げた男女総勢六人の供を従える道中を見て、やはり角海老楼はさすがだね、と埒《らち》もないことを話していたのを憶えている。山田屋では、桂山はともかく、江利耶や八津には、自分が世話している娘を含めても供は三人しか付けてもらえない。人が足りないというのは表向きで、単に女将がけちだからだ。だから人も足りない。

先に茶屋の暖簾をくぐった茜と宇津木も、その女が角海老楼の遊女だと知っていたらしく、八津の前で足を止めた。自分たちが入る茶屋を間違えたと思ったらしい。二人して一緒に振り返って、困ったように八津を見上げた。

角海老楼の女は八津の顔を見ると、にこりと微笑《ほほえ》み、人差し指を立てて薄い紅を引いた口の前に当てた。高級見世の遊女は、客との初見えのときには確か笑ってはいけないはずである。八津は客ではないが、その人好きのする愛らしい笑顔に面食らった。

軽く会釈《えしやく》を返し女から目を逸《そ》らすと、八津は道沿いに腰掛けた。昔は陰間だったと思われる腰の曲がった主人が、くねくねと甘酒を持ってくる。八津は主人の耳元に小声で、どういったいきさつで角海老楼の女がこんなところにいるのかを尋ねた。

「大きい声じゃ言えないんだけどね、猪牙《ちよき》の若い船頭と逢引《あいびき》してるんですよ、此処《ここ》で」

主人も曲がった腰を更に屈《かが》め、ますます小声でそう答えた。山田屋の遊女が客と待ち合わせるような小さい茶屋の二階には、必ず形ばかりの座敷はあるが、下働きの娘たちが寝泊りしているような質素な部屋で、大門の入り口近くの鉄砲女郎なんかがたまに上客を取るために使う。山田屋ですら使うことがないので、およそ角海老楼の遊女が寝るようなための場所ではない。えーっ、と素《す》っ頓狂《とんきよう》な声をあげそうになるのを堪《こら》えて、八津は口の中に甘酒を流し込み、噴き出しそうになった。熱い。

「ちょっとあんた、熱いよこれ。あたしはぬるいのが好きだって知ってんでしょう」

茜が慌《あわ》てて手拭《てぬぐい》を差し出し、宇津木は八津の手から椀《わん》を取り主人に返した。角海老楼の女はその様子を見てくすくすと声を立てて笑っている。少しばつの悪い思いをした。

表の暖簾をくぐって何度目かの顔見せである八津の客が現れるのと同時に、勝手口の方から肌の浅黒い、身の丈の高い男が、身体を縮めるようにしてこそこそと入ってきた。茜と宇津木がその男を見て甘い溜息を漏らす。どこかの役者かと思うような男前だった。恰好からして船頭だ。八津は、客への愛想もそこそこに、角海老楼の女を見遣《みや》った。立ち上がり、男に駆け寄りすがる角海老楼の遊女の顔は、先刻《さつき》まで八津を見ていた柔かな面持ちではなく、好いた男に縋《すが》るただの女になっていた。八津がそれを眺めているのと同じように、茜と宇津木もポカンと口を開けてその様子を眺めていた。物心ついた頃から吉原で育ち、男女の恋と言えば客と姉女郎の乾いた駆け引きしか知らない娘たちだ。珍しいのも無理はない。

お客を連れて暖簾をくぐる八津の背中に、トントントン、と暗い階段を上がる二つの足音が追いかけてきた。

此処の茶屋の二階からは、おはぐろどぶが見下ろせる。

此方と彼方を分ける浅いどぶには、夏には腐った女が浮かび、冬には凍えた女が浮かぶ。足抜けしようとする女たちは、死んだ女の情念で濁った水を越えてゆく。

あの綺麗な角海老楼の女が、その汚れたどぶを渡って足抜けなんて、馬鹿《ばか》な真似《まね》をしないよう八津は祈るばかりだった。


晦日《みそか》は雪だった。

最後の座敷客を早々に送り出し、八津は自分の部屋でひとり浅草寺の除夜の鐘を聞いた。窓の外にはただ雪が舞い、凍《い》て付く闇《やみ》は低い鐘の音に震える。不思議と、それほど寒くはなかった。八津は窓際《まどぎわ》に凭《もた》れかかり、ぼんやりと落ちる雪を眺めた。

人には百八つの煩悩《ぼんのう》があるから、それを清めるために百八つの鐘を撞《つ》くのだという。百八つしかないわけないじゃないか、と八津は思う。男の煩悩がお開帳だけじゃないとしたら、千八つくらいあってもおかしくない。吉原の遊女に煩悩はいくつあるのだろう。逆に百八つもないんじゃないか。

勢いよく襖が開いて、三津が入ってきた。びゅっと音を立てて風が一瞬通ったが、三津もそれほど寒くはないらしく、襦袢《じゅばん》に綿入れというだらしのない恰好で顔を赤くさせて笑っている。

「姉さん、桂山さんのお客があたしたちにもお酒振舞ってくれたよ、一緒に飲もう」

見世の女たちを半分使った、豪勢な桂山の座敷に出ていたのであろう三津のうしろでは、茜が盆を持って困ったように突っ立っていた。三津は酔っ払って足元がおぼつかない。八津は雨戸を閉めると火鉢を掻《か》いて、座布団を出した。

「茜もおいで、一緒に飲もう。三津、早く襖閉めて」

酔っ払った女と新造の娘は、それぞれ座布団の上に座ると、すぐに足を崩した。そして酔っ払いは座布団を枕《まくら》に寝転がり、髪に挿された簪《かんざし》を邪魔くさそうに次々と引き抜いてゆく。

「そう言えば、あんた身体はもう平気なの、」

つい半月ほど前に三津が熱を出していたことを思い出し、ふと八津は尋ねた。

「うん、平気。姉さんが昼見世に出たあと、江利耶さんが卵と味噌汁《みそしる》持ってきてくれたんだ」

「優しいじゃないの、江利耶さんたら」

「うん、驚いたよ」

「いつもは意地悪なのにねぇ」

「姉さん、誰が聞いてるか判らないよ」

ついこの間自分が言った台詞《せりふ》を言われ、八津は笑いながら三津の額を小突いた。二人が笑っている間も、茜は無言で酒を舐《な》めている。茜も三津と一緒に桂山の座敷に出ていた。自分の姉女郎の座敷では見たこともないほどの金が振舞われていたのだろう。もういなくなってしまったが、八津の姉女郎だった朝霧にも、それほど良い客はついていなかった。他の姉さんの座敷に出て、どうしてこの姉さんに面倒を見てもらえなかったんだろうと、悲しくなったのを憶えている。茜の心内を思うと昔の自分を見ているようで不憫だった。

「茜、饅頭《まんじゅう》食べるかい、さっきお客が置いてったんだよ、好きだろ」

八津が尋ねても茜は黙って首を横に振る。その態度に三津が呆《あき》れ、がばりと起き上がって言った。

「あんたねえ、ちっとはなんとか言ったらどうなの、さっきから不貞腐《ふてくさ》れてさ。確かに桂山さんのお座敷は豪勢だよ、緑を羨《うらや》ましいと思うのは判るけどさ、でも八津姉さんがどんだけ頑張ってあんたの初見世《はつみせ》の用意してると思ってんの、」

「おやめ、三津」

自分持ちの新造の初見世費用は姉が持つ。茜は年明け春頃に初見世が予定されていた。緑と同時期の筈《はず》だったが、桂山が緑の初見世を茜よりも一月早くしてくれた。緑を買うことのできなかった金持ちが茜に流れるという塩梅《あんばい》だ。

姉女郎の客に頼み込まれて、新造のときから客を取る娘もいるが、八津は三津にも茜にも、決して客を取らせなかった。それは朝霧が自分にしてくれたことと同じだ。きちんと初見世で良いお客を付けてやりたかった。

初見世にかかる費用は、八津のお勤め一月分以上である。その分年季が延びるのだ。

茜は暫《しばら》く俯《うつむ》いていた。そしてやがて顔を上げ、口を開いた。

「どうしても初見世しなきゃいけませんか」

「どういうことだい」

「……好いてる男がいるんです」

ぱちん、と湿った音がして、そのあと、狭い部屋にわぁっと泣き声が響いた。右手のひらを擦《こす》りながら三津が、泣き崩れる茜に向かって怒鳴る。

「馬鹿なこと言ってるんじゃないよ。おまえ、まさかもうその男と寝たんじゃないだろうね。もしおまえが処女《きむすめ》じゃなかったら、初見世のお客になんて言い訳するんだい、おまえにずっと客を取らせなかった姉さんに、どうやって詫《わ》びるつもりなんだ」

怒号に被《かぶ》さるように、茜が泣きながら叫ぶ。

「寝てないよ、話したこともないよ、でも好きなんだ、他の男じゃ嫌なんだ」

除夜の鐘は百八つを撞き終え、茜の啜り泣く声だけが闇に響いた。目の前で肩を震わせて嗚咽《おえつ》する娘がまだ処女だ、ということにひとまず安心した自分を、八津は心の中で笑った。

泣くがいい。涙が涸《か》れるまで泣くがいい。

おはぐろどぶに全部流したら心も涸れて楽になる。

春

窓を開ければ肌寒いが、胸にいっぱい息を吸い込むと、其処《そこ》に微《かす》かな梅の花の香りが混じる。春霞《はるがすみ》とまではいかない青空は、それでも冬の乾いた青さよりも幾分か湿り気を帯びて、ほんのりと柔かかった。

緑の初見世がもうすぐである。

この見世の看板女郎である桂山が世話をしてきた新造《しんぞ》ということで、姉女郎のいなかった絢音や、姉女郎が評判のあまりよくない江利耶だった若耶麻のときとは大違いの賑《にぎ》わい方である。これを機に、破れて穴の空いた大暖簾《おおのれん》も新しくするらしい。

緑の場合は桂山たちと同じく、張見世《はりみせ》に出て客に選ばれるのではなく、事前に茶屋を通して客が決まっていた。驚いたことに、元々は江戸町《えどちょう》の大文字《だいもんじ》の客である。大文字は角海老楼に並ぶ大見世で、よほどの金をかけないと登楼《あが》ることすら儘《まま》ならない。

この頃は昔ほどには、遊女の鞍替《くらが》えに関して厳しくなくなっていた。角海老楼や大文字で遊ぶことができなくなった元金持ちの貧乏人が、山田屋のような小見世にこっそりと流れてくることはよくある。

その日、張見世に出て早々に八津を買った客も、そういう流れの男だった。男は元々大文字に登楼っていたのだと言った。散々金をかけてご機嫌を取ってやっと部屋へ揚がったと思ったら、遊女はお開帳の最中も上の空。

そんなもん、かけた金が足りないだけじゃないかと鼻白んだが、具体的な金額を聞いて、八津は腰を抜かしそうになった。江利耶が角海老楼に行きたがるのもよく判《わか》る。

初めての客は、たいてい遊女の身の上を聞きたがる。その日の客も例に漏れず、八津のすべすべとした腰を撫《な》でながら、身の上を尋ねた。江戸という恵まれた場所柄、遊女のそれは哀れであればあるほど良しとされるようだ。

「あたしは特に変わったこともないですよ。他の女たちと一緒、家が貧乏で売られたってだけですよ」

必ずそう言うことにしている。それでも食い下がる客には、故郷のことを話す。

「あたしの村は此処《ここ》よりずっと北の山のほうです。名前なんて言っても、お客さんには判りませんよ。だって村っつっても本当に小さくて、此処の見世と隣を合わせたくらいしか人がいないんですよ。どの家も貧乏でした。お天道様《てんとさま》が殆《ほとん》ど顔を見せてくれないから、土地が良くなくてねえ。いっつも薄暗くて、雨が降ってて、畑を耕しても耕しても、何も育たないんですよ。田んぼに稲植えても、稲がすぐ腐る。米なんて此処に売られるまで食ったこともありませんでしたよ。まあ、此処の女将《おかみ》はけちなんで、御飯はだいたい粥《かゆ》なんですけどね。でも初めて食ったときは、なんて美味《うま》いんだろうってびっくりしましたよ。不思議なもんで、野菜が育たないと牛も馬も育たない、子供も育たない。食うもんがなくても年貢《ねんぐ》は取られる。子供は死ぬ、じじいもばばあも死ぬ、残った娘は売られていって、生きてんのか死んでんのかも判らねぇ。惨《みじ》めなもんです。あたしは年季が明けるまであと五年あるんですけどね、きっと年季明けて村に帰っても、お父もお母も、誰もいないんですよ」

客はその話にじっと耳を傾けていた。そして暫《しばら》くすると、その話は他でも聞いたことがある、と眉間《みけん》に皺《しわ》を寄せて言った。

「あらまあ。でも、どこにでもありそうな話ですからね」

「いや、おまえさんは意識してないだろうが、言葉の端っこに出る国の訛《なま》りまで同じだった。でもどこで聞いたのか思い出せねぇ」

「うちの三津じゃないですか。同じ村の娘ですから」

三津が売られてきたときのことは、今でもよく憶《おぼ》えている。

夏の暑い盛りだった。空はポカンと青く、風鈴も滅多に鳴らぬほど風のない日で、通りには陽炎《かげろう》が立ち登っていた。女たちは団扇《うちわ》を片手に涼を求め、蒸し風呂《ぶろ》のような二階の部屋を出て、着崩した襦袢《じゅばん》を引きずりながら一階の北側へ向かった。こんなに暑くては客も来ない。厨房《ちゅうぼう》の横の小上がりで、水を張った桶《おけ》に足を突っ込んで姉女郎の朝霧に酒を分けてもらっていると、女衒《ぜげん》が勝手口から入ってきた。

ぼろ布のような風呂敷を片手に下げ、泣き出しそうな顔で俯《うつむ》いている娘を見て、八津ははっと立ち上がった。

みや。

その呼びかけに、娘は汚れた顔を上げて八津を見た。

……ねえちゃん、ねえちゃんか。

おめえ、なんでこんなところに。

八津が裸足《はだし》のまま駆け寄って問い掛けると、娘の目脂《めやに》だらけの目には見る見るうちに涙がたまり、やがて八津に縋《すが》り付いてしゃくりあげ始めた。

村が飢饉《ききん》でよ、お父が狂って首括《くく》って死んだんだ。おれとばばあだけじゃ畑も耕せねえから、ばばあがおれを売ったんだ。でも食うもんねえから、多分ばばあも今頃死んでる。

三津、否《いな》、みやの家は、貧乏な村の中でも飛び抜けて貧乏だった。鉄砲風で家が飛ばされたみやの家族は、山肌に穴を掘って、屋根代わりに藁《わら》をかぶせて暮らしていた。村八分のみやと遊んでやっていたのは八津だけで、みやは本当の姉のように八津を慕っていた。みやが十歳になった年、八津は人買いに連れられて村を出た。十三だった。ねえちゃん行っちゃ駄目だと泣きながら腕に縋りついたみやを、身を切る思いで振り解《ほど》いて以来、三年半ぶりの再会だった。

おまえの妹かい。

二人の様子を眺めていた朝霧が、ゆったりと尋ねた。

いんや。でも本当の妹みてえなもんだ。

手が汚れるのも気にせず、八津はみやの泥だらけの頭を撫でながら答えた。そのとき、奥から女将が現れ、二人の様子を見て目を剝《む》いた。

八津おまえ、着物が汚れるだろう、何やってんだ。

その言葉に、女衒が慌《あわ》てて二人を引き離す。女将は汚れた娘を眺め回し、呆《あき》れたように溜息《ためいき》をついた。

今まであんたが連れてきた中でも、とびきり汚いね。

まあね。しかしね、正真正銘初物ですよ。

当たり前だよ。こんな汚い娘、進んで抱く男が何処《どこ》にいる。

でもほら、よく見ると別嬪《べっぴん》になりそうな顔じゃあないですか、垢《あか》じみて今は汚いけど、肌も白いし。

ほら、と言って女衒は自分の手拭《てぬぐい》に唾《つば》をつけて、みやの腕を擦《こす》った。確かに、お天道様に当たってない分、村の娘は皆、痩《や》せた大根のように色が白い。

みやのあまりの汚らしさに辟易《へきえき》し、乗り気ではなさそうだった女将に、朝霧が、いずれ自分のところで世話をしたいからぜひ買ってくれと頼んでくれた。渋々と女将は了解したが、三途《さんず》の船賃も払わないいんじゃないかと思うほど、買い叩《たた》いた。

「此処の見世は、おまえさんが初めてだ。だからその娘じゃないよ」

客の言葉に、八津は夏の暑い日の蟬時雨《せみしぐれ》から引き戻された。

座敷はしみじみと寒く、梅の香りが仄《ほの》かに漂う。

「じゃあ、他の見世にも同じ村の娘がいるんですかねぇ」

「すまねえな、思い出せなくて」

「構いませんよ、そんなこと。それにしてもお客さん、思い出せないほどたくさんの見世に通ってるんですか。昔だったらえらい騒ぎになってるところですよ」

「良い時代になったもんだね、本当に」

八津が差し出した煙管《きせる》を咥《くわ》え一服すると、男は美味そうに煙を吐き出した。灯りに浮かびあがる横顔を見つめると、無精髭《ぶしょうひげ》がだらしない。若そうに見えるが、目の端には薄く皺が刻まれ、意外としまりのない顔をしていた。八津の視線に気付くと男は、煙で輪っかを作り、得意げにして見せる。その子供みたいな様子が可笑《おか》しくて、久々に八津はこの客に通ってもらいたいと思った。

「遊び人はもてますからね。他の見世も良いですけど、たまにはあたしんところにも来てくださいよ」

「おまえさん、悋気《りんき》はないのかい」

「そんなもん、とうの昔に其処のどぶに捨てました」

良《い》いねえ、と言って男は笑う。その快活な様子も好感が持てた。

同じ村の娘。男の横顔を眺めながらも、その言葉が八津の胸に引っかかっていた。狭い村なので、物心ついた頃から、同じ年頃の娘とは全《すべ》て顔見知りだった。数少ない年頃の娘は殆ど売られていったが、行き先が吉原なのかは判らない。聞いたこともない言葉を喋《しゃべ》る人買いもいたので、きっとおそろしく遠いところまで連れて行かれた娘もいるだろう。八津は、自分よりも前にいなくなった娘たちの顔を、ぼんやりと思い出そうとした。思い出せる顔はひとつだけだった。

……姉や。いったいどこに消えたんだ。

緑の初見世の夕刻、仲之町は緑を一目見ようという見物客で賑わっていた。八津は張見世に上がるための仕度をしながら、自分の初見世を思い出す。道中はなかった。代々山田屋の遊女で道中を出せるのは、桂山の筋だけだ。

遊女の初見世は殊更《ことさら》、客の間では悲話にされがちなものだが、初見世よりも、そのあとの方が八津には辛《つら》かった。一度男と貫通してしまえば、遊女は見世にとってただの商品だ。男を喜ばせるための手練手管《てれんてくだ》とはよく言ったものだが、山田屋のような小さな見世では、使うのは主に手ではなく口と女陰だ。それをどう使うか、どう使えば客が喜ぶか、というのを身体《からだ》を使って教え込まれる。仕込みと言う。

貫通した女は専門の仕込み師に陰部の検分をされ、器量に加えて其処の付き具合と挿入したときの魔羅《まら》の納まり具合で、位付けされる。上品《じょうぼん》、中品、下品と三段階の位分けがあり、八津はなんとか上品に振り分けられていた。

山田屋が雇っている仕込み師は随分と年寄りだったので、八津は男の魔羅ではなく水牛の角で作られた張形で仕込まれた。味気ないと思いつつ、女壺にそれを突っ込んで尻《しり》の穴を締めたり緩めたりしているうちに、自在にその前の穴も締めたり緩めたりができるようになった。

大見世には、それほど徹底した仕込みはなく、見世の格が落ちれば落ちるほど、仕込みは徹底したものとなる。実際八津は女陰で金柑《きんかん》の実を摑《つか》んで皿から皿に移すことはできたが、切見世の鉄砲女郎の中には、女陰で摑んで茶釜《ちゃがま》を持ち上げられる女もいると聞いた。そんな女壺に突っ込んだら、魔羅が食いちぎられそうだ。

あの綺麗《きれい》で澄ました緑も、明日からは女陰に金柑を入れて飛ばしたりするのだろうか、と、表の見物客の喧騒《けんそう》を聞きながら八津は煙管をふかした。


そして緑の初見世から一月と少し経《た》った頃、山田屋は茜の初見世を迎えた。仲之町の桜が綺麗に咲いている。その下を道中したらどんなに映えるだろうかと八津はその様子を思い浮かべた。しかし、こんな短期に二回も道中を出したら見世が潰《つぶ》れちまう、という女将の一言で、茜に道中をやらせてやってくれないかという頼みは、退けられた。

女将と二階廻しにもてなされて、山田屋の引付《ひきつけ》座敷に揚がった客は、元々は朝霧の客で、唐島屋《からしまや》庄一郎という年配の男だった。年季が明けたら身請けする予定だった朝霧が、一年の年季を残して死に、それ以来山田屋とは沙汰《さた》なしになっていた。しかし今回、茜の初見世の話を聞きつけ、是非にと申し出てきたのである。茜の伏目がちな大人しい面持ちは、確かにどことなく朝霧を髣髴《ほうふつ》とさせた。

「お気張りなさんせ」

美しく装《よそお》った茜の小さな唇に、八津は紅をさしてやりながら言う。茜はその言葉を聞くと姉女郎を見上げ、泣き出しそうな顔をした。潤《うる》んだ目に赤い唇が、一際《ひときわ》艶《つや》っぽかった。

「泣くんじゃないよ、せっかくの化粧が崩れちまうだろ。さ、お行き」

茜はそれでも動かない。焦《じ》れて呼びに来た二階廻しに手を引かれ、茜は渋々といった様子で部屋を出ていった。襖《ふすま》が閉まるのを見届け、八津はへなへなと腰をおろした。

「八津さん、ついでに此処で髪やっちゃいましょうか」

「ああ、お願い」

弥吉《やきち》の気の利《き》いた申し出を受け、八津は鏡台に向かって座りなおした。弥吉の櫛《くし》が手馴《てな》れた様子で八津の髪を梳《す》きはじめる。

「早いもんですね、あの娘がもう初見世だなんて」

弥吉は朝霧の姉女郎だった霧里の頃から、この見世で髪を結っている。八津の初見世のときも三津のときも、弥吉が髪を結って櫛を挿した。特に朝霧とは懇意にしていて、朝霧が死んだときは、実の娘が死んだかのようにごうごうと泣いた。

「こんなにたくさん娘送り出せて。あたしもそろそろお迎えが来るかもしれませんね」

「何言ってんのよ、あんたが来てくれなくなったら、誰があたしの髪を結うの」

冗談かと思って軽く返したら、意外にも弥吉はふと手を止めて深い溜息をついた。

「宇津木さんの初見世までは頑張ろうと思ってたんですけどね。近頃、どうにも右手が痺《しび》れて、櫛を持つのが辛いんですよ」

霧里のときから髪を結っているほどなので、弥吉はもうかなりの年だった。その年寄りの手は、およその年を感じさせぬ手際の良さで、八津の髪を結い上げる。

「養生しとくれよ。あたしはあんた以外に髪触らせたことないんだからね」

その八津の言葉に、弥吉は本当に申し訳なさそうに頭《こうべ》を垂れた。

「すいません。茜さんの初見世も済んだことですし、明日ッからあたしの弟子に来させるわけにはいかないでしょうか」

「あんたいたの、弟子」

「そりゃあたしくらいの年になりゃ、弟子の一人や二人いますわね」

「下手《へた》糞《くそ》は嫌だよ、今はどこにいるの」

「今はあたしの一番弟子と二人で、大文字の新造衆の髪をやってます。あたしが言うのもアレですけど、なかなかの腕ですよ」

大文字、と聞いて、八津は先日自分の座敷に揚がった男を思い出した。八津の身の上と同じ身の上を話す、同じお国訛《くになま》りの女がこの吉原の何処かにいる、という話の続きをまだ聞いていない。

「八津さんにはあとからの話になっちまって申し訳ないが、こないだ三津さんの髪はそいつにやらしてもらってます」

弥吉はそう言って、櫛を置いた。八津は鏡を覗《のぞ》き込んできりりと唇を結んだ。いつもながら、弥吉の髪は完璧《かんぺき》だった。

泊まりの客がいなかったので、八津は客の手土産の団子を持って、三津の部屋に向かった。三津にも今夜は泊まりの客がいない筈《はず》だ。部屋の襖を開けると、三津は窓際でぼんやりと外を眺めていた。白の襦袢《じゅばん》が外提燈《そとちょうちん》の灯りを受けて、仄かに闇《やみ》に浮き上がっていた。

「団子食うか」

八津の声で初めて来訪者に気付き、三津は顔を上げた。

「お、食う食う。唐島屋の旦那《だんな》が振舞ってくれた酒もあるし、飲むべ」

三津は八津に座布団《ざぶとん》を出し、傍らの酒の乗った膳《ぜん》を押し出した。しかしその動作もなんだか夢現《ゆめうつつ》のようで、袖《そで》に引っ掛けて猪口《ちょこ》を一つ床に転がしている。

「どうかしたのかい、ボーっとして。熱でも出たかい」

「いんや、身体は大丈夫だよ」

そう言いながらも、団子の串《くし》を持ったまま三津はまたぼんやりと溜息をつく。手酌した酒にもまだ口をつけていない。

本当に、あんたおかしいよ、と肩を叩くと、ぐいと団子を口の中に突っ込み、噛《か》み砕きながら三津は口を開いた。

「年末にさ、茜が『好いた男がいる』っつって泣いたの、姉さん憶《おぼ》えてる、」

「ああ、憶えてるよ」

「あれってさ、誰だったんだろうね」

さ」

「なんだおまえ、そういう男ができたのかい」

「違うよ。ただ、そういう気持ちがあたしのどっかに残ってれば良いな、と思って
二口で団子を食べ終え、三津は口の中に残ったカスを酒で流し込んだ。

「うちの村、貧乏だったじゃないか。おれなんか家も飛ばされちまって、寝る場所もなかったべ。そげな貧乏でいつ死ぬか判《わか》んねえような村から吉原さ来て、ねえちゃんにも会えてよ、綺麗な着物着て、お開帳するだけで毎日御飯食わせてもらってよ。ま、粥《かゆ》だけど。もったいなくて足抜けなんか考えたこともねえ。毎日御飯食えるってことが、どんなにありがてえことか、あの村にいたら嫌でも判るからな。でもよ、こないだの茜見て、なんか羨《うらや》ましくなってよ」

「……んだな」

「ねえちゃん、初見世んとき、お開帳辛かったか」

「いんや、別に。痛かったけど」

「おれもだ。痛かったけど、別に泣くほど辛くなかった。……おれたち、あの村と吉原しか知らねえべ。だからおはぐろどぶの向こうがどうなってるんかも判らねえべ。毎日鐘が聞こえるから、寺があるってことぐれえなら判るけど、それでもその寺は見

たことねえし。だからきっと、好いた男がいても、おれはあのどぶを越えようとは思わねえんだろうな。もし吉原の外があの村みてえだったら、と思うと、恐《こわ》くて出られねえよ。ねえちゃんもそう思わねえか」

「……んだな」

茜は今頃、寝具を涙に濡《ぬ》らしながら、朝霧の幻を追う男の腕に抱かれているのだろうか。晦日《みそか》に聞いた茜の痛々しい泣き声が、今でも耳の奥に残っている。好いた男に帯を解かれたかったろう。八津も初見世を前に、好いた男なんかいないにも拘《かかわ》らず、そう思ったことを憶えている。好いた男に髪を乱されたかったろう。好いた男にくちづけられたかったろう。可哀相《かわいそう》だけれど、売られた娘にそれを選ぶ自由はない。

「そう言えば、弥吉の弟子をあんたが見たって聞いたんだけど」

しんみりした話に流され、本来の目的を忘れそうだったので、思い出したところで八津は尋ねた。

「ああ、こないだ一度来たね。弥吉の三番目の弟子だから三弥吉って名なんだって」

「二番目は二弥吉なのかね。なんか変な名だね。そいつ、どうだった、」

「すんげえ男前だったよ。ありゃうっかりすると惚《ほ》れちまうかもね」

八津はその見当違いの答えに溜息《ためいき》をついた。

「あたしが聞いてんのは腕前のことなんだけどね」

「ああ、弥吉と違わないよ、若いけど良い腕してるよ」

悪びれずに三津は答える。

明日から、弥吉ではなくその男が髪を結いにくる。使い慣れた鏡をなくしてしまったように、ポカンと何かが足りなくなった気分だった。


後朝《きぬぎぬ》の別れを惜しむ遊女と帰り客で賑《にぎ》わう仲之町の早朝六ッ時。

茜の初見世に粗相がないよう一晩起き通した八津は、少し経ってから、昼間に買ってあった饅頭《まんじゅう》を片手に茜の部屋へと向かった。回廊は戻りの遊女たちの気配で漣《さざなみ》のように幽《かす》かにざわめいているが、人の姿はない。

そっと襖をあけると、薄暗い部屋の中、朱色の布団がこんもりと小さく盛りあがっていた。泣いている気配はないし、体力の要ることだ、もう寝ているだろう。足音を立てないように八津は中へ入り、枕元《まくらもと》に懐紙を敷いて、その上に饅頭を二つ並べた。甘い匂《にお》いが、ふ、と鼻を掠《かす》めた。

よく頑張ったね。

そんな言葉を八津がかけても、茜の心は少しも癒《い》えない。これから更に過酷な仕打ちを受けるのだから。

明日から茜は本格的な仕込みに入る。かつて八津が仕込まれたように、硬く冷たい張形を突っ込まれ、線香で毛を焼かれる。女陰で金柑の実を摑んで笑っているうちに、いずれ痛みも苦しみも、泣くことも忘れる。忘れることも、きっと仕込みのひとつなのかもしれない。

八津はしみじみと布団の小山を見つめたあと、そっと部屋を出て襖を閉めた。

初夏

仲之町の桜が散り、瑞々《みずみず》しい葉の明るい緑が折り重なって、道には濃い影を落とす。少し気張って仕事に励むと汗ばむくらいなので、早々に風鈴を窓辺にかける廓《くるわ》があり、その涼やかな音が遠くに鳴ると、皐月《さつき》も初めだというのに、蟬《せみ》の声が聞こえないのが不思議だった。

八津はこの季節、水に溶けて消えるようにして死んだ自分の姉女郎を思い出す。

夏の不衛生が原因ではなく、冬の極寒が原因でもなく、一番美しい季節に、あと一年の年季を残して自ら命を絶った朝霧。弥吉の悲しみようは相当のものだったが、朝霧を心から可愛《かわい》がっていた唐島屋の静かな悲しみも、見ていて居たたまれなかった。身請けも済んでいない遊女を、自分の墓に入れるわけにはいかない。朝霧は無縁仏として、他の遊女たちと一緒に何処《どこ》かの寺に放り込まれたはずだ。白装束で棺桶《かんおけ》を担《かつ》ぐ弔衆《とむらいしゅう》の、ひたひたという静かな足音は、暗い井戸に響く水の音に似ていた。

新しく通うようになった髪結いの三弥吉の腕は、師匠の弥吉が言うように確かだった。そして三津が言うように三弥吉は「すんげえ男前」だった。弥吉のごつごつとした骨っぽい指とは違う、なよやかな長い指で髪を梳《す》かれると、なんとなく色っぽい気分になった。急いでいるときはてきぱきと、時間があるときはゆったり、細やかに整えてくれる。

その日、三弥吉に結ってもらった髪の後《おく》れ毛《げ》を確認しながら、のんびりと昼の仕度をしていると、珍しいことに江利耶が茶屋に行こうと声をかけてきた。客を取ることと半分、最近茶屋で始まった、冷やし飴《あめ》を飲むこと半分である。三津も誘おうとしたが、生憎《あいにく》、馴染《なじみ》の客が来ていた。

客が待っているわけでもないので、供を付けず二人で連れ立って、大門近くの茶屋まで歩いた。八ツ時も過ぎているので、道に落ちる影は右手に伸び始める。

「そういえば、もうすぐじゃないか、朝霧さんの命日」

思い出したように江利耶が言った。朝霧と特に親しくもしていなかった江利耶の口からその言葉を聞き、自分と三津くらいしか憶《おぼ》えちゃいないだろうと思っていた八津は、少し驚いた。

「そうだね。年季ももうすぐ明けるってときに、どうして死んじまったのかしらね」

茶屋の暖簾《のれん》をくぐり、風通しの良い場所に並んで座る。桜並木の緑が眼に鮮やかだ。他の廓の女たちの姿もちらほらと見え、互いの着物や簪《かんざし》の値打ちを探り合っていた。

どうして死んじまったのかしら。

そう問うても、朝霧は答えない。

涼しげな青切子《きりこ》のぎやまんの器に冷やし飴が運ばれてきて、江利耶はその器の美しさに見とれ、腰の曲がった主人に、綺麗《きれい》だね、と声をかけた。

「大伝馬町にびいどろ工房がありましてね。細工に失敗して納品できないやつを安く引き取ってくるんですよ。冬場は見た目に寒いけど、この季節には良いでしょう」

「ほんとに綺麗。他の色はないのかい」

「ありますよ、見てみますか」

見せて見せて、と江利耶がせがむと、主人は一度奥に引込んで、中ぶりの木箱を抱えて戻ってきた。蓋《ふた》を開けると、深紅、桃色、若竹色、空色、そしてそれに金粉の焼き込まれている器まで並んでいた。食い入るようにうっとりとその箱の中を眺める江利耶を見て、主人は笑って言った。

「好きなのひとつだけ持ってって良《い》いよ。次に高島屋の旦那《だんな》が来たときにでも、払ってもらうから」

「本当、嬉《うれ》しい」

江利耶は目を輝かせ、迷わず桃色の器を取り出して、これにするよ、と言った。気性に似合わずその選択は幼い娘のようで、八津は隣で笑った。江利耶はフンと鼻を鳴らし、茶碗《ちゃわん》を袱紗《ふくさ》に包んで巾着《きんちゃく》へ収める。青切子に入った冷やし飴はとても甘く、飲み下すと喉《のど》がじんと痛くなった。

「朝霧さん、きっと年季を終えるのが恐《こわ》かったんじゃないかと思うんだよね」

江利耶が、前を見たままボソリと言った。

「どういうこと、」

年季を終えることが恐い、という気持ちが判《わか》らなかったので、八津は問い返した。ついこの間、三津も同じようなことを言っていたことを思い出す。

「朝霧さん、親の代から吉原で生まれて吉原で育って、吉原を出たことがない人だったから」

「そうなの、」

初耳だった。

「うん。親は羅生門《らしょうもん》の方のお女郎さんだったから、何発やっても稼げない。親が病気で死んで、羅生門で邪魔にされてたのを山田屋の女将《おかみ》が引き取って、山田屋が肩代わりした借金を、朝霧さんが返してたんだってよ」

これも、初耳だった。

「その話、朝霧姉さんが江利耶さんに喋《しゃべ》ったの、」

「いんや、随分前に女将から聞いたの」

それを聞いて、八津は少し安心する。朝霧が自分にも喋っていないことを江利耶に喋っていたのだとしたら、少し不愉快だった。

暖簾をくぐって、見たことのある女が入ってきた。年の瀬に同じ場所で見た、角海《かどえ》老楼《びろう》の遊女だった。大見世の遊女とは到底思えない、下働きの娘のように粗末な着物を着て、走ってきたのか、息を弾ませながら上框《あがりかまち》で草履を脱ぎ捨てた。八津がその様子を見ていると、その視線に気付いた女は年の瀬のときと同じように、にこりと微笑《ほほえ》み、慌《あわただ》しく二階への階段を上がっていった。

まだ逢引《あいびき》を続けていたのか。と、八津は感心した。あんなふうにして、息が乱れるほど走って会いにくる女を見て、男はどれほど愛《いと》しいと思うのだろう。廓に灯が入るまでの短い逢引で、女はどれだけ愛しい男の名残を身体《からだ》に残せるのだろう。抱えは大見世。見つかったら必ず女の方が罰せられる。

山田屋の遊女と客が常連にしている茶屋なので、江利耶も女の素性を知っていたらしく、「あんなふうになるまで男に惚《ほ》れてみたいね」と、誰にともなく言った。そして、思い出したように続けた。

「そう言えば、あんたんところ髪結い替わっただろ、なんかやたら男前の」

「ああ。弥吉の右手がいかれちまったってんで、弟子が来てる」

「若耶麻が惚れちまったらしいから、悪いんだけど気をつけて見といてくれるかい」

その言葉のどこかが引っかかり、胸の端っこがちくんと棘《とげ》を刺したように疼《うず》いた。江利耶に顔を見られていなくて良かった。

五月雨《さみだれ》がしとしとと軒を濡《ぬ》らし、鈍色《にびいろ》の空はどこまでも重い。

ひんやりと湿った部屋に三弥吉が、鮮やかな花を咲かせた立葵《たちあおい》の枝を持ってきた。

朝霧の命日だった。

「綺麗だね」

言いながら八津は、枝を持つ三弥吉の手を見つめ、その美しい指が枝を手折る様子を思った。

「朝霧さんの部屋に飾ってやってくれと、親方が」

「今は茜が使ってるよ。後であたしが生けとくから、暫《しばら》く其処《そこ》に飾っといても良いだろ」

「はい」

三弥吉は、狭い床の間の花瓶に水を差し、その枝を挿す。そしてこちらを向き直り、昼見世の有無を尋ねた。

「今日はないよ。三津もないから、のんびりやってって」

はい、と言って、三弥吉の指が八津の髪を梳《す》き始める。若耶麻が惚れちまったらしい、という言葉を、頭を軽くうしろに引っ張られながら思い出して、三弥吉の指が今、自分の髪を梳いていることに八津は優越感を抱いた。

師匠の弥吉と違い、三弥吉は必要なことしか自分から喋らなかった。昼見世の客はあるか、櫛《くし》は何本使うか、簪はどれを乗せるか、結紐《ゆいひも》は何色にするか。そして出来栄《できば》えは納得がいくか。もう此処《ここ》に来て何日も経《た》つのに、それ以外聞いたことがない。

「三弥吉、おまえ幾つだい」

八津は尋ねた。

「二十一になりやした」

うしろから艶《つや》のある低い声が答え、そのあとはまた、軒に雨の垂れる音、そしてそれに混じり、何処かの禿《かむろ》が笛の稽古《けいこ》をしているようで、遠くの方に、雲雀《ひばり》の鳴き声に似た細い音が聞こえた。三弥吉は暫くすると、八津さんは、と控えめに尋ねてきた。

「……女に年を尋ねるもんじゃないよ」

部屋の襖《ふすま》を細く開け、誰かがその様子を覗《のぞ》いている。若耶麻だろう。うなじの後れ毛を三弥吉の櫛が掬《すく》い上げ髷《まげ》に束ねる。風通しの良くなった生白いうなじは、三弥吉に見られていると思うとひりひりと疼き、八津は思わず手を伸ばして其処を隠した。

「すいません、痛かったですか」

三弥吉が横から覗き込むと、その息が八津の耳に触れる。八津は足の付け根に力を込め、袖《そで》の端を握り締めた。襖の外で幽《かす》かに衣擦《きぬず》れの音がして、若耶麻が立ち去った気配がした。髪はまだ途中だったが、八津は立ち上がり、襖まで歩くと、其処を開け放した。人のいない磨き抜かれた回廊、床板にはぬくもりと、仄《ほの》かに白粉《おしろい》の匂《にお》いが残っていた。

近頃、絢音の評判が鰻登《うなぎのぼ》りである。元々どの姉さんにもついておらず、新造《しんぞ》のときから廻し座敷で客を取っていた。姉女郎がいないということで、年増《としま》の新造止まりになりそうなものが、十七で部屋持ちになり、昨年十九で座敷持ちになった。話によれば、身体のどこもかしこも使えるもんは使う、という、湯女《ゆな》のような仕事をしているという。小見世なりに保っている廓の格式を壊しかねないという理由で、桂山は絢音を嫌っていた。

この頃、吉原の遊女の数が明らかに増えた。天保《てんぽう》の改革により、吉原の外にある料理茶屋で客を取っていた女たちが、全《すべ》て吉原に移ってきたからである。家ごと移ってくることも少なくないので、そう広くはない吉原の街に、楼廓《ろうかく》の数も増えた。そして、同改革により吉原の外にある幕府非公認の岡場所も一掃されたため、吉原にはますます下級遊女の数が増えた。

溢《あふ》れた女たちは羅生門河岸《らしょうもんがし》の長屋へと流れた。

羅生門の女を抱くのはおそろしいが、大見世に登楼《あが》れるだけの金もない、という男たちが、半籬《はんまがき》の張見世《はりみせ》を持つ比較的安全な見世の、安い座敷持ちと遊ぶのである。廻し座敷の新造でも良さそうなものを、沽券《こけん》に関《かか》わると言って座敷持ちを選ぶあたり、小さな虚栄心が愚かしい。

しかし、羅生門に流れた、元々飯盛りだった女たちがそれほどたくさん病気を持っているかと言えば、持っていない。昔と違い、今は岡場所にも遊女たちの病気を診る医者がいた。そのため、精を抜くためだけに吉原に遊びに来た一見《いちげん》の男たちは、登楼るだけでも金のかかる仲之町周辺の見世ではなく、東側の、一発幾らで明朗会計の羅生門河岸に集った。

仲之町の通りは賑《にぎ》わっているが、山田屋の暖簾は揺れない五ツ時。

絢音と、同じく姉女郎のいなかった小春以外の遊女たちが、煙管盆《きせるぼん》に灰ばかりを溜《た》めながら張見世でお茶を挽《ひ》いていると、格子《こうし》の前を、見知った顔が通っていった。中にいた遊女たちが一斉にその男と連れの女を見、次に八津の顔を見た。八津は長煙管を取り落とし、格子から身を乗り出して叫んだ。

「大島屋さま」

男の横には、その腕に絡《から》みつく、見たことのない女がいた。着ているものは見るからに質流れの安物、結った髪には櫛の一つもなく、白粉を首まで叩《たた》いていないためか、顔と首の色が違った。その貧乏たらしい女は格子越しに八津の顔を一瞥《いちべつ》すると、ニヤリと笑ってますます大島の腕に絡みつき、あたい饂飩《うどん》が食べたいよう、と甘えた声で聞こえよがしに言った。大島屋は、そそくさと山田屋の前を通り過ぎようとする。

「大島屋さま、待って、卯之助さん」

「姉さんやめて、みっともない」

格子から外へ伸ばした手を、三津が摑《つか》んで引き戻した。

吉原は、大門を入り口に四角い町で、真ん中に十字の道が通る。大門からつながる南北の目抜きは仲之町、東西の通りは何本かあるが、真ん中に通るのは東が角町、西が揚屋町《あげやまち》。羅生門河岸とは、東側の一番外のどぶ寄り一帯を指す。羅生門から料理屋の並ぶ揚屋町へ行くには、角町を通るのが一番近い。そして角町の真中に山田屋は見世を構える。

あたしが此処に並んでいるのは判っているくせに、なぜ他の通りを通ってくれなかった。格子を摑んだ爪《つめ》に血が滲《にじ》む。滲まない涙の代わりのように、指先はじわじわと血に染まった。八津は二人が消えていった方をいつまでも見つめた。

結局その夜、絢音と小春以外の遊女たちに客はなかった。女将も半ば諦《あきら》めている様子で、儲《もう》かってもいないのに、珍しく皆に一本つけてくれた。不況になっているのは何も山田屋だけではない。ときには同じ半籬の見世同士、どう対策を取ったもんか、会合も開かれていた。

八津は三津も部屋に入れず、窓から曇天の夜空を見上げながら一人で酒を飲んだ。いつかの大文字から流れてきた客は、おまえに悋気《りんき》はないのか、と八津に尋ねた。そんなもんは其処のどぶに捨てました、と八津は答えた。おそらく、悋気とは違う。意地だと思う。

大島屋卯之助は八津の初見世の客だった。

当時、卯之助は二十五を少し越したばかりで、遊び人風の色男だった。田原町に織物問屋を営む若旦那《わかだんな》で、納品先の商家の大旦那が朝霧の馴染客《なじみきやく》だった。八津がまだ振袖新造の頃、商家の旦那が朝霧の座敷に、卯之助を連れてやってきた。卯之助はその頃まだ深川あたりで遊んでいたので、吉原の座敷は初めてで、揚がってからは珍しそうに、美しく着飾った朝霧と、他の遊女たちの踊りや遊びを眺めていた。お座敷で遊び慣れていない卯之助は、そのときその場にいた遊女の誰でも買えると思っていたそうだ。酒が廻ってきた頃、迷わず八津を選んで膝《ひざ》の上に抱き込んだ。尻《しり》の下の固い感触に、八津は悲鳴をあげて姉女郎の元に走った。朝霧は困った顔をして八津をなだめ、大旦那は扇子の先で、不調法な若い男の頭を叩いた。

「すいません、この娘の初見世はまだ先なんですわ」

涙目になっている八津の肩を撫《な》でながら、ゆったりと朝霧は言った。

「どういうことだい、」

不服そうに卯之助は片膝を立てる。

「まだ三味《しゃみ》も満足に弾かれませんし、踊りも下手です。八文字《はちもんじ》も踏めません。まあ、道中をやらしてあげられるか判りませんけど」

「そんなもん、お開帳に何の関係があるってんだ」

その荒々しい語気に八津がますます気圧《けお》されていると、朝霧は無言のまますっと立ち上がり、座敷の襖を開けにいった。スパンと小気味良い音を立てて襖が開かれると、回廊越しに他の座敷客たちの嬌声《きょうせい》が、朝霧の座敷の中にまで入ってきた。

「出てっておくんなまし」

その嬌声の中にも、朝霧の声は一際凛《ひときわりん》と響いた。冷ややかな目で卯之助を見下ろしながら、朝霧は言葉を続けた。

「お座敷の遊び方も心得ん人に暖簾《のれん》をくぐられたら、うちの暖簾が汚れます。あんた、羅生門なり風呂屋《ふろや》なり行って、一発五文の鉄砲女郎でも買っておいで」

冗談ではなく、朝霧は袖から何枚かの五文銭を取り出し、ばらばらと卯之助の前に投げ出した。

五文銭を投げ出された本人も、卯之助を連れてきた大旦那も、口を開けて間抜け面《づら》を晒《さら》しながらその様子を見ていた。そして卯之助が激昂《げっこう》するよりも一瞬先に大旦那が破顔し、大笑いを始めた。八津は緊迫の糸から解かれ、深く溜息《ためいき》をついた。暫くのち、朝霧も再び微笑み、怒るきっかけを失って気まずい顔をしている卯之助の元に行くと、隣に座って酒を注いだ。

「この娘を気に入ってくれたんなら、初見世んときはお知らせさせていただきましょ。お披露目の日には綺麗《きれい》な着物、作ってやってくださいな」

これの後にも先にも、朝霧が客に対して怒りを露《あらわ》にした姿を八津は見ていない。この日の宴席がきっかけとなり、卯之助はその一年と半後、八津の初見世の客となった。いずれ客を取らされることは判《わか》っていたから、その間に八津は、悲しいともいやだとも思わなくなった。朝霧が頼んだとおり、卯之助は自分の職権で、それはそれは豪華な仕掛けを仕立ててくれた。道中はなかったが、男の待つ茶屋までの短い道のりを迎えに歩くと、通りの誰もが目を向けた。誇らしかった。そして誰もが目を向ける遊女に迎えられた卯之助は、もっと誇らしげだった。

打ちたての布団《ふとん》の上で男に抱かれ、あまりの痛さに歯を食い縛って涙を零《こぼ》していたら、それを何と勘違いしたのか、男は八津を愛《いと》しそうに抱きしめて言った。

「もうおまえ以外の女とは遊ばねえ。いつか身請けしてやるから、それまで待っとけ」

本当は痛くてそれどころではなかったが、八津の中にその言葉は痛みと共に刻み込まれていた。信じちゃいけないと判ってはいても、心の何処《どこ》かで信じていた。

こそこそと背を向ける大島屋に、甘えた女の声を思い出すと、悔しくて涙が出そうだった。

曇天の合間に、朧月《おぼろづき》が顔を出す。八津が刻みを煙管に詰めていると、軽く外の柱を叩く音が聞こえた。三津にも茜にも来るなと言ってあるので、心当たりがない。開《はだ》けた襦袢《じゅばん》を引きずりながら襖を開けにいくと、驚いたことに其処には三弥吉がいた。

「何やってんだい、こんな時分に」

大門はとうに閉まっている。八津は慌《あわ》てて胸元の合わせを整え、低い声で問うた。

「すいません、若耶麻さんの使いという人が来まして、急な客があるから髪を結ってくれと。でも若耶麻さんの部屋が判らないんです。八津さんが知らないかと思って」

三弥吉も低い声で申し訳なさそうに答えた。

随分と強気に出たもんだ。八津は若耶麻の強引な手管に感心した。

「客なんか来てないよ。お入り、見つかったら何されるか判らないよ」

幸い江利耶と若耶麻の部屋は、大階段を挟んで回廊の反対側である。このやり取りが聞こえる筈《はず》がなかった。静かに襖を閉めると、三弥吉は所在なさげに佇《たたず》んでいた。

「一杯やって、大門が開くちょっと前に帰んな。今出てったんじゃ、見つかったらどこの間夫《まぶ》かってんで、うちの女皆に疑いがかかっちまうから」

「すいません」

八津は三弥吉の手を取り、窓際に誘った。猪口《ちょこ》は一つしかないので、縁に付いた紅を指で拭《ぬぐ》い使いまわす。いただきます、と言って猪口を呷《あお》る顎《あご》と喉仏《のどぼとけ》も、指と同じく作り物のように綺麗だった。

雲は次第に晴れ、少し欠けた月が闇《やみ》の中、冴《さ》え冴《ざ》えと光りだす。律儀《りちぎ》に正座を続ける三弥吉に八津は、足を崩すよう勧めた。言われるままに三弥吉は足を崩し、猪口を渡した八津に酒を注ぐため、盆から銚子《ちょうし》を取り上げた。そしてその白い表面に点在する赤黒い汚れを見つけ、はっと八津を見た。咄嗟《とっさ》に八津は右腕を背中に隠した。

「八津さん、怪我《けが》してるんですか」

「いんや、してないよ」

「じゃあ、どうして隠すんです」

八津が黙っていると、三弥吉は身を乗り出して腕を伸ばし、背のうしろから八津の右腕を摑み出した。やめて、という抵抗は、目の前に迫る広い胸と、背に回る力強い腕に気圧され、大きな声にはならなかった。三弥吉は八津の腕を摑んだまま、もう一方の腕で行燈《あんどん》を手元に引き寄せ、その指を照らした。

真中の三本の爪が無残に折れ、血が滲んでいた。放っておいたので木屑《きくず》の棘《とげ》も刺さっているし、まだ血も乾いていない。

「手当ては、」

「してないよ」

「どうして、」

「どうでも良かったから」

投げやりな八津の態度に三弥吉は、もう殆《ほとん》ど残っていなかった酒を銚子から直接呷った。そしてそれを飲み下さず口に含んだままにすると、唇の隙間《すきま》から八津の指を挿し入れた。

「あっ」

傷口が、酒に焼かれるように痛んだ。

三弥吉はそのまま、傷付いた八津の指を一本一本、順繰りに口の中に入れ、舌の先で傷口を舐《な》めた。

傷口以外のところが、炎に焼かれるように、焼かれて溶けるように痛んだ。

八津は足の付け根に力を入れる。熱い。舌が、指が、身体《からだ》の芯《しん》が熱い。

「どうでも良いなんて、言ったらだめです」

口の中に残った血の混じった酒を何の躊躇《ためら》いもなく飲み込むと、三弥吉は言った。

握られたままの手と八津の身体は熱く、その熱を解き放つかのように、どっと涙が溢《あふ》れてきた。

声を殺し泣く八津の肩に、三弥吉はそっと手を置いた。作り物のように綺麗な手にはきちんと血が通い、じんわりと温かかった。

数日後、八津は茶屋から大島屋の差し紙を受け取った。鞍替《くらが》えの現場を殆どの遊女に見られていたというのに、ぬけぬけと山田屋に登楼《あが》ると言う。

「図々しい、どういうつもりなんだろ」

客から貰《もら》ったという簪《かんざし》を嬉《うれ》しそうに見せにきていた三津は、その差し紙を横から覗《のぞ》き込むと、一変して吐き捨てるように言った。

「姉さん、行《い》かなくて良いよこんなの」

「でも」

「あたし女将《おかみ》に話してくるよ、あんな女抱いたあとだもん、病気になっちまうかもしれないよ」

そう言うと、簪を置いたまま三津は走って部屋を出ていった。階段を駆け下りる音が忙《せわ》しない。

女将が何も言ってこなかったので、暮れ六《む》つの鐘が鳴っても八津は茶屋に向かわず、張見世に上がった。人の通りは相変わらず以前に比べて少ない。まずは絢音に客が付いた。そして若耶麻。今日も客が付かなかったら、女将になんと言い訳をすれば良いのだろう。そう思っていると、八津、と自分の名前を呼ぶ声が聞こえた。顔を上げると、其処《そこ》に大島屋卯之助が立っていた。

「茶屋で待ってると知らせただろう」

いつもに増して横柄《おうへい》なその態度に、八津は萎縮《いしゅく》し三津は激昂した。しかし来ちまったもんは揚げなければならない。煙管盆《きせるぼん》を持って立ち上がろうとしたところ、横の暖簾を分けて、何故《なぜ》か桂山が現れた。そして男の前に立ちはだかると、言った。

「あいすいませんが、揚げるわけにはいきません」

圧倒されるほど毅然《きぜん》としたその物言いに、男は何も言い返せない。沈黙のあと、桂山は言葉を続ける。

「半籬《はんまがき》の小見世にも、それなりの敷居ってもんがあるんですよ、大島屋さん。あんた、河岸の女郎を連れてうちの前通ったそうじゃないですか。そしたら、それなりの覚悟ってもんはあったんでしょうね」

張見世の中にいる誰もが、ことの運びが理解できず、ポカンと口を開けてその様子を見ていた。桂山は頓着《とんちゃく》せず、滅多に聞かれない大声で男に向かって叫んだ。

「座敷遊びも心得ん人に、うちの暖簾がくぐれるもんか。羅生門なり風呂屋なり行って、一発五文の鉄砲女郎でも買ってきな」

叫びながら袂《たもと》に腕を突っ込むと桂山は、ばらばらと五文銭をばらまいた。

……朝霧姉さん。

「そうだ、あんたなんか病気になっちまえ」

桂山の天晴《あっぱ》れな啖呵《たんか》の切りっぷりに、三津が喜んで野次《やじ》を飛ばす。普段は桂山を敵視している江利耶まで、そうだそうだと野次を送った。

表の騒ぎに何事かと出てきた次郎が、驚いて大島屋の肩を引き、見世から離れさせた。男は次郎の腕を乱暴に解《ほど》き、振り返りもせずに仲之町へと歩いてゆく。

「ちょっと、なんなのよあんたたち、何があったのよ」

ことを把握できずにおろおろと尋ねる次郎は無視され、女たちは鬼の首でも取ったように高々と笑った。

「ああ、すっとした。いっぺんやってみたかったんだ」

桂山は格子越《こうしご》しに八津に笑いかけ、舌を出した。

「桂山さん、なんであの台詞《せりふ》を、」

八津が尋ねると、桂山は拗《す》ねたように唇を突き出した。

「ひどいね八津さん、憶《おぼ》えてないの。あのお座敷、あたしも出てたでしょ」

ああ、そう言えば、と八津は思い出す。確かに桂山もいた。楽器を弾いたり踊ったり、お酌以外のことをしていた筈だ。だからあまり憶えていなかったのか。

「あんときの朝霧さん、随分と粋《いき》だったじゃないか」

嬉しそうに言う桂山に八津は、余計なことしてくれるんじゃないよ、と笑って言った。ばらばらと五文銭が飛んできた。

夏

ざあっと夜の雨の音がした。木々を煽《あお》る風が雨を横に流し、音を立てて屋根と雨戸に叩《たた》きつける。その音は時に激しくなり、時に大人しくなり、強くなり、弱くなり、腹の上に覆《おお》い被《かぶ》さる男の動きによく似て、耳に入って落ち着くものではなかった。

隣の部屋で三津が咳込《せきこ》んでいる。雨の音の隙間《すきま》に聞こえる。腹の底から何かを吐き出すように、激しく咳込んでいる。行って背中を擦《さす》って水を飲ませてやりたいが、胸の上で動いている男がいるので、布団《ふとん》から起き上がることができない。男はもう半刻《はんとき》近くも動き続けている。いいかげん緩くなっちまったかと、八津は何も感じないまま、お愛想程度の声をあげる。

外で降る雨のように、男の汗が八津の上に降ってくる。このまま降り続ければ、八津の身体《からだ》に川ができる。その川を渡れば何処《どこ》に行けるのか。あの村の川は、氾濫《はんらん》するか干上がるか、どっちかしかなかった。お天道様《てんとさま》なんか滅多に出ないのに、出たら出たで、すぐに川は干上がる。今思えば干上がった川は、きっと子供の足でも向こう側に渡れた。でも誰も渡らなかった。渡る、ということすら思いつかなかった。

桔梗色《ききょういろ》の夕闇《ゆうやみ》の中、姉やが干上がった川の傍で乾いた蛙《かえる》を見つめていた。赤茶けた石にへばりついた蛙の屍《しかばね》は、元はそれが飛び跳ねていたとは思えない変わりようだった。この蛙どこから来たんだろ、きっともっと下の方まで行きたかったべな。姉やはそう言って蛙を摑《つか》み上げ、下流の方へ投げ飛ばした。きっと子供の手なので、遠くまでは飛ばなかったろう。しかし、その哀れな姿は二人の視界から消えた。蛙、どこから来たんだろ、どこに行きたかったんか。姉やは調子っ外れな歌を歌いながら妹の手を取り、干上がった川を背にして家に向かう。

咳込む音は激しくなる。搾《しぼ》り出す泣き声のように苦しげだ。誰か、あたしの代わりに三津の背を擦ってやってくれないか。ざあっ、と一際《ひときわ》雨の打つ音が激しくなる。男は相変わらず動いている。ねえ、早く終わらせてくれないか。こっちの入れ物だって擦り切れちまう。乾いた声をあげながら、八津は下っ腹に力を入れる。

ねえ、悪い夢だよこれは。

ガタガタと戸を揺する風。

ガクガクと肩を揺り動かす手。

突き上げられて痛みすら感じないあたしの入れ物。

いなくなった姉や。

梅雨が始まると、三津の身体の調子が悪くなる。雨の日が増えると、毎年激しく咳込むようになるのだ。客が少ないことがせめてもの救いだが、それでも女将《おかみ》は毎日、三津を張見世の一番端に上げた。格子《こうし》の中で咳をしていれば、ますます客足は遠《とお》退《の》くだろうに、何故《なぜ》そんなことをするのか八津には判《わか》らない。

軒下の紫陽花《あじさい》もしおれる頃、見世が屋号の入った団扇《うちわ》を作る。馴染《なじみ》の客に菓子折りと共に届けたり、遊女の座敷に置いて客を扇《あお》いだり、茶屋に行くときなどに持っていったりする。山田屋のそれは他の見世に比べると、毎年飛び抜けて鈍臭かった。他の見世の団扇にはたいてい、花の紋が入っている。しかし山田屋のには黒々と、山田屋、という文字しか入っていないのである。

「また今年も鈍臭いねえ」

渡された団扇を見て、江利耶がぶつくさと言った。

「せめて屋号を金箔《きんぱく》にでもしてくれりゃ、恰好《かっこう》が付くのにさ」

江利耶と八津が、巾着《きんちゃく》に団扇をぶらさげて不満たらたらに大階段を降りていると、馬鹿《ばか》なこと言ってんじゃないよ、と女将の叱《しか》り飛ばす声が追いかけてきた。

「ただでさえ客が減ってるってのに、そんな金のかかることができるかい」

暑い上にその怒鳴り声を聞き、二人ともうんざりとした気分になる。

気温が上がれば、不衛生な女郎長屋から、半籬《はんまがき》程度の見世に戻ってくる客も多かろうという楽観的な推測は、大きく外れた。吉原には病人ばかりが増えて、まともな客は殆《ほとん》ど戻ってこない。一番惨《みじ》めなのは、八津や江利耶など中堅の遊女たちだった。客の地位も中途半端《はんぱ》で、中途半端に花代も高い。それよりも上になると、わずかな差で大見世には登楼《あが》れないが、小見世ならば畳に金をばら撒《ま》ける、という金持ちがついているので、桂山と緑は張見世でだらだらとお茶を挽《ひ》いているようなことはなかった。

外に出ると頭上には落ちてきそうな曇天。湿気を含んだ生暖かな風がねっとりと頬を撫《な》でた。気は進まないが、涼を得るには鈍臭い団扇を使わざるを得ない。江利耶と並んで、バタバタと団扇を動かしながら茶屋へ向かう。三津は近頃、夜に少しでも体調を良くするため、昼間はいつも臥《ふ》せっていた。夕方近くになってから湯屋へ行き、暮れ六つの鐘ぎりぎりに髪を結う。一緒に茶屋に出かけられる状態ではなかった。

近頃の不況を原因にして、いつも茶屋に集まる女たちの顔ぶれが変わらないので、他の見世の遊女とも声をかけあうようになった。中でも江利耶は、江戸町二丁目にある小見世「萬華楼」の、一見取っ付き難《にく》そうなきつい顔立ちの、笹川《ささがわ》という遊女と仲良くなっていた。取っ付き難そうなところがお互いに惹《ひ》かれあったのか、と八津はその二人の話を聞きながら思う。

八津は、いつかの角海老楼《かどえびろう》の遊女が顔を見せるのを、いつもなんとなく心待ちにしていた。三日に一度ほど、昼間の暑い盛りにその女は現れる。紬《つむぎ》のような地味な着物に身を包み、頬を紅潮させてやってくる。さすがに角海老楼の団扇を持ってくるわけにはいかないのか、粗末な扇子を手にしていた。船頭の男は裏口から、身を屈《かが》めながら入ってきて上の小部屋に向かう。二人はいつも幸せそうだった。

「江利耶さん、間夫《まぶ》いたことあるかい、」

八津はぼんやりとその二人の後姿を眺めながら尋ねた。客の一物について笹川と話を弾ませていた江利耶は、一瞬ポカンとしたあと、何を急に、と怒り始めた。会話を止められたことに怒っているのか、話題が悪かったのか判らなかったので、謝りようがない。

「八津さん、ないのかい、」

鼻の穴を膨らまして怒っている江利耶を尻目《しりめ》に、笹川が尋ねた。

「笹川さん、あるの、」

「そりゃ一回や二回くらいはね」

笹川はふと目を遠くにやり、軽く溜息《ためいき》をついた。

「今はうちや山田屋さんみたいな小さなところでも、見つかったらお仕置きされるから。もし座敷に揚げるんだったら気を付けなきゃいけないよ」

「いや、あたしは別にそういうんじゃ」

「あんた薄情そうな顔してるから、そんな男いないだろ」

江利耶がひどいことを言う。

「あんたに言われたかないよ江利耶さん」

八津は言い返しながら、そういえば若耶麻はどうなったのだろう、と思い出す。

若耶麻が嘘《うそ》を言って三弥吉を呼び出したあの夜、八津は不覚にも三弥吉の前で涙を堪《こら》えきれずに、泣いた。三弥吉の手のひらは見かけによらず温かく、八津が泣き止《や》むまで肩を擦っていてくれた。そして、そのまま七ツ時を間近に、薄ら白んで肌寒い仲之町へと出て行った。だらしなく結んだ八津の帯は解かれることはなかった。

一月経《た》って指先の傷は癒《い》えたけれど、其処《そこ》に触れた三弥吉の唇の感触は消えない。それどころかその記憶は、時が経つにつれ傷が化膿《かのう》するようにひどく痛み出していた。

もう一度爪《つめ》を砕けば、三弥吉は同じことをしてくれるだろうか。それとも馬鹿な女だと呆《あき》れるだろうか。高鼾《たかいびき》をかきながらだらしなく口を開けて眠りこける男を横に、八津は伸びてきた爪を噛《か》む。ささめやかな雨の音に混じって、隣の部屋から三津の咳込む音が聞こえる。大門が閉まってから、気付いたらそれはずっと聞こえていた。きっとこのまま眠りに落ちたら、また悪い夢を見るだろう。八津は隣の男を起こさぬよう、そっと布団を抜け出して、枕元《まくらもと》の水差しと、昼間に貰《もら》ってきておいた飴《あめ》の包みを摑むと部屋を出た。

黒く光る冷たい回廊、雨の音にかき消されながら、どこかの部屋で女の喘《あえ》ぐ声が小さく聞こえる。その声はキィーと、何かが軋《きし》むような音に似ている。八津は三津の部屋の前まで行き、音を立てぬよう、襖《ふすま》を細く開けた。三津は布団の上に半身を起こし、胸を押さえて激しく咳込んでいた。八津は客の姿がないことを確認すると、そろそろと襖を開けて部屋に入った。

「三津、平気か、」

「……ねえちゃん」

余程苦しかったのだろう、三津は目に涙を溜《た》めて咳の合間に八津を呼んだ。傍らに座ると、喉《のど》の奥からヒューヒューと隙間風のような音がしていた。

「水、飲めっか」

三津は苦しげに首を縦に振る。背中を擦りながら、水差しの吸い口を咥《くわ》えさせる。飲み下すことも苦しいようで、時折むせて水を吐き出した。それでも暫《しば》らくすると少しは咳が治まってくる。

「飴も貰ってきたから、舐《な》めろ。ちっとは楽になるべ」

八津は飴の包みを剝《む》き、三津の口の中に入れた。薄荷《はっか》飴《あめ》なので、喉が通り呼吸が楽になるだろう。三津は片側の頬に飴を収め、掠《かす》れた声で尋ねた。

「ねえちゃん、客は大丈夫か」

「心配すんな、口あけて鼾かいてっからよ」

泪目で笑う三津の顔が痛々しかった。八津は開《はだ》けた浴衣《ゆかた》の合わせを揃《そろ》えてやり、肩を撫でる。

「飴、飲み込まないように横になれ。横向いてな」

「うん」

言われるままに三津は身体を横たえた。暫く咳は続いたが、飴を舐めているうちに回数が減り、やがて喉の奥の隙間風も治まってきた。治まってからも暫く背中を撫でていると、ねえちゃん、と三津が呼んだ。

「なんだい」

「もう暫く此処《ここ》にいて」

三津は八津の袖口《そでぐち》を握って、縋《すが》るように下から見上げた。

「いいよ。大門が開くまでいてやるよ」

八津は袖口を握った手を握ってやり、反対の手で三津の頰を撫でた。冷えた果物のような肌だった。その感触に、八津は別の人を思う。水のような頰、闇《やみ》に白く浮かぶ冷えた身体、細い指先。泣き声、泣き声、遠くに聞こえる喘ぎ声。縁起でもないが、それは死にゆく人間の感触だった。あの鉄砲風の夜、何処かに消えた姉や。音も立てず、何も残さず、命を絶った朝霧。雨の音が人を暗い川の淵《ふち》に連れてゆく。風の声が人を深い闇の奥に連れてゆく。

「ねえちゃん」

八津が座ったまま うつらうつらしていると、悪い夢から引き戻すように、掠れた声で三津が呼んだ。

「一緒に寝よう、寒いだろ」

「でも」

「仕事柄、枕はいつでも二つあるからよ」

ぽん、と隣の枕を叩《たた》き、三津は笑った。八津もつられて微笑《ほほえ》み、言われるまま布団《ふとん》にもぐり込んだ。其処は人が寝ていたとは思えないほど寒々とした寝床で、八津は不安になり、傍らの三津をぎゅうと抱き締めた。辛うじて人の体温を保っているだけの身体《からだ》は、去年の今頃に比べてだいぶ痩《や》せていた。

……早く秋になってくんねえかなぁ。

呟《つぶや》く三津の声は、激しくなってきた雨音の中に消える。秋になってもこの布団の上に三津がいてくれるだろうか。八津は腕に力を込めてその身体を抱いた。

地面に落ちた自分の影さえ霞《かす》んでしまいそうな、ゆらゆらと陽炎《かげろう》の立ち昇る昼下がり、湯屋帰りの仲之町を歩いていると同じく湯屋から出てきた笹川に会ったので、連れ立って茶屋に寄った。笹川の手にある「萬華楼」の団扇は、とても綺麗《きれい》だ。屋号に桐《きり》の紋が朱《あか》く入っている。団扇の手を止めると、時折通り抜ける風が浴衣に染《し》みた汗を冷やした。

「今日は江利耶さん一緒じゃないの、」

笹川がバタバタと団扇を動かしながら尋ねる。

「いつも一緒なわけじゃないよ、あの人も気まぐれだから」

すだれをくぐり、日の当たらない奥まったところに腰掛ける。反対側の壁にいる遊女たちは、窓に凭《もた》れて軽く鼾をかいていた。水出しのお茶と草団子を頼み、八津と笹川は溜息をついた。

「山田屋さん、最近どうなの」

「相変わらず閑古鳥《かんこどり》が鳴いてるよ。てっぺんの方と下の方にお客取られて、あたしや江利耶さんなんかは二日にいっぺん客があれば良い方だね」

「何処《どこ》も一緒かあ……」

笹川も中堅どころなので、最近はお茶を挽いてばかりなのだろう。だるい沈黙がひとしきり続いたあと、笹川が口を開いた。

「こないださ、間夫いたことあるかって、八津さん聞いただろ」

「うん」

「なんかあったのかい、」

茶と団子が運ばれてくる。二人は同時に茶器を取り、乾いた喉を潤《うるお》した。

「江利耶さんがさ、あの人どうもあんな感じだから言えないんだろうけど、心配してたよ」

「そう」

暑さにやられながら上の空で答え、ごくごくと喉を鳴らすとあっという間に茶の器は空になる。きっと江利耶が心配しているのは八津に対してではなく若耶麻に対してだろう。つい十日ほど前、お開帳にとんと上の空だったらしい若耶麻の客が、怒って中引け前に部屋を出て行った現場に居合わせた。

間夫を作ると遊女の仕事はおろそかになる、というのは本当だが、身辺を洗っても若耶麻にそんな男はいなかった。年の暮れに初見世がイヤだと泣いた茜ですら、初見世以来きちんと仕事に励んでいるというのに、若耶麻のぼんやりは目に余り、今は仕置き部屋に入っている筈《はず》だ。仕置き部屋にやられる前、若耶麻は時々襖の隙間《すきま》から八津の部屋を覗《のぞ》いていた。首のうしろに痛いくらいの嫉妬《しっと》を感じていた。

三弥吉の指が八津の長い髪を梳《す》く様子を見ながら、その髪の毛の持ち主を自分と重ねていたのだろう。自分が若耶麻の立場だったら、同じことをするかもしれない。

男に惚《ほ》れる弱さなんざ、其処のどぶに放って捨てた筈なのに。


盆は文月《ふみづき》十三日。遊女屋でも死んだ女のために迎え火を焚《た》く。

噂《うわさ》好きの語り草にならぬよう、女将《おかみ》は朝霧の後追い自殺を公にはしなかった。八津にだけ、その死の理由を話した。泡沫《うたかた》の恋に命まで落す馬鹿《ばか》のことなど耳にしたくもないからね。そう言っても女将は命日には仏壇に手を合わす。

朝霧が死んで四十九日が済んだあと、八津は女将から姉の死の理由を聞き、泣いた。姉が何も喋《しゃべ》らなかったから、何も知らなかった。人の心は言葉にすることが全《すべ》てだと思っていた。その内側にどれほど激しい炎が隠れているのかなど、知る由《よし》もない。姉を死なせるほど狂わせた男を憎んだが、その男もくたばっていれば憎む相手ももうおらぬ。

涙の涸《か》れたあとは、せめて自分は何があっても生きようと決めた。朝霧も死んだし、朝霧の姉女郎である霧里も病で死んだ。未《いま》だに生爪を剝《は》がして男に送りつける時代遅れはいるし、未だに心中騒ぎを起こす厄介者もいるが、自分は絶対にそうはなるまい。男に惚れることは死へと向かうこと。

意地でも死んでなるものか。死んでも惚れてなるものか。

月の改まった盆明け八朔《はっさく》は白装束の日である。古くからある慣習で、吉原の遊女全てが薄物の白い着物で客を迎えることが決められている。白装束を身に纏《まと》うと、花嫁衣裳《いしょう》のように見える女と、死人に見える女がいる。八津はどちらかというと死人寄りだったが、それよりも三津の方が夏ばての所為《せい》で痩せ細ってしまったため、山田屋では一番の死人に見えた。

白装束の見世開け前、三津のやつれっぷりを哀れに思ったのか、三弥吉が鰻《うなぎ》を土産に持ってきた。三津は大喜びして八津のぶんまでたいらげ、満足げに部屋へと戻っていった。

「もう一つ買ってくれれば良かったですね」

三津の旺盛《おうせい》な食欲に呆れながらも笑って見ていた三弥吉だが、八津が一口も食べていないことに気付き、申し訳なさそうに言った。

「良《い》いよ。あたしあんまり鰻好きじゃないし」

「何が好きなんです、」

「柿《かき》」

「……今の季節じゃ無理ですよ」

「だから何もいらないって」

　夏は用心しないと虫が湧《わ》くので、油ではなく水で髪を作る。そのため、どんなに綺麗に結い上げても、客の相手をして寝乱れれば一日しか髪は持たない。また、どれだけ激しい仕事をしたのか髪を見ればひと目で判《わか》ってしまうため、八津は水髪が嫌いだった。三弥吉が通ってくるようになって初めての夏、八津は三弥吉がやってくる前に、前を残して髪を全てほどき、毛の先まで櫛《くし》で梳いた。これならばお客があったのかなかったのか、あったとしてもどれほどの仕事をしたのかは判るまい。

　三弥吉の指が髪に触れる。髪からうなじへ振動が伝わる。直《じか》に触れられているわけではないのに、八津は痺《しび》れるようなむず痒《がゆ》さに背筋を強張《こわば》らせ目を閉じた。部屋は暑いというのに腕は粟立《あわだ》つ。

　断じて、三弥吉に惚れているわけじゃない。きっと他の髪結いが来るようになればいずれ忘れる。年季が明ければ八津は吉原を出て行くだろうから、そうしたらもう会わない。そして忘れる。実際、あれほど頻繁に通ってきていた大島屋が来なくなって、すぐに八津は大島屋のことを思い出さなくなった。我ながら薄情だと思うが、できれば嫌なことは忘れたい。

夜は激しく雨の降る嵐《あらし》となった。細かな雨の雫《しずく》が舞い込んでくる張見世に出て間もなく八津の座敷に揚がった客は、いつかの大文字から流れてきたという男だった。確か名前は竜二郎と言ったか。素性は判らぬが、前回の払いがだいぶ良かったらしく、女将と遣手《やりて》は上機嫌で男を八津の部屋に揚げた。

「もう忘れちまうところでしたよ」

布団の中で男の足に自分の足を絡《から》め、八津は拗《す》ねた口ぶりで言った。男のわりにすべすべとした脛《すね》が、足の裏に気持ち良い。

「俺は忘れられてると思ってたけどね。会いたかったかい」

八津は絡めた足を解き、脛を軽く蹴飛《けと》ばした。白い着物は乱され、つるんと皮を剝いた茘枝《れいし》の実のような肌に男が手を伸ばす。

「おまえさんと同郷の娘が角海老楼にいたよ」

胸の突起を指先で弄《もてあそ》びながら、男が言った。

「同じ村とは限りませんでしょ」

息を乱していることを気取られないよう、八津は答えた。角海老楼と聞いて、あの茶屋の女の顔を思い出すが、竜二郎の愛撫《あいぶ》によってその顔はすぐにどこかへと消えた。

「水蓮《すいれん》って子だよ。元の名前は聞かなかったが、村で人攫《ひとさら》いにあったんだそうだ。人買いじゃなくて人攫いだとよ。ひでえ話だよな」

ひとさらい、という言葉に頭が冷える。売られる際、八津は母親から、おまえは奉公に出るのだよ、と言われた。そう言った母が泣いていたので、ある程度どこへ売られていくのかの察しはついていた。もう記憶はおぼろげだが、人買いは結構気前の良い男で、江戸への道程ではいろいろと食べさせてくれたし、珍しい玩具《がんぐ》も買ってくれた。いま思い返せば、売られる悲愴《ひそう》感はまるでなかった。

人攫いの場合、どんな感じなのだろう。八津は目を瞑《つむ》り、男の丁寧な愛撫に甘い声をあげる。その声は屋根を打つ雨と窓を叩く風の音にかき消される。

鉄砲風の吹く夜に忽然《こつぜん》と消えた姉。戸の向こうに潜む顔のない人攫い。

戸を開けないで姉や、開けないで。

残暑

ひぐらしの鳴く声が橙色《だいだいいろ》の夕焼け空に散ってゆく。夕涼みの窓辺には、昼間よりかはいくらかひんやりとした風が幽《かす》かにそよぎ、昼見世の名残でうっすらと汗の滲《にじ》む火照《ほて》ったうなじを鎮《しず》めた。八津は何処《どこ》かから聞こえてくる風鈴の音を聞きながら、あれから来ない竜二郎のことをぼんやりと考えた。否《いな》、竜二郎のことではなく、竜二郎の言っていた水蓮《すいれん》という娘のことを考えた。

同じ村の娘だったとしたら、もし三津が売られたあとに来た娘だとしたら、自分の母はまだ生きていたか尋ねたい。そして姉の消息を知らないかと尋ねたい。

瞼《まぶた》を撫《な》でる風の心地良さに目を閉じて框《かまち》に凭《もた》れていると、襖《ふすま》の外から女の怒鳴る声と泣き叫ぶ声が遠くに聞こえた。商売に淡白な八津や三津にはあまり縁がないが、客を取った、取られたなどの遊女同士の言い争いはときどき起こる。今日は誰だ、と身体《からだ》を起こして回廊へ出る襖を開けると、向こう側の回廊で若耶麻と絢音が摑《つか》み合いの喧嘩《けんか》をしていた。八津と同じく、女たちは襖を開けて隙間《すきま》からその光景を見つめている。

若耶麻が怒り、絢音が泣いていた。

仕置き部屋にいた期間、若耶麻の馴染客《なじみきゃく》の一人が絢音を買った。見世の誰もが知っていたが、こういう修羅場を見ないよう若耶麻には教えていなかったのに、一体誰がばらしたのだろうか。口汚い罵《ののし》り合いは長いこと続き、八津はいいかげん飽きてきて襖を閉めた。今日は三弥吉が来ない。頻繁に来ないよう、少し前に無理を言って水ではなく油で髪を結ってもらった。こぼれ出た溜息《ためいき》が会えない悲しさのためなのか、会わぬ安堵《あんど》のためなのか、八津にもよく判《わか》らなかった。

白装束の翌日、飯も食わず、湯屋にも行かず、八津は昼過ぎまで寝続けた。前の晩、竜二郎は初回の控えめさはなんの芝居だったのかと思うほど激しく八津を抱いた。身体を舐《ねぶ》る舌は人のものとは違う何かの生き物のようで、それが指で愛撫《あいぶ》されて敏感になった皮膚に触れるたび、八津は身体を震わせ高い声をあげた。一晩中続く長く果てしのない行為に恐ろしく疲労したものの、竜二郎に対して嫌悪《けんお》は感じなかった。また必ず来てくださいね。そう言って朝方、八津は竜二郎の唇を吸った。昼間起きたときに痛みに気付いて肌を見たら、愛撫の痕《あと》であちこちが赤くなっていた。白い肌に点在するそれは山茶花《さざんか》の花びらのようで、八津は朦朧《もうろう》とする意識の中、朝霧を思った。

ねえ姉さん、あんたは生きることから逃げたの、それとも命をまっとうした結果に死んだの。ひりひりと痛む肌に、ほどけた髪の毛が張り付く。日が傾き始めてから部屋へやってきた三弥吉は、肩にも首筋にも刻まれている筈《はず》の痕には何も言わず、いつものとおり黙々と髪を結った。そして櫛《くし》を挿し終えたあと意外にも、蝶々《ちょうちょう》のくちづけのように、ほんの幽かに指先を、首筋に残った赤い痕の上に滑らせた。甘い痛みが背筋を打つ。しかしそのあと三弥吉の発した言葉に、八津は酔うことができなかった。

「……こんなふうになるまで、仕事しなけりゃならないんですか、」

しろうとしか知らない男の発言だった。

山田屋みたいな小見世では、客の要求は受けられるところまで受け付ける。ただ寝転がって、群がるお客を選り好みできる立場でもない。

「こんなふうになるまで仕事しなけりゃいけないんですよ。仕事だから」

八津は意地の悪い気持ちになり、三弥吉の口ぶりを真似《まね》て答えた。朝霧が死ぬまでは僅《わず》かに残っていた、悲しいとか虚《むな》しいとか、そういう感情は四十九日が終わったあと、何処かに捨てた。それでも、晩の客の名残を、もしかして惚《ほ》れているかもしれない男から間近に見られ、何も感じてもらえないのは虚しかった。

三弥吉の指はもう赤い痕には触れていない。息の詰まるような思いをなんとか飲み込もうとしていたら、背後にいた男は思わぬ行為に及んだ。あ、と思ったときには、男の両の腕が八津の身体を絡《から》め、あばらを撓《しな》らせるほど強く締めつけていた。耳朶《みみたぶ》の下には柔かな唇が押しあてられ、吐息が首筋を撫でる。背に密接された男の広い胸も、腕を掴む手のひらも何もかも温かく、八津は息が止まりそうになる。

「髪が、崩れる」

涙が出そうなほど嬉《うれ》しかったのに、身体は思いとうらはらに三弥吉を抗《あらが》った。滑らかな皮膚の上に浮き上がった血管がすんなりと美しい腕は、苦しいくらい強く八津を拘束する。

「そんなもん、また結えば良い」

耳の傍で囁《ささや》くような低い声と吐息。手のひらが熱の籠《こも》った胸の合わせの間へと忍んでゆく。熱を帯びて痛む肌に指が触れ、その先が腫《は》れた突起に触れたとき、八津は弾《はじ》かれるように三弥吉の腕を振り解《ほど》いた。

座ったまままじりじりと壁際《かべぎわ》へと後じさり、乱れた衿元《えりもと》を整える。

「出ていって」

充血した足の間に力を入れ、八津は畳の上で拳《こぶし》を握った。三弥吉は何も答えない。

「イヤなんだよ、そういうの。あたしには間夫《まぶ》なんざ必要ない。抱きたきゃ遣手《やりて》を通しとくれ」

抑揚のない声で言いながらも、八津はこのまま三弥吉の胸に身体を預けてしまえればどれほど楽だろうと思った。もう一度肩を抱かれて胸の中で泣ければどれほど楽だろう、そして同時に、身体を預けたあとに訪れる血の煮えるような地獄はどれほど辛《つら》いだろうとも考えた。

三弥吉は人二人ほどの距離を保って八津と対峙《たいじ》していたが、やがて切り裂くことのできない薄い膜の向こうでゆらりと立ち上がり、襖を開けて出ていった。一人残された八津は腕に力を込めて膝《ひざ》を抱えた。足の間は昨晩の名残でひりひりと焼け付くように痛んでいる。それなのに、三弥吉の指が胸に触れただけで、其処《そこ》からはもう新しい蜜《みつ》が滲んできていた。

硬い指先を思い、八津は蹲《うずくま》ったまま自らの手を着物の合わせに挿し入れ、月の物が来る直前の張った胸を力任せに掴んだ。張った乳房も、尖《とが》ったままの乳首も、その奥のほうにある何かも、すべてが千切れるように痛かった。


大島屋が膨大な祝儀《しゅうぎ》を積んできたのは、日の落ちるのが少しだけ早く、夕涼みが少しだけ早くなる頃だった。鞍替《くらが》えの過《あやま》ちを許してもらい、再び山田屋へ登楼するための祝儀だけで、八津の身請けはない。遣手にはことさら多く包んだらしく、大島屋はすぐに八津の座敷に通された。

八津は赤く塗った唇の端から蜘蛛《くも》の巣のように煙を吐き出しながら、あっけなく切見世の女と寝た大島屋を見つめた。

やはり意地だったのだ、と思った。もじもじと居心地悪そうに八津の顔を見上げる大島屋の顔を見つめ返しても、爪先《つまさき》ほどの愛《いと》しさも湧《わ》いてこない。竜二郎のように、もっとうまくばれないように見世を転々としていれば良かったのに。そうすれば大島屋はこんな小さくなることもなかったし、八津自身もこれほど惨《みじ》めな気持ちになることはなかっただろうに。

「もう二度と浮気しちゃイヤですよ」

煙管《きせる》の灰を盆に落とし、八津が溜息混じりに声をかけてやると、男はぱっと嬉しそうに目を輝かせ頷《うなず》いた。八津は小指を立てて右手を前に伸ばす。男はそれに自分の小指を絡めて軽く上下に振った。

夜は三弥吉の指を思い、竜二郎の愛撫を思い、暗い部屋で大島屋に抱かれた。

いつしか蟬《せみ》も鳴かなくなり、気付くと窓の外にまだ生々しい死骸《しがい》が腹を見せて転がっていたりする。指で突付くと、ジジ、と弱々しく鳴くので、断末魔も苦しかろうと八津は簪《かんざし》の先でその腹を抉《えぐ》った。

思いも寄らないところで水蓮の名前を耳にした。珍しく茜《あかね》が八津の部屋へやってきて、沈痛な面持ちで尋ねてきたのである。

「足抜けって、うまくいくのかなぁ」

その場に三津がいたら、またしても引《ひ》っ叩《ぱた》かれていただろう。もう少し筋の通った喋《しゃべ》り方を教えなければいけないかもしれない。

「いかないだろね」

八津は引っ叩くことはしなかったが、即座に答えた。いつか他の見世の女に聞いたことがある。追っ手はまるで地獄の鬼かと思うほど執拗《しつよう》に追いかけてくるそうだ。いくら連れの男が健脚だとしても、走ることに慣れていない遊女を連れていたら確実に取り押さえられる。そして見世に戻され、見せしめのようにひどい仕置きをされる。

幸いなことに山田屋にはそんな大それたことを考える女はいなかったが、時々湯屋や茶屋の噂《うわさ》で、どこの見世の誰が抜けようとした、という話は聞く。

「姉さん、足抜け止めたいんだ、どうすれば良い、」

「誰が足抜けするって、」

「水蓮さん」

八津は聞いた名に驚いて茜の顔を見た。まだあどけない顔に不安が滲んでいる。

「姉さん憶《おぼ》えてないかい、いつか伏見町の茶屋にいた綺麗《きれい》な人だよ、地味な着物の」

「……猪牙《ちょき》の船頭と逢引《あいびき》してる女かい、」

「そう、その人」

竜二郎の話では、角海老楼《かどえびろう》の女に八津と同じ訛《なま》りがあると言った。名前は水蓮。八津は動揺を悟られぬよう唾《つば》を飲み込んでから茜に尋ねた。

「なんでおまえが名前知ってるのさ」

「ちょっと前から仲良くしてもらってんだ。飴《あめ》とか買ってくれるの」

「貧乏な子供じゃあるまいし、なんだおまえ、何処の物乞《ものご》いだ」

「茶化さないできちんと聞いて」

茜の話は、此処《ここ》らではよくある話だった。水蓮は八津よりも年嵩《としかさ》で、あと少しで年季明けだが、年季明け間近の遊女は価値も下がってるので、身請け料が安い。其処を狙《ねら》って、どこかの爺《じじい》が水蓮を身請けしたいと金を積んできたのだそうだ。位の高い大見世といえど、馴染の客だったらイヤとは言えない。

あれだけ大っぴらに逢引を繰り返していたのだから、見世にも間夫の存在は知られていたはずだ。それで仕置きされなかったなら、見世は年季明けと同時に船頭の男と所帯を持たせてやるつもりだったのではないだろうか。八津は遣る瀬《やせ》なさに爪《つめ》を噛《か》む。

「あたしはまだ見世に出たばっかりで、好いた男もいないし、判らないんだそういう気持ち」

「年末に言ってた男はどうした」

「あれは水蓮さんの情夫のことだよ。男前だろ、ついポーっとなっちまって」

あまりに幼い答えに八津は思わず笑った。ばかにされたものだと思い、茜はぷっと頰を膨らます。

「とにかく、水蓮さんが辛い思いするのはイヤなんだ。好きでもない糞爺《くそじじい》のところに行くのと、足抜けがばれてお仕置きされるの、姉さんだったらどっちが辛いと思う」

「……お仕置きかね」

足抜けがばれて恩赦がない場合、河岸の切見世に落とされる。そうするともう一生吉原からは出られない。ある程度の年月吉原にいればそのくらいのしきたりは知っている筈だが、あの大人しそうな女の何処にそんな度胸と覚悟があるのか。

茜は暫《しばら》く神妙な顔をしていたが、思い立ったように顔を上げると八津の手に自分の手を重ねて言った。

「姉さんお願い、水蓮さんを説得してあげて。あたしが言ったんじゃだめなんだ」

「何言ってんだい、お門違いだよ。口利《くちき》いたこともないってえのに」

「だって、水蓮さんは姉さんのこと知ってたよ、名前も」

「無理だよ」

「お願い」

茜の眼差《まなざ》しは見たこともないほど真剣だった。その必死さに、姉女郎として、八津は水蓮に少しだけ嫉妬《しっと》した。そして水蓮と喋ることに対しての、もしかしてという期待と、期待を裏切られたときに訪れる虚無感を思い、ぼんやりと目の前に座る娘の顔を見つめた。

結局押し切られる形で、八津は茜のために茶屋へ足を運んだ。当の茜には昼見世の客が付いてしまったので、茶屋へ向かうのは湯屋帰りの八津一人である。

暖簾《のれん》をくぐると、示し合わせたかのように、其処には水蓮一人しかいない。溜息《ためいき》を堪《こら》え、八津は女の傍に腰掛けた。さて、なんと話し掛ければ良いものか。横で水蓮は涼しげな顔をして冷やし飴を飲んでいる。少し反らした細い喉《のど》を、液体が流れ落ちてゆくのが見えるようだ。

「……いつもうちの茜が世話になってるみたいで」

考えあぐねた結果の言葉なのに、なんだか相当不自然だった。

しかし、女はいきなり声をかけてきた八津を訝《いぶか》しむこともなく、いつものように八津に向かって、にこりと微笑《ほほえ》んだ。

あ、と八津はその顔を見て思う。

百合《ゆり》の種が弾け飛ぶように記憶に亀裂《きれつ》が入る。

まさか、本当にそんなことが。

至近距離で女を見たのはこれが初めてだった。いつもは茶屋の中でも、高嶺《たかね》の花を愛《め》でるように遠くからしか見ていなかったので、気付かなかった。

一陣の強い風が店を通り抜ける。夏の終りを告げる、乾いた風だった。似ても似つかないのに、暖簾をカタカタと揺らす風の中にあの村の鉄砲風が唸《うな》る悲鳴を聞いた。

八津が続く言葉を紡《つむ》げないでいると、水蓮は手を伸ばし、八津の頬に触れた。

「やっと気付いたか」

頬に触れた手に、八津は自分の手のひらを重ねて握り、まじまじと女の顔を見返した。

「……姉や、」

「薄情な妹だべな」

水蓮は両手で八津の顔を摑《つか》むと、その額を八津の額に勢いよくぶつけた。

「姉や」

結構痛かったが、気にもせず馬鹿《ばか》みたいにもう一度繰り返すと、水蓮は、そうだ、と言って再び額をぶつけた。

——悪さするでねえ。幼い頃、八津が何か悪戯《いたずら》や失敗をすると、いつも一緒にいた姉やは渾身《こんしん》の力を込めて自分の額を妹の額にぶつけた。それがお決まりのお仕置きだった。かなり痛かったが、これはぶつけている方も相当痛かろうと、そのたびに心を入れ替えていたものだ。しかし実際自分に妹分の三津ができてから同じことをしてみたら、ぶつける側は全く痛くなかった。

「いってえよ、姉や」

ごつごつと何度も額をぶつける水蓮に抗って、八津はその細い肩を摑んで引き離した。

俯《うつむ》いたままの水蓮の顔を覗《のぞ》き込むと、両の目からは真新しい涙の筋が、細く形の良い顎《あご》の下まで真っ直《す》ぐに伝っていた。

おれが傍についていてねとダメな男なんだ。

そう言った水蓮の顔は、ぐずぐずと洟《はな》を啜《すす》っていても誇らしげに輝いていた。八津は泣き出す機会を逸し、ただ水蓮の話を聞くだけだった。

間夫《まぶ》を持っても絶対に仕事に支障はきたさない、という約束を見世と交わし、船頭との逢引を大目に見てもらっていたのだそうだ。実際あれほど頻繁にあの船頭と逢引を続けていても、水蓮はずっと角海老楼の看板女郎の一人だった。所詮《しょせん》どんな男も若くて肌が艶《つや》やかな女を好むので、八津よりも年嵩で大見世の看板を張れるとは、相当なものだ。同じ腹から生まれてきてこの差はなんだ、と薄ら寂しい気持ちにはなったものの、反面それが自分の姉であることが誇らしかった。

その日、八津と水蓮が待っていても、いつまで経《た》っても船頭は現れなかった。やがて見世に戻らねばならぬ時刻となる。連れ立って茶屋を出ると、既に外は薄暗く、ひぐらしの鳴き声が夕闇《ゆうやみ》に吸い込まれていた。まだ人の少ない時間帯だ。黒く伸びる影を並べて歩きながら八津は声を潜め、本気で足抜けをするつもりなのか尋ねた。

「するよ」

事もなげに水蓮は答えた。

「おめえはきちんと人買いに買われてきたんだから、まだマシだべさ。竜二郎さんに聞いただろ、おれはあの夜人攫《ひとさら》いにあったんだ。思い出すだけでおっかねえよ。殺されるかと思った。手も足もふんじばられて猿轡《さるぐつわ》されてよ、袋放り込まれて、馬乗せられて、気付いたら吉原だった。あんときのこと考えたら、逃げるのなんてまるで恐《こわ》くね。捕まって仕置きされるのなんてまるで恐くね。切見世に落とされるのなんざ、今の見世より嬉しいぐれえだ。そしたらこそこそしねでも、あの人見世に通ってこられるからな」

所詮一発十五文、船頭だってそんぐれえは払えるべ。清々《すがすが》しいほど割り切った言葉に、八津は何も言えなくなる。

「おれのこと止めるよう茜に言われたんだべ」

八津は頷く。水蓮は笑った。

「おめえに会えて嬉しかったよ。おれは最初見たときからもしかしてそうじゃねえかと思ってた。でもおめえ全く気付かねえし。竜二郎さんに、山田屋におれと同じ訛りの女が二人いるって聞いて、もう一人は誰か判《わか》んねえけど、一人はやっぱりおめえだと思ったんだ」

八津はその言葉を聞き、心から竜二郎に感謝したくなった。

「いいかげん声かけようと思ってたところだったんだ。良かった、おめえが気付いてくれて。忘れられてねかったんだな」

「忘れるなんて、一回も忘れたことなんてねえよ、でも会えるとも思ってねかったよ」

指先に、水蓮の指が蔓《つる》のように絡《から》まった。

「……茜には、謝っておいて」

夕涼みの風が吹く。ああ涼しい、と水蓮は顎を上げて目を閉じた。綺麗な線を描く横顔が、夕日に照らされて鬼灯色《ほおずきいろ》に染まっている。

自分は、人攫いから姉を守ることもできず、妹分からの願いを聞いてやることもできず、ただ姉が好いた男のために大門の外へ走り出していこうとしているのを見ているだけ。ただ、見てることしかできないのか。八津は足を止めた。

「どうした、」

水蓮もつられて足を止め、隣の妹を覗き込む。先刻の水蓮と同じように、俯いたら涙が出るかな、と思ったけれど、出なかった。

「死なないで」

顔を上げ、八津は言った。

「は、」

「抜けても良《い》いけど、絶対に逃げ切って」

絡まった指をぎゅうと握ると、水蓮は反対側の手で八津の頰を撫《な》でた。

「死なないよ」

そう言うと水蓮は、顔を近づけて、額をそっと八津の額に触れた。

いつ抜けるつもりなのかは聞かなかった。聞いたらきっと止めにいってしまう。それに、しつこく尋ねてくる茜におそらく教えてしまう。茜に教えたら、茜のほうが我先にと止めに入るだろう。八津は日々じりじりとした焦燥の中で過ごした。江利耶から誘いがあっても外に出ず、毎日自分の部屋に籠《こも》っていた。

夏の終わりから秋にかけては、時の流れが速くなる。ついこの前まで昼間から夕暮れは嫌になるほど長かったのに、今ではもう窓の外が闇に沈んでいた。空が煙ったように暗く染まっているので、一雨くるのかもしれない。遥《はる》か向こうの方からは、かすかに雷鳴が聞こえた。

張見世へ出る仕度を終え、いつ空が光りだすのだろうと部屋の窓からぼんやり外を眺めていると、突如、火《ひ》の見櫓《みやぐら》の鐘が吉原中に鳴り響いた。暗い空に木魂《こだま》するカンカンカンという乾いた音を耳にしても、暫く何が起こったのか判らなかった。ほどなくして襖《ふすま》の外でばたばたと慌《あわただ》しい足音がし始め、八津の部屋の襖が勢いよく開け放たれる。

「火事だよ姉さん、なにをぼやっとしててんだい」

三津が部屋に駆け込んできて、忙《せわ》しなく八津の腕を引っ張りあげた。窓の外にまだ火の手は見えない。

姉さん早く。三津がぐいぐいと手を引っ張る。

……随分前にも同じようなことがあった。

三津に腕を引かれたまま回廊を駆けていて、八津は思い出す。

あれは確か五年前、もう少し寒くなってからだ。気付けば大門の近くからどす黒い煙がもうもうと渦を巻いて、乾いた日だったのであっという間に火は燃え広がった。大門から逃げ出そうとした女たちは皆、無慈悲にも閉じられた大門の前で黒焦《くろこ》げになって焼け死んだ。山田屋の連中は全員河岸を通って大門から反対側の非常門へと逃げたため、幸いにも全員助かったのだ。あの時は、やはり何が起きたのか全く判らずに、煙を見てただ恐くて足を竦《すく》ませていた八津の手を、朝霧が引っ張ってくれた。

本当ならば自分が三津の手を引いてやらなければいけないのに。

八津は勢いよく頭を左右に振り、三津の手を握り直した。

「茜と宇津木は」

「もう先に出ていったよ、大門の方に行ってなきゃ良いんだけど」

大階段をくだり、下駄を突っかけて外に出た。周りをぐるりと見渡せば、火の手が上がっているのは、やはり五年前と同じく伏見町だった。まだ火は小さい。他の見世の暖簾の奥からも、仕度を終えた女たちがわらわらと吐き出されていた。

櫓の鐘は鳴り止《や》まない。三津も五年前の大火事を憶《おぼ》えているらしく、同じ道筋で河岸へ向かい、大門とは反対側へと走った。逃げ惑う人の群れに揉《も》まれ、押し戻されそうになりながらも、三津は八津の手を離さない。そして暫《しばら》くしてから反対側の手も何者かに捕まれた。ぎょっとして振り返ると、摑んだ手の持ち主は茜と宇津木だった。茜は唇を嚙《か》み締めて涙目、宇津木は既に目を真っ赤にして頰に涙の筋を作っていた。姉女郎を見つけて安堵《あんど》したのだろう、宇津木はしゃくりあげると八津の腰に抱きついた。

「ごめんよ、恐かったね、一緒に行こう」

まだ小さな禿《かむろ》の頭を八津は撫でてやり、その小さな手を取って握る。四人で連なって河岸を早足に歩いていたら、上のほうで櫓の鐘もかき消されるほどの大きな雷鳴が轟《とどろ》いた。顔を上げると、もはや空は墨を一面にこぼした夜中のようだ。鮮やかな白い稲光が一直線に走ったと思ったら、少しおいてから物凄《ものすご》い音がした。あちこちから悲鳴があがる。ただの雷鳴で、建物の倒壊した音ではないのがまだ救いだ。

これほど夕立を願ったことはなかった。泣き叫ぶ宇津木をなだめすかし、歩かせ、あと少しで非常門というところで、痛いくらい大きな雨粒が額に落ちてきた。通りを行く人は次々に顔を上げ、手をかざし、落ちてきた雨粒を確認している。八津の勘違いではなさそうだった。

鳴り止まない雷と共に、雨はあっという間に本降りになった。八津は帯を解き、一番上に着ていた仕掛けを脱いで頭上に被《かぶ》ると、その中に他の三人を招き入れた。もはや進まない人の列を振り返り、向こうに火の手を見る。黒い闇の中に浮かび上がる朱色の炎は、不謹慎かもしれないが、綺麗《きれい》だった。

「また仮宅《かりたく》か」

八津たちのすぐ傍らで、同じように着物を傘代わりにしていた女が溜息混《ためいき》じりにぼやく。連れの女も頷《うなず》いて、やはり溜息混じりに言った。

「今度のは誰がやったんだろうね。見つかったら島流しだってえのに、判ってるのかね」

その言葉を聞いて八津ははっと息を呑《の》んだ。隣で茜の肩がびくんと震える。

「水蓮さん」

うわ言のように呟《つぶや》き、八津が止める間もなく茜は手を振り解《ほど》き、雨の中に駆け出した。

「茜、行くんじゃない、戻っておいで茜」

叫び声は雨の中に吸い込まれ、離れていく娘の耳には到底届かない。仕掛けを三津に預け、八津は茜を追って走り出した。雨は勢いを増し、風のない嵐《あらし》のようだ。人で溢《あふ》れかえる河岸を抜け、角町へ曲がるところで下駄の歯がぬかるみにはまり、八津は踏ん張ることもできずに泥の中へ転んだ。顔を上げると、茜の姿は既になかった。下駄の脱げた方の足をひねったらしく、立とうとしても力が入らない。雨が降ってきたとはいえ、火の手の方へ行く馬鹿が何処《どこ》にいる。

水を吸った着物は重く、片足だけでなんとか立ちあがろうと苦心していると、八津さん、と遠くで名前を呼ぶ声がした。ちょうど茜の消えた方向から男が駆けてくる。雨に煙ってておぼろげだが、それは三弥吉の声だった。

「三弥吉」

「何をやってんですか、山田屋さんの他の人はどこです、」

三弥吉の腕にあっさりと抱え起こされ、両の手で雨に冷えた顔を包まれた。その手のひらの温かさに意識が遠退《とおの》きそうになるが、落ちてゆく直前に軽く頬を叩《たた》かれて、八津は我に返った。

「……茜が」

「え、」

「お願い三弥吉、茜を連れ戻して、大門の方に行っちまったんだ、まだ燃えてるだろ」

「もう収まってきてますよ、伏見町一帯だけまだ燃えてるけど風もないし、危なくはない」

「本当に、」

「本当です」

「茜は大丈夫なの、」

「大丈夫です」

力強く三弥吉は頷いて、ずぶ濡《ぬ》れの泥まみれになった八津を胸の中に抱き締めた。

五年前の大火事の記憶が瞼《まぶた》の奥で石火のようにちらつく恐ろしさと、同じ火事でも雨のおかげで燃え広がらなかったという安堵と、目の前に三弥吉がいて自分の身体《からだ》を支えてくれているという心強さが胸の奥でごちゃまぜになり、八津の目からは涙が溢れた。雨に濡れていても、男の胸の中はぬくもっていた。

水蓮は十日経っても見つからなかった。角海老楼では若い衆を江戸中に散らして探し出すという物凄い騒ぎになっていたようだが、所詮《しょせん》お門違いの山田屋には何の関係もない。

火事で全焼したのは、八津や江利耶《えりや》が馴染《なじみ》にしていた、そして水蓮が船頭と逢引《あいびき》を繰り返していた茶屋だけだった。あれだけ世話になっておきながら随分ひどいことをする、と思ったら、あれは実は茶屋の主人自らが火をつけたのだという噂《うわさ》を耳にはさんだ。間夫《まぶ》と愛し合いながらも、望んでいない身請けをされる遊女を哀れに思った主人が、自ら犠牲になって店に火をつけ遊女を逃がした、なんて美談までいつの間にか作りあげられていた。

「あんなの嘘《うそ》だよねえ」

噂話を聞いた湯屋帰り、江利耶は何が面白くないのか、小鼻を膨らましながら言った。

「いや、面白いから良いんじゃない、」

数日前、火事の焼跡見物がてら、竜二郎が見世に来た。もっと景気良く焼けてるかと思ってたのにみみっちい焼け具合だね、と誠に不謹慎なことを言いながら一通の文を八津に手渡した。

やえ

文紙を広げたと同時に目に飛び込んできた冒頭のその文字に、八津の鼓動は早まる。既に記憶の一番端へ追いやられていた自分の幼い頃の名は、確かに水蓮の書いたものだ。文の中には、修善寺へ行く、とだけ書かれていた。隣から竜二郎が覗《のぞ》き込む。

「また随分遠くまで行くね」

「なんで修善寺なんでしょう」

「関所抜けできる道があるからだろう」

「ふうん」

「あ、俺は誰にも言わないから平気だよ」

「疑っちゃいませんよ」

半年逃げ切れば、見世も諦《あきら》める。どうか、見つからないで。八津は竜二郎から受け取った文を、行燈《あんどん》の火にかざした。紙は薄暗い部屋の中、ちりちりと音を立てて端の方から燃えてゆく。花びらのような火が半分くらい紙を舐《な》めたところで、煙管盆《きせるぼん》の上に置き、燃え尽きるのを待った。

念のため燃えがらの上から水をかけ、八津は立ち上がると窓を開けた。澄み渡って星がくっきりと見て取れる月のない空。さらりとした心地良い風が首筋を撫でてゆく。

「もう秋だね」

横にやってきた竜二郎も、八津と並んで空を眺めて呟いた。

「あっという間に冬になるんですよ」

「いやだねえ」

その夜、竜二郎は八津を抱かなかった。戸惑いつつも、夜半を過ぎてから八津は竜二郎の腕に絡《から》まって深い眠りに落ちた。暫く見続けていた火事の夢も、その夜を境にして見ないようになった。

秋

木々の葉が僅《わず》かにその先を黄金色に染め出す頃、三津がとうとう倒れた。最初はただの疲労と風邪かと思っていたのだが、何日寝ていても一向に顔色も良くならないし、手首で脈を計ると、八津の倍くらいある。これだけ痩《や》せ細っていても喀血《かっけつ》はないようだ。癆咳《ろうがい》病ではないだろう。また、皮膚が爛《ただ》れるような症状も出ていないので、癩病《らいびょう》とも違う。癆咳病や癩病でなければ隔離する必要もないので、三津は自分の部屋に敷きっ放しの布団《ふとん》で、日がな一日寝て過ごした。

待ち望んでいた秋になったというのに、寝込んでどうする。八津は毎日、医者の言ったとおり、滋養の付きそうな高価な卵を仕出屋に譲ってもらいに通った。見世の厨《ちゅう》房《ぼう》を借り、酒を一度煮立たせ、冷めたところに生姜《しょうが》と卵黄を入れて卵酒をこしらえてやるのだ。昔八津が風邪にかかったときは、朝霧がやはり卵を買いにいって作ってくれた。懐《なつ》かしく思いながら見世の勝手口から中に入ると、漬桶《つけおけ》から菜っ葉の漬物をこっそりと持っていこうとしている宇津木に出くわした。茜の初見世が済んでから、実際に宇津木の世話をしていたのは三津なので、漬物泥棒は姉女郎のためにと思ってのことだろう。

「八津姉さん、女将《おかみ》には言わないで」

うしろに漬物を隠し、糠《ぬか》の匂《にお》いをさせたまま、宇津木は困り果てた顔で八津を見上げた。

「言わないけど、それ洗わないと食えないよ」

「あ、そうか」

八津は桶に水を汲《く》んでやり、宇津木に菜っ葉を洗わせた。終わってから、まだ燻《くすぶ》っている竈《かまど》の火も起こさせてみた。吉原育ちの宇津木にはできないかと思っていたら、下働きから禿《かむろ》に上がった娘だったらしく、きちんと勝手を知っていた。

宴会の残り物の酒が入っている銚子《ちょうし》を選び、鍋《なべ》にあけて暫《しばら》く煮立たせる。

「宇津木おまえ今いくつ、」

「十二」

「あと二年とちょっとで新造出《しんぞ》しか」

宇津木の新造出しと、そのあとに来る初見世を終える頃、八津の年季は明ける。初見世から数えて、今がちょうど折り返しの時期だった。

「白いとこ捨てちゃうの、」

温《ぬく》もった鍋を竈から降ろし、別の器に卵を割って選り分けていると、宇津木が不思議そうに尋ねた。

「使わないから」

「味噌《みそ》入れて焼くと美味《うま》いよ。作って良《い》い、」

八津が頷《うなず》くと、宇津木は八津から器を受け取り、手際《てぎわ》良く掻《か》き混ぜて再び空になった鍋に流し入れた。八津が何処《どこ》にあるかさえ知らない味噌の壺《つぼ》がある場所も知っており、其処《そこ》から一掬《ひとすく》いすると鍋に入れて掻き混ぜる。暫くしたら香ばしい匂いが漂ってきた。

「うまいもんだね」

感心して八津が褒めると、宇津木は俯《うつむ》いて頰を染めて言った。

「お嫁さんになるとき困らないように、色々憶《おぼ》えたんだ」

とんでもなく場違いな言葉に八津は面喰い、腰掛けた小上がりから落ちそうになる。

「お嫁さん、」

「うん。女郎上がりの年増《としま》なんて貰《もら》い手は貴重だろ。捨てられないようにしないと」

宇津木の顔も声も大真面目《おおまじめ》だった。八津は、小娘の戯言《ざれごと》、と笑うことができなかった。年季が明ければもう年増。そんなことすら忘れていた。

器に移した味噌焼きを受け取り、卵酒と共に盆に乗せる。まさかあんな小娘が年季明けのことまで考えているとは、とくらくらしながら八津は大階段を上った。うしろから、菜っ葉の漬物を素手で摑《つか》んだまま宇津木が追いかけてきた。

あの火事の日、ずぶ濡《ぬ》れになっていた八津を三弥吉は抱き締め、いつかの夜と同じように八津が泣き止《や》むまでそうしていてくれた。髪も化粧も無残に崩れ、着物も泥だらけだったのに、自分が汚れることも気にせず、ずっと背を撫《な》でてくれた。

あれだけひどいことを言ったあとなのに。

竈に転がる木炭みたいに、八津の心の中は燻る。広い胸に抱かれながら、三弥吉に、くちづけをしてほしいと思った。このままずっと抱いていてほしいと願った。男に惚《ほ》れぬよう自分の心を縛りながら生きてゆくことに何の意味があるのかとも問うた。事実、姉やは男のために火事まで起こして吉原を抜けていったのだ。何も恐《こわ》くないと言っていたが、唯一《ゆいいつ》恐いのは男を失うことだったのだろう。

襖《ふすま》を引く音がして、三弥吉がやってくる。畳の上には、抜いたまま片付けていない簪《かんざし》が散らばっていた。それに気付いた三弥吉は、屈《かが》んで一本一本拾い集め、開きっぱなしだった化粧箱に戻す。八津はいつも部屋を几帳面《きちようめん》に片付けていたので、三弥吉は不審に思ったのか、訝《いぶか》しげに尋ねた。

「何かあったんですか」

「いや、特には」

何事もなかったかのように八津は答え、三弥吉に背を向けた。躊躇《ためら》いがちに三弥吉の手が、まっすぐおろした髪に触れる。もういいかげん忘れろ、と八津は自らに言い聞かせた。自分が若耶麻だったら良かったのに。もし若耶麻だったら、気持ちを抑えることなどせず、このまま振り返って三弥吉の唇に吸い付くことができただろうに。

男に惚れ抜いた挙句に死ぬなんて、馬鹿《ばか》がすることだ、と言い聞かせてきた。自分には到底ご縁のない話だと高を括《くく》っていた。しかし今となっては、姉女郎だった朝霧に尋ねたいことがたくさんある。年季明け直前にゆきずりとも言える男に惚れて、どうにもならずに自害した朝霧。その男に出会わなければ今頃は、茜の馴染《なじみ》になっている唐島屋と地味に所帯を持っていたのかもしれない。

三弥吉の指がいつものように髪を梳《す》く。近頃流行《はや》りだした鬢付油《びんつけあぶら》よりも軽い水油を取り、白いうなじが映えるよう、髱《たぼ》を小さく結い上げる。もし年季明けで吉原の外に出たら、もう兵庫や島田に結い上げることはないのだ、そして三弥吉に髪を触られることもないのだ、と思ったら急に息が苦しくなった。

「……宇津木がね」

何か喋《しゃべ》らなければ呼吸が止まる。

「はい」

三弥吉は手を止めずに答えた。宇津木がお嫁さんになるために色々憶えてるんだって、まだ十二なのに。という話が、何か白々しい上に浅ましい気がして、八津は言葉を続けなかった。

「宇津木さんが、なんです」

「なんでもない。ごめん続けて」

ねえ三弥吉、おまえまだ所帯は持たないの。これも問いかけようとして止めた。持ちません、と言われたらいらぬ期待をしてしまうだろうし、持ちます、と言われれば落胆するし、もう持ってます、と言われたら言われたで、あの火事の日はなんだったのかと思うだろう。そんな八津の心を見透かしたかのように三弥吉は唐突に、近いうち見合いをすることになりました、と告げた。

「……は、」

何かの間違いかと思って、八津はまだ途中だというのに振り返った。

「もしそれで話がまとまったら、俺はもう吉原には来られません」

三弥吉の眼差《まなざ》しはまっすぐに八津を射る。八津は目を逸《そ》らしたくても、何かに貼《は》り付けられたように三弥吉の指と目線に抗《あらが》えないでいた。

「……じゃあ、誰があたしの髪を結うの、」

確か弥吉が来なくなるときにも同じ問いかけをして、三弥吉の存在を知ったのだ。

その三弥吉は、俺の兄弟子が来ることになると思います、と律儀《りちぎ》に答えた。

「兄弟子、何番目の、」

「俺のすぐ上の、吉衛門と言います」

二弥吉じゃなかったのか、と八津は少しがっかりした。

三弥吉は視線を外すと八津の頭を元の方に向かせ、再び髪を結い始めた。死に至るかと思うほどの沈黙に呼吸すら満足にできず、八津はただ指先で畳を毟《むし》る。

「八津さん」

結紐《ゆいひも》をかけて櫛《くし》を置くと、また爪《つめ》が割れる、と、三弥吉は八津の指先を持ちあげた。

そしてその手を握り、言った。

「今日の晩、客として此処《ここ》に来ます。だから張見世には上がらないでください」

三弥吉の優しさに期待していたものも、温かい手のひらに感じた淡い予感も、全《すべ》てがその言葉によって灰のように崩れ落ちた。客と遊女。

嗚呼《ああ》、ようやくこれで楽になれる。

特に気張ることもなく、八津はいつもと同じ着物を着て、いつもと同じ紅を引いて、部屋で三弥吉を待った。三弥吉が昼間のうち遣手《やりて》にいくらか包んでいたため、八津は張見世に上がらずに済んでいた。自分のいる部屋が静かだと、周りの部屋の物音がよく聞こえる。隣の部屋で寝ている三津も、きっと毎晩同じ思いで耳を澄ましているのだろう。

襖の外の静かなざわめきを聞きながら、その中に三弥吉の足音が混じるのを待つ。どこかの部屋で幽《かす》かに女の呻《うめ》く声が聞こえ始めた。他の女の啜《すす》り泣きに似《じ》た声を、今までこんなにはっきりと聞いたことはない。八津の気持ちを焦らすかのように、三弥吉の到着は遅かった。

随分と長い間うとうとと窓際でまどろんでいたら、やっと襖の開く音がした。あと一刻《いっとき》もすれば大門も閉まろうかという時間である。台の物もすっかり冷め、燗《かん》をつけておいた酒も冷たかった。

「遅うござんしたねぇ」

八津は煙管《きせる》に火を入れた。三弥吉はいつかのように、襖の前で突っ立っている。

「待ちくたびれて、一人で床に入ろうと思ってたところですよ」

立ち上がり、突っ立ったままの三弥吉の傍へ行くと、八津はその胸に頰をつけた。

窓の下から聞こえてくる鈴虫の鳴く声が、衣擦《きぬず》れと吐息にかき消される。立ったまま壁際に押し付けられた身体《からだ》、両手首を上に摑まれ、強引なほど激しいくちづけをされた。柔かい唇は熱くて、その奥から八津の唇の間に差し入れられた舌はもっと熱かった。直《じか》に膣《ちつ》を抉《えぐ》られるような、痺《しび》れるような甘い疼《うず》きが、突っ張った足の爪先《つまさき》までを駆け巡る。

「手、離して」

「離したらまた逃げるだろ」

片手で手首を束ねられ、上の方に持ち上げられた恰好《かっこう》は、悪いことをしたときのお仕置きのようだ。爪先立った親指が痛い。三弥吉は空いた方の手で、器用に帯を解いていった。ばさりと音を立てて帯が床に落ち、間を阻《はば》むものがなくなると、三弥吉は八津に身体を押し付けた。腹のあたりに、どくんどくんと脈打つ硬いものが当たる。

「お願い、手離して」

「逃げねえか」

「逃げないから」

ようやく八津の両手は解放される。手首には指の痕《あと》がついていた。冷たくなった指先を温めるため、三弥吉の着物の中に脇《わき》から手を入れ、背のうしろに腕を回す。きめの細かな肌だった。

執拗《しつよう》なくちづけを続けながら三弥吉は、先刻自分で挿した八津の頭にある簪を、次々と引き抜いた。頭が軽くなってゆく。全て抜き終えた三弥吉の手はそのあと、八津の着ていた仕掛けを床に落とし、襦袢《じゅばん》の腰紐を緩め、合わせを左右に割ると、乱暴に蹴出《けだ》しまでを毟り取った。短く焼いた毛に翳《かげ》った白い下腹が露《あらわ》になり、八津は慌《あわ》てて前を合わせるが、その腕をまた捕まれ押さえ込まれる。

男の唇と舌は八津の唇から顎《あご》へ、顎から首へと唾液《だえき》の筋を作りながら移り、やがて既に硬くしこり、男の愛撫《あいぶ》を待っている胸の突起へと辿《たど》りつく。腕が再び解放された。膝《ひざ》をついた男は両手で八津の乳房を摑み、痛いほど指を食い込ませた。

「あっ」

爪の形が綺麗《きれい》な指先が、八津の乳首を抓《つま》み、くるくると捏《こ》ねまわす。下唇を嚙《か》み締めても声は漏れてしまうのに、男の指は八津が堪えている様子を楽しむように、敏感な先端を爪の先でゆるく引っ搔いた。たまらずに八津は、男の頭を両腕で抱え込み、懇願する。

「もう、……これ以上しないで」

「どうして、」

「立ってられない」

その言葉を聞いても、男の愛撫が止むことはなかった。充分に反応して硬く尖《とが》った乳首を、今度は唇に挿《はさ》み、吸い付きつつ硬く尖らせた舌で舐《ねぶ》る。

「いや、もう堪忍《かんにん》して」

抗う声はもはや吐息にしかならない。力の入らない足の間に、男の手が挿し入れられた。指が躊躇いもせずに、硬く膨らんで今にも弾《はじ》けそうな花芯《かしん》に触れたので、八津はひっと息を呑《の》んだ。指はその腹で湿った膨らみを撫で、じりじりとその奥へと潜ってゆく。女陰からは、失禁したんじゃないかと思うほどに蜜《みつ》が溢《あふ》れていた。男の指がその深みへと入ってゆき、抉るように掻き回し、音を立てる。

三弥吉の乱暴な愛撫に、掠《かす》れた声で啜り泣くように八津があえぐと、足の間からゆっくりと指が抜けた。へなへなと頽《くずお》れる身体を抱えあげられ、隣の間に連れてゆかれる。其処《そこ》には既に布団《ふとん》が敷かれており、八津の身体はその上に転がされた。三弥吉は自らも帯を解き、着物を脱いで白い褌《ふんどし》一枚だけになると、再び八津の上に覆《おお》い被《かぶ》さり、髪をかきあげ、露になった耳を舐った。熱い吐息が風のように聞こえる。裸になった三弥吉のすべすべとした乾いた肌が自分の胸に擦れて、その心地良さに腰が浮いた。

痛みすら感じる強引な愛撫は、無口で控えめの三弥吉とは思えない。腿《もも》のあたりに、もう褌に収まることが困難なほど膨張した、男の魔羅《まら》があたった。八津は腕を伸ばし、横から指を入れると、窮屈そうにしていたそれを引きずり出してやった。硬くて、熱かった。

二本の指でかき回されている女陰は、もう指だけでは満足しない。そんな八津の気持ちを察したかのように、ゆっくりと指が抜けた。しかし空になった女陰には魔羅を打ち込まれず、代わりに三弥吉の柔かい舌が這《は》いまわる。温《ぬる》い波がひたひたと音をたてる。

「……溺《おぼ》れる、」

舌が、花びらの剥《む》かれた硬い芯を舐めるたび、腰がびくんとせりあがる。

「お願い、助けて」

硬く尖らせた舌の先が、蜜壺《みつつぼ》に挿し入れられ音を立てて中を掻《か》き回す、その物足りなさに身体が捩《よじ》れる。このまま浅瀬に溺れ続けるくらいなら、いっそ息もできない深みまで沈んでしまいたい。

「ねえ、苦しいよ……」

啜り泣き、足の間の孤独に狂いそうになっていると、やっと足が高く持ち上げられ、その間に膨らみきった丸い鈴口があてがわれた。お願い入れて、早く入れて、突っ込んで壊れるまで掻き回して。

名前を呼んで、と三弥吉が言う。

三弥吉、と八津が呼ぶ。

もう一度呼んで。ああ、三弥吉。もう一度。お願い三弥吉、早く連れていって。

魔羅が、めりめりと押し入ってくる。

「あぁぁぁぁっ」

八津は縋《すが》りついた背に爪を立て、枕《まくら》の横で支えられた腕に歯を立てる。突き刺さった魔羅はゆっくりと、八津の中を確かめるように動いた。ゆっくりと、しかし確実に奥まで抉る動きに、八津の腰はねだるようにうねった。

見合いをすることになりました。

三弥吉の言葉が蘇《よみがえ》る。ああそれがどうしたってんだ。八津は身体の下のほうから押し寄せる快楽の波に歯を食い縛る。どうせあたしは見合いもできぬただの女郎。年季明けまでまだ五年、年季があければただの年増《としま》になる、ただの女郎。そしてあんたはただの髪結い。どうして其処で足を留めておいてくれなかったのか。

乱暴に、胸を摑《つか》まれる。この痛みではきっと明日は指の痕が残るだろう。ねえ、痕を刻まないで。いずれ消えてしまう痕なら、刻まないで。きっと他の女にもおんなじ痕を残してるんでしょう。

上から汗が降ってくる。身体の真ん中に川ができる。姉やは干上がった川を越えて、新しいところへ行ってしまった。自分はきっとこの川の激流に押し流される。目を開ければ、三弥吉が自分を愛《いと》しそうに見下ろしている。どうふんばったって、流されまいとしても流される。増水した川の水のように、八津の目からは涙が溢れた。

「三弥吉」

名前を呼ぶ。八津さん、と三弥吉が答える。

「好き」

搾《しぼ》り出した言葉と溢れてきた涙を見られぬよう、八津は両手で顔を覆った。三弥吉は動くのを止《や》め、八津の手を引き剝《は》がす。横を向いても無理矢理元に戻され、結局は見つめ合うことになった。

「八津さん」

「だから、もう吉原に来られないなんて言わないで」

三弥吉は無言のまま八津の頰を撫《な》でると、目の際《きわ》から流れ落ちる涙にくちづけた。その柔かなくちづけに、ますます涙は止まらなくなる。

縋ってしまうから、優しくしないで。

どこかへ行ってしまうのなら、痕を残さないで。

お願いだから、もうこれ以上好きにさせないで。

嗚呼でも、もし縋っても良いのなら、もし何処《どこ》へも行かないというのなら、ずっと忘れることができないほど、片時も離れることができないほど強く深く抱いて。

嗚咽《おえつ》と啜り泣きはやがて荒い息遣いに変わり、甘く切ない喘《あえ》ぎへと変わり、絶頂を迎えた八津の身体の奥には、狂おしい収縮と共に熱い粘液がどくどくと吐き出される。

そしてまた、鈴虫の鳴く声。

大引けも過ぎた見世は静かで、鈴虫の声と三弥吉の息づかいしか聞こえなかった。

八津もおそらく三弥吉も、眠ることができなかった。身体は疲労しているのに、寝付けない。かと言って起き上がることもできず、八津は傍らに横になる三弥吉の足に自分の足を絡《から》め、広くてすべすべとした胸を手のひらで撫でた。米粒よりも小さな胸の突起を弄《いじ》ると、諫《いさ》めるように手を摑まれる。

「八津さん」

「なに、」

「……俺と逃げませんか、」

抑揚のないその言葉に、八津は一瞬何を言われたのか判《わか》らなかった。

「逃げましょう、一緒に」

もう一度、確かに三弥吉は八津が聞いたのと同じ言葉を口にした。弾かれたように八津は絡めた足を解き、摑まれた手を振り解《ほど》く。

「馬鹿《ばか》言ってんじゃないよ」

笑おうとして、おかしな顔になっていた。三弥吉はそんな八津の顔を真剣に見据え、言葉を続ける。

「男のふりをしてりゃ、結構ばれないもんです。男であれば大門の切手は必要ない。抜けて、二人でどこか遠くに行って暮らしましょう」

「無理だよ」

即座に答えた。急に寒くなった気がして、八津は重い身体を起こし、傍らに脱ぎ捨ててあった襦袢を取り、肩の上に羽織る。三弥吉も起き上がり、うしろから八津の肩を抱いて言った。

「このまま八津さんの髪を結いに来るのは、もう、耐えられない」

「なんで、」

「あんな痕を見せられたんじゃ、どうにもならないんですよ」

乱れた髪の毛をかきあげ、三弥吉は白く細いうなじに唇を押し付けた。痛いくらいなので、きっと其処にも痕がつくだろう。

「今までは我慢してました。見ないふりだってできた。でもあんだけはっきり痕を残されたら、見なかったふりなんて」

八津は三弥吉の熱を背に感じながら、目を瞑《つむ》った。甘酸《あまず》っぱい疼きに眩暈《めまい》がした。

「角海老楼《かどえびろう》から逃げた水蓮《すいれん》さんはまだ見つかってません。今だったらそっちに注意がいってるから、抜けやすいんです」

「逆じゃないのかい、水蓮のことがあるから、警戒はきつくなってるだろうよ」

「大丈夫ですよ。俺を信じてください」

死なないで。あの日八津は水蓮に言った。死なないよ。水蓮は答えた。あの人が一緒だから、絶対に死ぬことはできないんだよ。

姉女郎の朝霧は男のために死んだ。そして本当の姉の水蓮は男のために生きる。八津は今これから生きるため、三弥吉と一緒にいたい。

「……脅しだね」

八津は笑った。なんですか、と三弥吉が問う。

「あたしがあんたと逃げるか、そうじゃなけりゃあんたは見合いして所帯を持って、もう吉原には来ないんだろ。そう言われたあたしはどうすりゃいいのさ。あたしの気持ちにもなってみろってんだ」

「だから逃げようって言ってんじゃないですか」

「……考えとく」

恍惚《こうこつ》と、甘い夢を見ている感じだった。この幸せなときがいつまでも続けば良いと思った。もし本当に、水蓮のように逃げ出すことができれば、三弥吉に抱かれた幸せなときはずっと先まで続くのかもしれない。

十六夜《いざよい》に。

三弥吉は八津の指先にくちづけ、言った。十六夜に揚屋町の福松茶屋で待ってます。

どうして、馬鹿なことを、と笑えなかったのだろう。

あの伏見町の茶屋が燃えてしまい、行くあてのなくなった八津や江利耶は、少し寂れた江戸町の小さな茶屋へと井戸端会議を移していた。案の定、示し合わせたように其処には笹川とその連れも来ていた。夕暮れの空に散る雁《かり》の群れが、申し合わせもなく連なって飛べる不思議が解けた気がする。

ある程度は落ち着いたが、一時は何処《どこ》も水蓮の話題で持ちきりだった。焼くならもっと景気良く焼いて仮宅にしてくれりゃ良かったのに、と笹川が竜二郎と同じようなことを言う。ただでさえ条件の良い角海老楼に移りたくてしょうがない江利耶は、その憧《あこが》れの場所から逃げ出した水蓮にご立腹で、代わりにあたしが行ければ良いのに、と怒りながらぬるい甘酒を呷《あお》る。いつもと変わらぬ吉原での暮らし。それでも八津の心の中には、三弥吉に抱かれたあの夜から、小さな歪《ゆが》みが生じていた。

十六夜は明日だった。明日の夜を境に、この暮らしが変わるのかもしれない。

逃げ切れるわけがないと判っているが、三弥吉を信じて、三弥吉に手を引かれてゆけば、本当に外へ出られるかもしれない。それに、心の隅では水蓮を追う気持ちもあった。修善寺へ行く。だからおまえも来い。そう言われた気がした。

八津は茶碗《ちゃわん》を置き、席を立つ。

「もう行くの」

「うん、三津のこと心配だから」

「そうか、ほんとになんの病だろうね、心配だね」

「早く良くなるといいね」

顔立ちはきついが性根の優しい女たちは、心配そうな顔で八津を送り出した。いつか医者は、三津の血が悪いのだと言っていた。血が人より薄いのだと。濃くするために、卵を食べると良いと言われたから、八津は毎日卵を買いに行っている。

買った卵を持って勝手口から入ると、またもや宇津木が待っていた。卵の白身で色々と献立を考えるのが楽しいらしい。しかし今日は、入ってきた八津を見るなり蒼《そう》白《はく》な顔をしてしがみついてきた。

「姉さんが、呼んでも答えないの」

言うなり宇津木の目には涙が滲《にじ》む。八津はその言葉に卵を落としそうになったが、落とさずに漬物壺《つけものつぼ》の上に置くと、下駄を脱いでばたばたと二階へ上がった。

「三津、」

襖《ふすま》を開け放した部屋、布団《ふとん》の上に横たわる三津の顔は、生きている人のものとは思えぬほど青白くなっていた。

「三津、返事をおし」

ぴしゃぴしゃと頰を叩《たた》くと、僅《わず》かだが反応がある。息もしているし、脈もあった。

「宇津木、医者呼んでくれるよう女将《おかみ》に言っておいで」

ばたばたと足音が遠くなっていく。萎《しお》れた花のように力なく布団からはみ出している三津の手を取ると、本物の萎れた花のように冷たかった。

八津は一晩三津の部屋で起き通した。季節外れの強風が窓を鳴らし、閉め切った雨戸から吹き込む隙間風《すきまかぜ》が薄ら寒い。

動かない病人相手になす術《すべ》もなかったが、握った手に力をこめれば、病人も微《かす》かな力でそれに答えてくれる。さっきまで此処《ここ》にいた医者の言った「血が薄い」というのはやはりよく判らなかったが、一つだけ判ったことがあった。

三津は助からない。

今までよく頑張ったって褒めてあげても良いくらいだよ、と医者は言った。それほどまでに、三津の身体《からだ》は弱っていたのだ。知らなかった。起きている八津の姿を次郎が見るのは、襖を開け、次郎が行燈《あんどん》の油を足しにくる。もうこれで今夜二度目だった。

「あんたまで倒れちゃうわよ、少し休みなさいよ」

なよなよとした言葉と共に、八津の手元に皿が差し出された。其処《そこ》にはもう乾いて硬そうな串団子《くしだんご》が乗っていた。

「ありがとう。でも、歯痒《はがゆ》くて」

「あら、歯固めにちょうど良いくらい硬いわよ、この団子」

……違う。怒る気力もないかと思ったが、意外にも笑えたので、八津はありがたく硬い団子を口の中に入れた。団子というよりも干乾《ひから》びた餅《もち》のような歯応《はごた》えだった。

「次郎は良《い》いよね」

やっとのことで嚙み砕き、水と一緒に流し込むと、八津は隣に座った次郎に向かって言った。

「何がよ、」

「好いた男がいて、もし吉原から逃げても、あんた男だから咎《とが》められないだろ」

「何言ってんのよ、好いた男が女好きだったらどうにもならないでしょうが」

「……まあね」

あんまり無理するんじゃないわよ、と言って、空いた皿を下げつつ次郎は部屋を出ていった。部屋には再び、女の悲鳴のような隙間風の音。三津、と名前を呼ぶと、今まで寝ているだけだった三津が微かに反応した。そしてうっすらと目を開き、八津を見た。

「三津、気付いたか」

「ねえちゃん、あのな」

息も絶え絶えの掠《かす》れた声で三津が言った。

「苦しいなら喋《しゃべ》んな、此処にいてやっから」

「死ぬ前に言わねえと、地獄におちる」

何を縁起でもねえことを、と八津は笑おうとしたが、三津の痩《や》せて落ち窪《くぼ》んだ黒い目に見据えられ、声を出すことができなかった。三津が言葉を続ける。

「おれのお父《とう》、あの村で娘ッ子攫《さら》って、人買いに売ってたんだ」

……何を言ってんだ、この娘は。

沈黙の中、風が雨戸を揺らす。隙間風の悲鳴。あの鉄砲風の夜。

「ねえちゃんの姉やも、きっとおれのお父が」

音を立てて記憶が戻る。あの暗い土間。いなくなった誰かを探すようにガタガタと戸を揺する鉄砲風は、殿様の御使いか、死神の御使いか。八津の手のひらには汗が滲んだ。

「お父が、おれの代わりに人買いに売ったんだ」

人の心には鬼が棲《す》む。八津は三津の手を離すと前髪を摑《つか》み、死人のように痩せ細ったその頰を平手で打った。

「ごめん、でもそうしねえとおれたち、もっと早くに死んでた」

その言葉に、八津はもう一度頰を打つ。寂しくなるほど手応えがなかった。涙が溢《あふ》れる。

「ねえちゃんに許してもらえるとは思ってねえ。でも、お父を恨まねえでほしいんだ。恨むなら、お父が売り飛ばした娘ッ子の代わりにのうのうと生きてきたおれを恨んでくれ」

八津は三たびその頰を打とうとして、打てず、しゃれこうべみたいになった三津の頭を搔《か》き抱いた。

どうして三津を恨むことができようか。どうしてその罪を咎めることができようか。

生きることは困難で、生き抜くことはもっと険しい。それでも姉やは逃げ切って今もどこかで生きている。そして三津は、あの貧乏な村から執拗《しつよう》に付き纏《まと》っていた死神の御使いから逃れることができず、もうすぐ連れていかれようとしている。

翌日、三津は息を引き取った。夜見世の客が泊まりではなかったので、客を送り出してから隣の部屋に行ったら、布団の上の女は既に息をしていなかった。二階廻しに三津の死を伝えると、八津は襖を閉め、三津の亡骸《なきがら》の傍らに座り、死人の頬を撫《な》でた。客の出入りが落ち着いた頃、弔　衆《とむらいしゅう》が棺桶《かんおけ》を担《かつ》いでやってくる。

もうこれで見送るのは三人目だ。棒切れのように軽そうな三津の身体が折り曲げられて棺桶に納められるのを眺めた。

三津の入った棺桶を担いだ弔衆のあとについて、八津も大階段を下った。裏戸から外に出るときに女将と顔を合わせたが、八津がそのまま外に出て行こうとしても何も咎めなかった。

棺桶に入った三津が、吉原の外へ出て行く。闇《やみ》に浮き上がる弔衆の白い背中を見送り、八津は踵《きびす》を返すと仲之町を戻った。十六夜の朧月《おぼろづき》。山田屋へは戻らなかった。

福松茶屋の小さな二階座敷に、三弥吉はいた。八津が静かに襖を開けると、半ば驚いた顔をして迎え入れた。お愛想笑いをすることもできず、八津はそのまま力尽きて三弥吉の腕の中へと倒れ込む。涙は出ない。

三弥吉はぐったりとした八津の身体に腕をまわし、骨が軋《きし》むほど抱き締めた。

「三弥吉」

愛《いと》しい男の名を呼ぶ声にさえ力が入らない。くちづけをされ、その温かさにしばし酔いしれる。今しがた逝《い》った三津に、連れて行かれようとしているのかもしれない。目を瞑《つむ》るとそのまま魂が抜け出てしまいそうで、八津は身体も魂も現世に留め置くため、三弥吉の着物の袖《そで》をぎゅうと握った。時を刻む規則正しい鼓動が、八津を蕩《とろ》かしてゆく。

言葉もなく抱き合ったまま、どのくらいのときが経《た》ったのか。昨晩の大風が嘘《うそ》のように、何もかもが静かだ。八津は深く息を吸い込み、言葉を発した。

「やっぱり、あんたとは行けない」

そう告げる声は、干上がった川よりも渇いていた。

どうして、と三弥吉は問うた。八津は考えた末、どうしても、とだけ答えた。

三津が再び喋らなくなったあと、風が止《や》み、空が白けて雀《すずめ》の鳴き声が窓辺に聞こえ始めるまで八津は、残された者が何をすれば良いのか、ということを考えた。あの川の向こうに渡った女と、こちら側に一人残された八津。朝霧は、死んだ男のあとを追って、何も残さず自らおはぐろどぶに身を投げた。水蓮は、男と共に生きることだけを選び、何も残さず吉原を抜けて出て行った。そして三津は、今までずっと隠していた、おそらく墓場まで持っていくつもりだったであろう罪を打ち明け、何も残さず病に死んだ。

何も残さなかったわけじゃない。現に八津は此処に残されている。今ならばすぐに渡りきれる向こう岸から、おまえは来るな、おまえは其処で生きろ、と言われている気がした。

「どうして、」

長い沈黙ののち、もう一度三弥吉が問う。八津は自分の背にまわっている男の腕をやんわりと解き、身体を離した。そして男の顔を見上げ、告げた。

「あたしは此処で生きていく」

三弥吉の瞳《ひとみ》が、一瞬怒りに満ちて光る。そしてすぐ、鈍い哀《かな》しみに沈んだ。

八津は、乱れた裾《すそ》を整えて立ち上がる。そろそろ大門の開いている時間帯だ。明るくなる前に戻らねば、女将と遣手《やりて》に叱《しか》られる。抜けかかった簪《かんざし》も挿し直し、緩んだ胸の合わせも引いて整えた。

部屋を出て行こうとすると、うしろから三弥吉が呼び止めた。八津は無言のまま振り返り、男を見る。

「……また今日、髪を結いに行きます」

「ああ、お願い」

「八津さんが此処から出る日まで、ずっと髪を結いに行きます」

八津は笑い、うしろ手に襖を閉め、まだ薄暗い階段を下った。

東の方の空が、うっすらと明けていた。まだ暗い空を染める朱《あけ》の朝焼けはいつかの火事のようだった。客を見送る遊女たちがちらほらと大門へ向かい、一人になって大門から戻ってきている。その様子を見ながらゆっくりと歩いていると、一人の遊女が竜二郎と一緒に大門へと向かって歩いていた。竜二郎は視線に気付き、八津の顔を見ると少しばつの悪そうな顔をして、舌を出した。八津はその子供のような様子に笑う。

再び歩いていたらうしろから肩を叩かれ、振り返ると其処には桂山がいた。乱れた髪の毛に化粧の落ちた顔。美しいと思っていたが、こうして見ると年相応だった。

「女将に聞いたよ。三津、昨日だったんだって、」

「うん」

「知らなかったよ、ご愁傷様だったね」

「うん」

「どうして良い子ばかり死んで、憎たらしいのはしぶといんだろうね」

「誰よ、憎たらしいのって」

「江利耶さんとか絢音とか」

山田屋の神のような桂山の口から聞くとは思わなかった不謹慎な言葉に、八津は一瞬ポカンと口を開け、すぐに吹き出した。

「桂山さんがそんなこと言うなんて」

「神や仏じゃあるまいし、あたしにだって好き嫌いくらいあるよ」

空は刻一刻と橙《だいだい》に染まってきていた。これは昼間に雨が降るね、と桂山は言って、八津の手を引いた。

「さっさと戻って寝て、なるべく早く湯屋に行かないと帰りに降られるよ」

まだ雨は降っていないのに、まだ夜空には月が浮かんでいるというのに、桂山は早く、と八津を急《せ》かした。

姉さん早く。

いつか八津は朝霧の手を引いて言った。

姉さん早く。

いつか三津は八津の手を引いて言った。

残された者たちは、生きてゆくために他の誰かの手を取って、前に進む。二階の窓からは、心配そうな顔をした茜と宇津木が外を覗《のぞ》き、下に八津の姿を見止めると名前を呼んだ。

桂山に手を引かれ、八津は再び山田屋の暖簾《のれん》をくぐる。

雪《ゆき》紐《ひも》観音

どうしたって一緒にいられないと初めから判《わか》っていたのだから、いっそのこと死んでしまえば良かった。どうせ女郎などどれも同じ。自分がいなくなっても代わりは幾らでもおろう。殺された男を追っておはぐろどぶで自害した何処《どこ》かの姉さんのように、いつか死ぬと判っていたのなら、あの人を殺して自分も死ねば良かった。朝目覚めたときには、もうあの人は黄泉《よみ》へと旅立っていた。冷えた布団《ふとん》には人の生きていた気配は微塵《みじん》も残っていなかった。

亡骸《なきがら》すら見ることは叶《かな》わなかった。痩《や》せ衰えた挙句に息を引き取ったその亡骸は美しかったのか、それとも醜かったのか。もし見る影もないほどに衰えていたのならば見ないほうが幸せだったのかもしれないが、緑《みどり》の身体《からだ》に残る記憶はただ美しく愛《いと》しく甘かった。冷たく細い指を、しっとりと濡《ぬ》れた柔かな唇を、その唇から名を呼んでくれた掠《かす》れた声を身体の奥の方から滴《したた》らせるように思い出し、一人部屋で泣き崩れても、死んだ女は戻って来ない。何故《なぜ》あの人でなければならなかったのか。問うても誰も答えない。

襖《ふすま》の外から声がかかる。そろそろ仕度を始める時刻だと、若い衆の声がする。あい、お待ちなんし。緑は答える。

見世《みせ》は開く。女郎が病で死のうが、死んだ女郎を偲《しの》び泣く者がいようが、容赦なく見世は開き、花を売る。緑は洟《はな》を啜《すす》り、目を擦《こす》って涙のあとを拭《ふ》くと、立ち上がった。

山田屋の緑の座敷はおそらく今夜も大層華やかなものになるだろう。姉女郎の桂山《かつらやま》の人気から離れて、もう緑は一本立ちしている。そうしてくれたのは、昨晩死んだ一人の女郎だった。緑は襖を開けようとして足をよろけさせ、耐え切れずに再びしゃがみ込み、柱に縋《すが》った。

「ごめんなし、もう少し、もう少しだけ待って、先に他の妓《こ》の仕度を」

涙声を察したのか、男衆の足音が控えめに遠ざかってゆく。

三津《みつ》姉さん。死んだ女の名を呟《つぶや》く。再び涙が溢《あふ》れる。緑はずるずると頽《くずお》れ、床に突っ伏した。呻《うめ》いても、呻いても、腹の底から嗚咽《おえつ》が込み上げてくる。苦しくて、悲しくて、いっそ死んでしまいたい。

半年と三月前、緑はまだ山田屋の看板女郎、桂山の下につく新造《しんぞ》だった。

更にその十年前、緑は山田屋に売られてきた。

当時まだ新造だった桂山の代わりに、その姉女郎の椿山《つばきやま》が緑の世話をしていた。

おそろしく綺麗《きれい》な顔をしてはいるが、まるで喋《しゃべ》らない、まるで笑わない緑に呆《あき》れ、頭の足りない子供だと勘違いした椿山は、緑を遊女見習ではなくただの下働きに戻した。女将《おかみ》はその顔の美しさを惜しみつつ、暫《しばら》く下働きとして働かせていたが、そのうち緑が何故か桂山だけには懐《なつ》いていることに気付いた。桂山が話し掛ければ受け答えし、桂山が笑えば緑も笑った。女将は椿山の意見を尊重はしたが、桂山が初見世《はつみせ》を迎えたあとは、すぐに緑を禿《かむろ》に戻し、桂山につけた。そうして禿として芸事を身につけ、桂山によって新造出しをされ、いよいよ初見世という段階まで緑は成長した。美しく、賢い緑が喋ることのできない娘であることは、今はもう桂山と女将しか知らなかった。少なくとも店の中ではそういうことになっていた。

ある日、少し前に初見世を終えた若耶麻《わかやま》が、姉女郎の江利耶《えりや》にどつかれながら連れ立って湯屋へ行く様子を二階の窓から見下ろしていたら、傍らにいた桂山が唐突に、笑え、と言った。緑は驚いて眉《まゆ》を顰《ひそ》めた。

「おまえは飛び抜けて綺麗だけど、笑ってないと般若《はんにゃ》みたいだよ。そろそろおまえの客もつくんだ。あたしだっていつまでもおまえの面倒見られるわけじゃないんだから、せめてあたしがいなくても、お愛想笑いくらいはできるようになんな」

何も喋らず、殆《ほとん》ど笑うことのない緑を、見世の女たちはお高く止まっているだとか、他の女を見下しているだとか、やっかみ半分に悪く言った。狭い見世なので、そういう話はどうしても耳に入ってくる。もう十年も同じ見世にいるので、慣れたと言えば慣れたものだが、悪口を耳にするたび、本当は違うのに、と悲しかった。

桂山は近頃とみに、笑えとか喋れとか要求するようになった。同い年の茜《あかね》の初見世が重なるため、茜の姉女郎の八津《やつ》から、時期をずらしてくれるよう頼まれた桂山は、緑の初見世を茜のそれよりも一月と少し早めた。それまでに、緑には喋れるようになってもらわなければ桂山の体面にも関わるのだ。

緑も緑なりに努力はしていた。桂山だけではなく、他の女たちとも仲良くしたいと思っていたが、どうやって話し掛ければ良いのか、何を話せば良いのか判らなかった。

以前、もうそろそろ初見世も近いんだし一人で湯屋に行ってごらん、という桂山の命により、緑はびくびくしながら一人で湯屋へ行った。一人で行って初めて、湯屋の中は湯煙で何も見えないことに気付いた。これならば一人で通える、と思ったのだが、風呂上《ふろあが》りの脱衣場には他の見世の女もいたし、緑が一番苦手としている江利耶までいた。しかも何が面白いのか、緑には判らない話で女たちはゲラゲラと笑い合っている。緑はぎゅっと拳《こぶし》を握り、話に加えてもらおうとその集団に一歩近付いた。ぴたりと笑い声が止《や》む。いくつもの視線に射られ、緑の喉《のど》の奥は貝のようにぴったりと閉じたまま、唇だけが戦慄《わなな》いた。掠れた息さえつけなかった。逃げるように湯屋を出て、見世に戻ると緑は桂山の部屋に飛び込み、姉女郎の膝《ひざ》でしくしく泣いた。その行為がまた、江利耶たちの間では「下々のくだらない話には付き合えないってよ」という悪い噂《うわさ》を生んでしまう。

桂山が緑に対して、日々苛々《いらいら》を募らせていることが、緑にも判っていた。

「どうすれば良いのかねぇ」

笑え、という言いつけに一生懸命笑おうとしている緑は、欠伸《あくび》をした猫みたいな顔になっている。まだ春の気配のない寒々しい部屋で火鉢を搔《か》いて、桂山は口の端から煙を吐き出した。猫のような顔のまま、緑はその煙が渦を巻いて天井に消えてゆく様子を見ている。

「あたしのほかに、誰か喋れそうな女はいないの、」

「……三津姉さんなら」

緑は答えた。桂山は驚いた顔をして緑を見た。

「おまえにしちゃ即答じゃないか。ちょっと今いたら呼んでくるから、此処《ここ》で待っておいで」

桂山はそう言うと、緑を一人部屋に残し、襖を開けて出て行ってしまった。閉められた襖、不安と眩暈《めまい》に襲われて、まだ昼間だというのに緑は目の前に迫りくる闇《やみ》に、叫びだしたくなるのを堪《こら》えた。

物心ついて少しした頃から緑は喋れない子供になった。生まれたのはずっと南の方、江戸よりも随分暖かいところだった。土地の子供も大人も日に焼けて真っ黒く、江戸の生まれの者からすれば、村の者が皆鬼に見えるかもしれない。

しかし村では緑の方が鬼であった。真っ黒い鬼の村に、真っ白い者が生まれた。それが緑だった。くっきりとした二皮目に、色素の薄い肌と目を持って生まれた緑は、生まれたときから鬼の子だと言われた。間引きが禁じられた村だったので、家族は緑を仕方なく育てたが、お天道様《てんとさま》の光を長いこと浴びると、皮膚に水疱《すいほう》ができて熱が出る。従って、ある程度の大きさになっても畑の仕事が手伝えない。家の中にいれば邪魔者扱いされ、日が沈んでから外に出れば近隣の子等には鬼と言われ、緑はいつも泣いていた。

間引かないだけありがたいと思え。

しわがれた婆《ばば》の声が、それこそ鬼の声に聞こえていた。鬼の孫ならば鬼で当たり前じゃろうが。言い返すこともできず、狭くて暗いところに閉じ込められ、緑は狂いそうになる。

イヤじゃ、此処は暗い、出して、一人はイヤじゃ。

「なんだい、座布団の塊かと思ったら、そんな隅っこであんた何やってんのさ」

能天気な声が神の声のように頭上から降ってきた。光の入る部屋の中に三津が棒飴《ぼうあめ》を咥《くわ》えたまま入ってくる。

「流石《さすが》桂山さん、座布団も豪勢だと思ったのに、あんたの着物かい。豪勢なわけだね」

一人で笑っている三津と対照的に桂山は非常に神妙な顔をして、緑のうしろにあった座布団の山から一枚を抜き取り、三津に渡し、口を開いた。

「おまえにはこれから見ることは黙っておいてほしいんだけど」

「別に喋る相手もいねえし、そんなに大変なことなの、」

三津は話半分という様子で座布団の上に座り、足を崩す。細い足首の上に小さく出っ張った白い踝《くるぶし》が露《あらわ》になり、その下に透き通る青い血管が艶《なまめ》かしかった。

「山田屋の将来がかかってるんだよ。おまえ、緑をどう思う」

「……あたしにゃそっちの趣味はないんだけどね」

「ごめん、言い方が悪かった。おまえ、緑はどういう風に見える、」

三津は桂山のおかしな問いに特に懸念《けねん》も持たない様子で、まじまじと緑を見つめた。相変わらず緑は人形のように無表情で見るからに気位が高そうで、桂山と今すぐ看板を挿《す》げ替えても問題ない容姿をしている。近頃はますますその美しさが神がかってきているようだ。

「……此処での評判どおりだと思うよ。あのさ、何か喋んなよ、般若みたいだよあんた」

後半は緑に対しての言葉だった。緑は着物の袖《そで》を摑《つか》んだまま口を噤《つぐ》む。やはりだめだ。桂山以外とは喋ることができない。俯《うつむ》いて背を向けようとしたとき、三津が不意に腕を伸ばし、緑の顎《あご》を摑んだ。緑はその行為と指の冷たさに驚いて、身を縮ませる。三津は不躾《ぶしつけ》なくらい緑の顔を眺めまわした。咥えたままの飴が、甘い匂《にお》いを散らす。

暫くしてから三津は訝《いぶか》しげに言葉を発した。

「……もしかしてあんた、喋れないのかい、」

緑は泣きそうになって桂山を見上げた。桂山は諦《あきら》めたように溜息《ためいき》をついて答えた。

「そうなの。三津となら喋れるかもって言ってたんだけど、ダメだったね」

「言ってたってことは喋れるんじゃないの、」

「あたしとはね。あたし以外の女とも男とも喋れないの。喋ってるの見たことないだろ」

「……そういえばそうだったかも」

三津は顎に指をかけたまま、哀れむように緑を見た。瞳《ひとみ》の奥にある光が、ふと柔かいものに変わったように見えた。桂山に霞《かす》んで目立たないが、山田屋の中でも三津はそうとう綺麗な顔をしていると緑は思う。つるりと形の良い額に、小さいながらも切れ上がった目、そして痩せている所為《せい》で削《そ》げた頬にすっきりと尖《とが》った顎。湯屋帰りのため素面で地味だが、化粧をした顔であれば桂山がいなかったら三津が看板になっていたのではないか。

目の前で、三津が半分ほどに減った飴を嚙《か》み砕いた。そして人差し指くらいの長さに残った鼈甲《べっこう》色したそれを、まだ紅を引いていない、桜の花びらみたいな緑の唇の間に挿し込んだ。甘い。三津は桂山に向き直ると、能天気に言った。

「焦《あせ》る必要ないよ。そのうち喋れるようになんだろ」

「だってもうすぐ初見世だよ、喋れない女郎なんて……」

「桂山さんでも緑のことでは焦るんだ」

悪戯《いたずら》っぽく三津は笑い、桂山が何を言い返す間もなく襖を開け放つと小走りに部屋を出て行った。部屋には甘い飴を咥えた緑と、羞恥《しゅうち》に顔を赤らめた桂山が残された。軽々と回廊を駆けてゆく三津の後姿は、淡い羽の蝶々《ちょうちょう》のようだった。その夜、顎に触れた三津の指の感触がやきごての痕《あと》みたいに疼《うず》き、緑は眠ることができなかった。

一人で残されることがイヤなだけであって、必要に迫られた一人は平気である。夜は一人で眠ることができるし、一人で用を足すこともできる。誰かと一緒にいる場所から、一緒にいた誰かに置いていかれることが恐《こわ》い。

今日も一人で湯屋へ行ってごらんという桂山の言いつけどおり、緑は桶《おけ》と糠袋《ぬかぶくろ》と手拭《ぬぐい》を持って見世を出た。まだ山田屋の玄関に、他の女の気配はない。正月明けのこの季節は寒いので、布団《ふとん》の中でぐずぐずしている女が多い。実際に桂山も、自分が起きるのが億劫《おっくう》だから緑を一人で行かせただけだろう。通りには緑と同じように、風呂がない小さな見世の女たちが何処《どこ》となく軽やかな草履《ぞうり》の音を微《かす》かに立てながら、ちらほらと湯屋へ向かっていた。

湯屋の暖簾《のれん》をくぐろうとしたところで、唐突に一人の女に声をかけられた。

「ちょうど良かった、緑、糠袋貸して」

顔を上げると其処《そこ》には白い顔をして、同じように桶を抱えた三津が立っていた。

「風呂についてから部屋に干しっぱなしだったの気付いたんだけど、さみいから戻るの面倒くさいんだ。悪いけど、貸して」

悪びれない笑顔につられて緑も、なんとなく笑って頷《うなず》いた。

風呂の中は外の寒さとの温度差のため相変わらずもうもうと湯煙が立ち上り、どこに三津がいるのか判《わか》らなくなりそうだったので、緑は入り口で三津の手を摑んだ。そしてふとその手の先にある白い裸体を見て我に返り、慌《あわ》てて手を離した。

「……手離したらどこにいるか判らないだろうが。あんたに糠袋借りられなかったら、あたし今晩カサカサしちゃって客の相手できないよ」

そう言うと三津は逆に緑の手を摑んで洗い場の中に引っ張った。

まだ早い時間なので、人はそう多くない。桶に湯を汲《く》み、身体《からだ》を流す。すぐ隣にいれば人の姿は確認できる。緑は隣の三津がかけ湯で股間《こかん》を洗い流す様子を見て、何か複雑な気持ちになった。赤い兎《うさぎ》の柄の綿でできた糠袋を差し出すと、ありがとうと言って三津は受け取り、身体の上にそれを滑らせ始める。桂山と較《くら》べると、三津の身体は驚くほど丸みがなかった。しなやかな植物の茎みたいな身体に、申し訳程度に胸が膨らんでいる。桂山と同じように女らしい丸みを持つ自分の身体と較べると、三津のそれはまるで子供のようだった。

足の指の股《また》まで擦《こす》り終え、糠袋を緑に返すと三津は、先に湯浸《つ》かって外で待ってるから、と言って湯煙の中に消えていった。不思議なことに、去っていく人の背中を見るたびに腹の底から湧《わ》きあがる不安と、一人にしないでという声は、生まれてはこなかった。

身体を洗い、湯に浸かって汗ばむほど温まってから風呂場を出ると、上がりに腰掛けて他の見世の女と談笑しながら三津が待っていた。背中を向けているので緑が出てきたことには気付いていない。緑は湯冷めしないよう手早く身体を拭《ふ》き、上に樺色《かばいろ》の着物を着た。背後の衣擦《きぬず》れの音に気付き、三津とその隣の女が振り向く。

「笹川《ささがわ》さん、今度うちから道中する緑」

「……山田屋さん、どこに隠してたんだい、こんな綺麗《きれい》な子」

三津の言葉に、笹川と呼ばれた年嵩《としかさ》の女はじろじろと緑を見ると、感心したように言った。

「引込みでずっと桂山さんが育ててたんだよ。化粧するともっと綺麗だよ」

「楽しみだね、道中」

「あたしらは見られないんだけどね。男ばっかり楽しんじゃって、ずるいよね」

お先に、と言って三津は立ち上がり、緑の手を引いた。緑は躊躇《ちゅうちょ》しつつも笹川にぺこりと頭を下げる。恐そうに見えた顰《しか》め面《つら》がふと緩んだ。

外に出ると風はないが、耳の先が痛くなるほど冷たい。先に歩く三津の首筋から、温かな熱に混じった杏《あんず》の実みたいな匂いが漂ってきて、緑は頭がくらくらした。そんな緑の気持ちを知ってか知らずか三津は緑の手を引いたまま、甘酒でも飲んで帰るべ、と言って、角町《すみちょう》とは逆方向に歩き始めた。桂山と湯屋へ行くときは、帰りに何処《どこ》かに寄るなんてことはない。第一せっかく温まったのに、何処かに寄ってたら湯冷めする。緑はその抗議を伝える術《すべ》を持たないが、それでも手を解《ほど》けなかった。

喋《しゃべ》れなくなってから、緑は代わりに耳が良くなった。廊下を歩いている姉さんたちの足音は全《すべ》て聞き分けることができる。緑はあくる日も早く目を覚まし、桂山に「一人で風呂へ」と言われる前に三津の小さな足音を聞き分けると、そっと後を追った。三津が目覚める時間はまちまちで、規則正しく同じ時間に目覚めて風呂へ向かう姉女郎の八津と一緒に行くことは滅多にない。

前日に茶屋で甘酒を飲みながら、三津は緑に身の上を話した。地獄の果てのような貧乏な村に生まれ、食べることができるのであれば死んだ赤子の肉さえも食べたと。だから吉原の、山田屋での暮らしは辛《つら》くも何ともないのだと言った。

「だからね、あんたも口が利《き》けなくなるほど辛いことなんて、ないんだよ」

笑いながら三津は言う。緑は、死んだ赤子の肉はどんな味がするのだろう、とぼんやりと考えた。自分の生まれた村が三津の村ほど貧乏で、間引きに祟《たた》りがなければ、きっと緑はその肉になっていただろう。

背が小さいわりに三津の歩みは速く、緑は追いつくまでに息があがった。うしろから近付いてくる足音に気付き、三津が振り返る。

「あれ、緑、早いね」

はあはあと白い息を吐きながら頷き、緑は桶の中に入っていた糠袋を三津に差し出した。

「今日は忘れてないよ、大丈夫」

でもこの兎は可愛《かわい》いよね、と言って三津は柔かく微笑《ほほえ》む。緑は桶の中に手を突っ込み、もう一つ同じものを取り出して見せた。昨日帰ってから、桂山に同じ布の端切《はぎ》れを貰《もら》って作ったものだった。

「……作ってくれたのかい」

頷くと、三津はそれを受け取るかと思いきや、緑の桶の中に戻し、言った。

「じゃあ、あたしが忘れたときのために、あんたがいつも二つ持ってて」

再び緑は頷く。ありがとう、と三津が言う。どういたしまして、と答えたいのに緑の喉《のど》からは声が出ない。掠《かす》れた白い吐息が漏れるだけだ。どうして。緑は唇を嚙む。こうやって話し掛けてくれて、笑いかけてくれるのに、どうして何も答えることができないの。

風呂《ふろ》に入り、緑は三津と並んで身体を擦った。そして一緒に湯に浸かり、湯の熱で仄《ほの》かに桃色に染まってゆく三津の肌を眺めた。硬そうな身体。客に抱かれればそれはどれほど撓《しな》るのだろうか。緑は目を瞑《つむ》り、湯の中でぎゅうと自分の身体を抱いた。

「今日も甘酒飲んでくか」

風呂を出たあと、三津は緑に尋ねた。緑は頷く。前を歩く三津の身体から、また、杏の匂いがする。緑は冷たい空気と一緒に、その甘酸《あまず》っぱい匂いを胸いっぱい吸い込み、喉を射る冷たさに咽《むせ》た。

「……風邪、引いたか」

三津の心配そうな声に、緑は息を詰まらせながら首を横に振った。もう見世に戻ろうと言われてしまっては、一緒に甘酒を飲みに行けない。緑はおずおずと手を伸ばし、三津の手を摑んで茶屋の方へ引いた。その手の甲に、はたと冷たいものが当たる。

「ああ、雪だ」

三津は緑の手のひらを握り返しながら空を仰いだ。そしてぐいとその手を引き、早くしないと身体が冷める、と言ってまだ乾いたままの通りを駆け出した。ほつれた後《おく》れ毛《ゲ》が空っ風に靡《なび》くさまに、鼓動の速まるのを感じつつ、緑は思う。やはりこの人は真冬の蝶々のようだ。


おまえの初見世の客が決まったよ。

三津の手のひらの感触の残った指先が、桂山の言葉にぴくりと痙攣《けいれん》した。部屋の中は火鉢の中で炭の燃える音しか聞こえない。人の吐息さえ沈黙にかき消された。

「大文字からわざわざうちみたいな小見世に見世替えするお客だから、うちの意地もあるんだ。きちんとお迎えしなきゃいけないよ。できるね緑」

いつも緑には観音さまみたいに優しく笑いかけてくれる桂山の顔が、そのときは鬼に見えた。緑の指の痙攣は止まらない。鬼の子じゃ。おまえは鬼の子じゃ。違う、うちは人の子じゃ。鬼の子は言葉喋ったらいかんじゃろ。おまえのお母《か》んは鬼と通じて孕《はら》んだんじゃ。違う、黙れ。母は村八分に耐え切れず、人の近付かぬ鬼の谷に身を投げた。死ぬまで緑をその胸には抱かなかった。鬼の子が喋るな。鬼の子が人のふりをするな。

「緑、どうした、」

桂山だけは何があっても優しくしてくれると思っていたのに。緑の目からは涙が溢《あふ》れる。その様子を見て桂山は腕を伸ばし、緑の肩を抱いた。

「辛いだろうけど、あたしたちは女郎で、いくら良い着物着ても綺麗にしてても、それが仕事なんだ。おまえもこれからは客の相手をしなきゃ、ご飯が食べられないんだよ」

違うの、言いたいことは。そう言おうとして緑は愕然《がくぜん》とした。涙も止まった。喉が引き攣《つ》れるように痛む。姉さん、姉さんと喋ってるのに、声が出ない。

誰となら喋れそうか、という桂山の問いに三津と即答したのにはわけがある。緑は三津の寝姿を覗《のぞ》いたことがあった。三津は緑よりもあとに山田屋に来て、もう今はいない朝霧《あさぎり》に引き取られ、すぐに新造《しんぞ》出しをされた娘である。朝霧が引き取らなければ、おそらく自分が引き取っていたと桂山は言っていた。

あっという間に三津の初見世の日はやってきた。緑の新造出しの少し前だった。その頃から緑は桂山の夜の様子をこっそり窺《うかが》うことを覚えており、見目の良い客が来たときなどは必ず隣の間から、睦《むつ》みあう姉女郎の姿を覗いていた。薄暗い行燈《あんどん》の灯りの中、男の手が桂山の身体の上を這《は》う。ああ、と桂山が声をあげる。黒々とした魔羅《まら》が、姉女郎の身体を貫く。あああ、と桂山が身体を仰《の》け反らせて声をあげる。緑は自分の足の間に蜜《みつ》の滴《したた》るのを待ったが、その行為を何度見ても、潤《うるお》うことはなかった。

いつか、初見世を終えて間もない三津の部屋へ覗きに入ったことがあった。客と入る床の延べてあるのは奥座敷なので、まだ禿《かむろ》のない三津の部屋は、誰もいない。他の誰かの部屋でも良かったのかもしれないが、そのときの緑は三津の部屋を覗くことしか考えていなかった。

三津の初見世に道中はなかった。小見世の山田屋では、代々桂山の筋しか道中をさせてもらえない。桂山の姉女郎だった椿山、そしてその姉女郎の玉蔓《たまかずら》までしか名前は知らないが、同じ見世でも扱いが違う筋だというのは、見世に売られて禿として桂山についたときから判っていた。それでも、自分より格下である筈《はず》の三津が、白っぽい仕掛けを着て、小さな頭に重そうな簪《かんざし》を挿し、引付《ひきつけ》座敷で凜《りん》として客を迎えるさまがとても綺麗だったので、今思えば純粋にその続きが見たかったのだろう。あの小さな身体にどうやって男を迎え入れるのか、その好奇心だけで緑は三津の部屋を覗いた。初見世から幾日か経《た》っていたので、痛がる様子もなく三津は細く白い足を高々と持ち上げ、男の肩に引っ掛け、旦那《だんな》さん、もうこんなに溢れてるよ、どうにかして、と甘く掠れた声で囁《ささや》いた。客の男はその足の間に顔を埋め、猫が水を飲むのに似た音を立てる。あ、いや。三津が幽《かす》かに喘《あえ》ぐ。男の身体に絡《から》みついたほんのりと光る白い手足は、まるで闇《やみ》に浮かぶ花の蔓《つる》のようだった。奥の方に咲く小さな花の花びらは、甘酸っぱい匂《にお》いを放ちながら、男の魔羅を深々と迎え入れる。甘えるように鼻を鳴らす三津の姿は、桂山とは比べ物にならないほど淫猥《いんわい》で、気付けば溢れた粘液で蹴出《けだ》しがぐっしょりと濡《ぬ》れていた。

客になりたい、と思った。そのときの客は今でも結構通ってきている。結構な男前で、他の新造たちはその男に色目を使っていた。本当ならばそいつを自分の客にしたいと思うのだろう。でも、あの夜蹴出しを替えなければならないほど濡れてしまったのは、三津を見ていたからだ。

三津と仲良くなりたかった。その感情は見世の女全部に対して持ってはいたが、殊《こと》更三津《さら》とは、できれば桂山と同じくらい仲良くなりたいと思った。桂山のことが好きだから、桂山とは喋れるのだと思っていたが、そのたった一人だった桂山とも口が利けなくなってしまった今、一人でいることも、人と一緒にいることも叶《かな》わず、一人緑は布団《ふとん》を被《かぶ》って泣いた。

人買いの夢を見た。七つのとき、村に人買いがやってきた。雨の日はお天道様《てんとさま》が出ないので緑は外で遊べる。でも、村の子は雨の日は外に出ない。痩《や》せた猫の仔《こ》を相手に軒下で遊んでいたら、その男はやってきた。祖母は待ち望んでいた客人をもてなすかの如《ごと》く男を家に招き入れ、一刻《いっとき》もしないうち、緑はその男に連れられて村を出ていた。売られた自覚はなかった。男は優しかった。何も喋らない緑に、面白い話をたくさん聞かせてくれた。雨の音、風の音、葉の揺れる音。やがて夜になり、朝になり、日の光を浴びて皮膚にぷつぷつと水疱《すいほう》ができる。男は慌てて自分の羽織を脱いで緑に被せた。人に初めて優しくされた。緑の心は華やぐ。

何日も歩き続け、やがて江戸へとたどり着く。小さな村からは想像もできないところだった。人も家もたくさんあった。綺麗な着物を纏《まと》った女がたくさんいた。おめえはこれからお姫様になるんだよと男は言った。お姫様になれることより、もう家に戻《と》らなくても良いことが一番嬉《うれ》しかった。きっとずっとこの男が傍にいてくれる。お父んよりもお母んよりも優しい男がこれからは一緒に遊んでくれる。

しかし男は、緑を置いていなくなった。やっと優しくしてくれる人が来たのに。緑は火のついたように泣き叫ぶ。

姉さん、姉さん、お願いもう一度微笑みかけて。


初見世まで半月を切った。桂山は焦《あせ》り、緑も焦り、三津は身体《からだ》を壊し気味のために寝込んでいた。夜は律儀《りちぎ》に客を取っているが、それでも泊りの客はなく、夜半に皆帰る。今宵も大引け前に三津の客は帰っていった。

見世開け前に、桂山に頰を引《ひ》っ叩《ぱた》かれた。なぜ喋れないのか。なぜそんなに臆病《おくびょう》なのか。それで山田屋の看板が務まると思っているのか。そんなことを聞かれても緑には答えられない。筆談のための筆と紙を持たされたが、頭の中が紙みたいに白くなって、何も書けなかった。泣きながら桂山の部屋を出て、遠くで大門《おおもん》の閉まる音が聞こえるまで、緑は一階の北の隅にある布団部屋に閉じ籠《こも》っていた。厠《かわや》に籠っても良かったが、この寒さでは尻《しり》が凍る。

乾いた涙がはりはりと頰を剝《は》がれる。雪の日を最後に、三津と一緒に風呂に行っていなかった。三津が寝込んでいたためだ。八津や茜が代わる代わる看病に入っているので、緑は三津に近付くことができなかった。

見世がしんと静かになったことを確認し、緑はそっと布団部屋を出た。足音を立てないよう入り口まで行き、出の遊女を確認する。三津の名札は表のままだった。緑はそのまま階段を上がり右に折れて、三津の部屋の襖《ふすま》を開けると中に忍び込んだ。奥座敷で幽かに衣擦《きぬず》れの音が聞こえる。緑は躊躇《ちゅうちょ》せず奥座敷の襖を開けた。

「うわっ」

足元で、襦袢《じゅばん》姿のまま髪の毛を梳《す》いていた三津が驚いて声をあげた。つられて緑も足を竦《すく》ませる。

「……どうしたこんな時分に。桂山さんにでも泣かされたか、」

崩れるようにしゃがみ込み、緑は三津の手を取ると自分の頰に当てた。水のように冷たい。

「なんか顔がばりばりになってるよおまえ。やっぱ泣いたんか」

首を縦に振り、緑はそのまま三津の肩に凭《もた》れかかった。鼻腔《びこう》を襲う杏《あんず》の匂い。心臓が破裂しそうだった。突き放されたらどうしようか。そう考える余裕はなかった。喋《しゃべ》れないままだったら、また桂山にぶたれる。

三津は特に驚くふうでもなく、緑の頰を軽く爪《つめ》で引っ掻《か》いて、こびりついた涙の破片を剝がした。そして赤子をあやすように緑の背を叩《たた》く。

「部屋に帰れないなら泊まって良《い》いよ。一人でいられないときってあるもんね」

三津は傍らの布団を直し、緑の手を引いたまま布団の中にもぐり込んだ。冷えた布団は緑の体温ですぐにぬくもった。三津の手足は布団の中でも冷えたまま。あんたあったかいね、と言いながら三津は足の裏を緑の脛《すね》にくっつける。刺すような冷たさに全身が粟立《あわだ》つ。

「何で泣いてたのか知らないけど、生きてゆくのは、諦《あきら》めちまえばそんなに辛くないよ」

緑の全身が火照《ほて》っていることに気付いた三津は、足だけでなく身体そのものを緑の身体に絡ませた。暖を取る蔓のような身体は何処《どこ》も彼処《かしこ》もひんやりとしていて、試しに頰を撫《な》でてみると、其処《そこ》だけは熱を持ち、先ほどまでの緑の顔と同じ手触りだった。

泣いたあとがあった。

「……諦めたつもりでも、そう簡単に割り切れるもんじゃないんだけどね」

ぎゅう、と絡みつく手足の力が強くなる。誰かの代わりにされている。その誰かが誰なのかは判《わか》らないが、緑は誰かの気持ちになり、躊躇《ためら》いながら三津の頰にくちづけた。剝がれた涙は塩辛い。かつての襖の隙間《すきま》から三津を覗いた日を思い、緑はそのまま唇にくちづけた。抗《あらが》われなかった。逆に三津の唇の方から吸い付いてきて、蔓に絡まれた緑は頭の中が真っ白になる。

突き上げてきた衝動のままに緑は、三津の腕と足を解《ほど》き、その身体を布団の上に組み敷いた。梳いた髪が花のように散らばり、朱色の襦袢が胸まで開《はだ》ける。

「……客の真似事《まねごと》かい」

挑発するような瞳《ひとみ》で見上げる三津の問いに、見下ろす緑は頷《うなず》く。

お安くないよ、と言って三津は緑の顔を摑《つか》み、唇に自分の唇を重ねた。柔かくて、舌を絡めると唾液《だえき》は煙草《たばこ》と酒の匂いがした。三津の冷たい手が緑の手を取り、襦袢の中へと導く。ごつごつとしたあばらに、綿のように薄い乳房が乗っていた。細い骨の間に指を突き立てれば、心臓を抉《えぐ》り取ることができそうだ。緑は衿《えり》を割り、ひんやりとした肌に火照った頰をつける。骨が硬い。

「緑」

甘く掠《かす》れた声で三津が名を呼ぶ。

「何がしたいのか言ってごらん」

緑は答える術《すべ》を持たない。黙ったまま奥から響く心音を聞いていたら、三津は起き上がり、足元を掬《すく》うと逆に緑を組み敷いた。細い腕は思いのほか力強く、緑は抗うことができなかった。三津は緑の襦袢の下帯を解き、衿を左右に割ると痛いほど強く乳房を摑んだ。指の冷たさに乳首が勃《た》つ。痛みを堪《こら》えていると、三津は顔を寄せ、其処に舌を這わせた。乱れた髪の毛が剝《む》き出しになった肌を撫で、羽のように幽かな感触に緑は身を捩《よじ》った。舌の愛撫《あいぶ》は執拗《しつよう》で、触らなくても蹴出しの下に蜜の溢れているのが判る。

「……こういうことがしたいんだろ」

三津は緑の肌の上に自分の身体を滑らせた。小さな三津の乳首が硬くなり、爪のように肌を擦《こす》る。客に愛撫されて三津が甘く喘ぐ声を思い出す。でもその声は緑には出せない。引き攣れるような喉の奥でひうひうと風が鳴っているだけ。

「気持ち良いなら声をお出し。もっと触ってあげるから」

何処にも行かないから、仕事が終わったら戻ってくるから此処で待っておいで。

桂山はそう言った。うん、待ってる。幼い緑は答えた。後朝《きぬぎぬ》の見送りまでじっと待ち、桂山と一緒に客を大門まで見送る。そして桂山と手をつないで見世に戻る。白く朝靄《あさもや》に沈む仲之町《なかのちよう》には、見送りの遊女の軽やかな足音と、見送られる客の引きずるような足音がしっとりと響く。そういう朝の様子が緑は好きだった。仕事を終えた姉は、暫《しば》く緑と一緒にいてくれる。一緒の時間が始まるのが、白い朝の仲之町だった。

三津の指が着物の裾《すそ》を割って、蹴出しを手繰る。まだ摘み草の済んでいない柔かな毛の奥は、硬く芽吹いて露に濡れていた。緑は指先で触れられた先端の、鋭い痛みに腰を浮かせ、呻《うめ》いた。

二人で見世に戻って、桂山の部屋で禿の淹《い》れてくれたお茶を飲むこともあったし、そのまま寝ることもあったし、客の置いていった土産の干菓子を食べることもあった。永遠にそういう日々が続くものだと思っていた。でも、緑はもうあと少しで女郎になるのだ。肌の上を船のようにたゆたう三津の指は、緑を泣かせた。目を瞑《つむ》っていたかった。覗《のぞ》き見た桂山や三津の行為は、何か別のところにあるものだと思っていたかった。

果てしなく深く暗い穴の中で、長い間、優しく暖かな光の当たる部屋の夢を見ていた。

たぶん今、その暗い穴の中に、三津の細い腕が差し伸べられている。顔を上げて手のひらを摑めば、ふわふわとした暖かい、光の当たる場所へと導いてもらえる気がする。

……優しくして。

そういうおぼこい台詞《せりふ》は初見世まで取っときな。

三津の声が聞こえ、緑は其処に意思の疎通《そつう》が成り立っていたことに気付いた。

「声、出たね」

三津が愛撫の手を止め、再び涙で塩っぽくなった緑の頬を撫でた。緑は何が起きたのか判らず、目の前にいる女の名を呼ぶ。

「三津姉さん」

「あいよ。可愛《かわい》い声じゃないか」

「三津姉さん」

「なんですか」

「此処にいて」

「ばか、あたしの部屋だよ此処は」

あと少ししたら、見世が起きだす時間になる。今にも崩れそうな脆《もろ》い静寂の中、緑は馬鹿《ばか》みたいに三津の名を呼びながらその身体にしがみつき、甘酸《あまず》っぱい香りの中で浅い水に沈むような眠りに落ちた。

髪飾りも揃《そろ》えた。見たこともないくらい綺麗《きれい》な雪のように白い仕掛けも届いた。仕掛けには白地に金の糸で、そして血のように赤い帯には紫と銀の糸で刺繡《ししゅう》が入る。咲き乱れる季節はずれの藤《ふじ》の花。おまえがこれを着て歩いたら天女みたいに綺麗だろうね、と桂山は満足げに笑った。八津がひょこりと覗きに来て、天井から垂れ下がる仕掛けの模様に感嘆の溜息《ためいき》をついた。

「すごいねこりゃ」

「綺麗だろ。あたしんときより金かかってんだよ」

「嬉しいねぇ、緑」

「うん。嬉しい。でも恐《こわ》い」

「なんで、」

「引っ掛けて転んだら、白いから汚れる」

桂山はこめかみに青筋を立てそうな勢いだったが、八津はコロコロと笑い、転んだら痛いだろうねぇ、と暢気《のんき》に答えた。

まず、三津と八津と話せるようになった。そして、意思を伝えるためだけならば、声を出すことは困難ではなくなった。江利耶の憎まれ口に対抗するほどの度胸はないが、一階で朝飯を食べているときに、お醬油《しょうゆ》をもらうために横の女に声をかける、くらいなら大丈夫だ。

あっという間に初見世の前日になった。雪が降らないことを願いつつ、緑が一人湯屋へ向かうと、いつかのように湯屋からまだ冷たそうな三津が暖簾《のれん》を分けて出てきた。

「ああ緑、良かった、糠袋《ぬかぶくろ》貸して」

緑の桶《おけ》には以前お揃いで作った兎《うさぎ》の糠袋が二つ入ったままだった。

そしてまた、いつかのように風呂《ふろ》上《あが》りに茶屋へ立ち寄り、甘酒を啜《すす》る。正午を過ぎると途端に日が傾き始める季節なので、軒下に座った二人の影は既に東へと伸び始めていた。緑は自分がまだ禿《かむろ》だった頃に行われた桂山の初見世の道中を思い出した。赤い振袖《ふりそで》を着て、横についた。砂煙を上げながら外八文字《そとはちもんじ》を踏む姉を見て、自分もいつか、と夢に見たりはしなかった。むしろ桂山の隣で、ずっと赤い振袖を着ていたいと思っていた。

心の中はとても静かで、目を瞑ればどこか遠いところまで意識を飛ばすことができそうな気がする。

「三津姉さん」

「うん、」

「これからお部屋に行って良い、」

影が伸びるほど、大気に橙色《だいだいいろ》が混じるほど、心は音を立ててちぢこまる。そのぜんまいみたいなきゅるきゅるという音が聞こえたのか判らないが、三津はそっけなく、いいよ、と答えた。

何かを残したい、と、三津は漠然と思っていた。

その何かはきっと誰かとの約束や証《あかし》みたいなものだろうと思う。もの言わぬ緑は、愛《め》でるためだけに作られた美しい人形に見えた。この娘を喋らすことができれば、何かの証になるかもしれないと思った。

結果、肌を重ねることによって緑は喋った。三津が何かを残したいと思っていたのと同じように、緑は欠落した何かを求めていた。喋らせてから、三津は不安になった。緑はそれで救われたのか、喋ることによってまた新たな苦しみや悲しみを背負うことになったのではないか。そんな三津の懸念《けねん》を知らず、猫の仔《こ》のようにじゃれてくる緑。

故郷の村、泣き叫ぶ娘たち。心さえなければ何も感じずにいられるのに、攫《さら》われ、売られる娘たちは泣き、恐怖に叫ぶ。三津は自分のゆくすえを思い、小さな頃から心の目を閉じて縫い付けていた。うまくやってきた方だと思う。でも最近、それが綻《ほころ》び始めていた。おそらく、もうじき自分は死ぬだろう。あとどのくらい生きていられるのか判らないけど、死が其処まで迫ってきていることを悟ると途端に恐くなり、人に縋《すが》りたくなる。

今腕の中にいる娘は潑剌《はつらつ》と、全《すべ》ての神様に庇護《ひご》されているようにも見え、まったく死にそうになかった。桃の花の色した頬はほかほかとして、身体も爪の先まで温かい。三津は緑の足を割り、片方の足を抱えて跨《また》ぐと、潤《うる》んだ女陰に自分のそれを重ね擦りつけた。唇を嚙《か》んで声を堪えている緑の口の中に、人差し指と中指を突っ込む。さされの指先に唾液がひりひりと染《し》みた。硬い歯が、絞るように指を嚙む。ゆっくりと腰を回すと、ぷくりと膨らんだ蕾《つぼみ》が陰唇に引っかかり、緑はキィー、というような音を漏らした。

何かを残したい、と漠然と思っている何かは、もしかしたら赤子だったのかもしれない、と緑の細い声を聞いて思った。緑の身体に自分の身体をどれほど強く打ち付けようとも、溢《あふ》れ出る体液が交じり合いどれほど足の間を濡《ぬ》らそうとも、その身体は三津の子を孕《はら》まない。孕んでくれれば良いのに、と思う。三津が生きてきた証として緑から三津の何かが生まれれば良いのに。

う、う、う、う、と高く小刻みに緑の喉《のど》が震える。嚙み千切られそうなので、三津は唾液にまみれた指を引き抜いた。うあああぁぁ。赤子の泣き声が聞こえる。

娘は気を遣《や》った。

身体中が弛緩《しかん》して、息だけが荒い。三津の指はそれでも敏感になった肌の上を撫で続ける。窓から差す日は既に赤く染まっていた。髪を結わなければ、着物の仕度をしなければ。そう思っているのに、名残惜しげに緑の腕は三津の身体を絡《から》め取る。

「三津姉さん」

「なんだい」

「此処にいて」

「だからあたしの部屋だよ此処は」

寒々しく赤く染まる部屋の中で、三津はほどけてしまった緑のつややかな髪の毛を撫でる。明日の夜には、緑は客の下にこの肌を晒《さら》す。自分の初見世を思い出しても大して辛《つら》くなかったが、目の前の美しい娘が何処かの爺《じじい》に抱かれる様を思うと、胸が痛くなった。

煙管《きせる》に火を入れ、一服して煙を吐き出す。肩を露《あらわ》にしたまま半身を起こした緑が一服をねだったので、火を入れなおし、渡してやる。緑は暫《しばら》く息を整えていたが、やがて細く煙を吐きながら、ありがとう、と言った。

此処にいて。

あたしの部屋だよ此処は。

一晩明けて、緑は客を送り出したあと、三津の部屋へと赴いた。若い衆によって三津の荷物は片付けられ、其処《そこ》はただの殺風景な部屋になっていた。季節は違えど、あの日と同じく寒々しい。

泣くことは、昨晩のうちに済ませた。秋の長雨のように涙を流していたら、部屋に入ってきた桂山に引《ひ》っ叩《ぱた》かれて言われた。自分の我儘《わがまま》で客を帰せるほどおまえはいつ偉くなったのだ、と。どんなに身体の具合が悪くても毎日客を取っていた三津に対する、それがおまえの供養《くよう》かと詰《なじ》られた。泣くなら客が帰ってから泣け。今は笑え。おまえは山田屋の看板だ。叩《たた》かれた頰よりも胸に空いた穴の方が痛くて、また声が出なくなるかと思ったけれど、そんなことはなかった。

初見世の前日、三津は緑を羨《うらや》ましがった。道中をして、皆に見てもらえることが羨ましいと言った。そういう感情と三津は無縁だと思っていたので、緑は驚いて尋ねた。三津姉さんも道中したかったの。そういうわけじゃないけど、と三津は答えた。ただ、色んな人に見てもらい、憶《おぼ》えてもらえることが羨ましい。

何を言っているのか、そのときは判《わか》らなかった。でも、今目の前にある人の気配のない殺風景な部屋を見て、三津があのとき何を言いたかったのか判ったような気がした。見世は開く。女郎が病で死のうが、死んだ女郎を偲《しの》び泣く者がいようが、容赦なく見世は開き、花を売る。そしていずれ死んだ女郎の部屋には他の女が住み、線香が燃えて崩れるように記憶も風化してどこかへと消えてゆく。どうせ女郎などどれも同じ。自分がいなくなっても代わりは幾らでもおろう。昨晩見世に出る前に泣きながら思ったことを思い出す。否《いな》、代わりはおらぬ。

風もないのに、部屋の中がカラカラと鳴った。緑は窓に寄ると障子戸を開け、雨戸を開ける。外では霧雨が降っていた。細かな飛沫《しぶき》が睫毛《まつげ》を濡らす。何処《どこ》から聞こえてきているのかも判らないカラカラという音は、遠くから、近くから、鳴り止《や》まず、緑はぐるりと部屋を見渡す。

……三津姉さん、あたしはどうすれば良いの。

湿った部屋。三津が此処に残したものはない。カラカラという音の中、緑は袂《たもと》から兎の糠袋を取り出した。色あせているのが緑のもの。まだ兎の形の見て取れるほうが、三津のために作ったもの。霧の流れ込む窓際《まどぎわ》に座り込み、緑は糠袋を手の中で丸めて、空中へ放り投げた。

――おじゃみ　おふた

緑は詠《うた》う。カラカラと部屋が鳴る。

――おみえ　およお　おいつ　おもお　みねみね

目の前でくるくると、追いかけるように兎が回る。
——かっとくれ　とんき　おじゃみじゃく　とんき
おおふたざくら　ざくら　おおみざくら　ざくら
おおよざくら　ざくら　おおいつざくら　ざくら
おおもざくら　みねみね

其処まで詠って手元が狂い、手玉がひとつ畳の上に落ちた。拾い上げようとして、緑はそれがあまりにも重いことに驚いた。今まで宙を舞っていたものとは思えないほどの重さに、取り上げることを諦《あきら》める。

カラカラという音は暫《しば》くしてから徐々に小さくなってゆき、やがて半刻《はんとき》もしないうちに完全に止まった。霧に濡れながら、緑は音が消えてゆくのをぼんやりと聞いた。

緑には、絶対に年季明けまでは死なないという、根拠のない自信があった。三津の冷たく細い指を、しっとりと濡れた柔かな唇を、慈《いつく》しむように名を呼んでくれた掠《かす》れた声を思い出せば、とりあえずは生きてゆける。今から十年、死なずに生き抜けば大門の外に出られる。そうしたら、三津の投げ込まれた寺に線香をあげにゆこう。季節が移り変わるのと一緒に忘れ去られることを恐れていたのならば、意地でも忘れてやるもんかと思う。

見世は開く。

生きてゆくのは諦めてしまえばそう辛くないと三津が言った。何があろうとも、見世は開き、女郎は身体《からだ》を売る。何を諦める余地もない。涙はもう涸《か》れてしまった筈《はず》なのに、握り締めていた糠袋の端を前歯で噛むと、鼻の奥が痛くなった。

三津姉さん。

名前を呼んでも応《こた》えはなく、カラカラという音も今はもうない。吹き込んできた風が緑の顔を霧で濡らし、死んだ女の肌のように柔かな冷たさに、緑はゆっくりと目を閉じた。

大《おお》門《もん》切手

大階段の上が慌《あわただ》しい夕暮れ時、勝野《かつの》は仏壇の埃《ほこり》を払ったあと、痩《や》せて皺《しわ》の目立つ顔に久しぶりに化粧を施した。二階のことは遣手《やりて》と二階廻しに任せておけば良い。盆前のこの時期、小見世《こみせ》の主人たちの寄り合いがある。なんだかんだで集まって酒を呑《の》むだけだが、不景気な話ばかりで、酒でも呑まなければやってられない。

「しっかり稼ぐんだよ、怠けるんじゃないよ」

格子《こうし》の中へ上がってゆく見世の娘たちに活を入れ、勝野は揚屋《あげや》町《まち》の松戸家へ向かった。大門《おおもん》が開き吉原が活気付き始める時間帯なので、仲之町《なかのちよう》に出ると客や太鼓持ちや出店やらでそこそこに賑《にぎ》わっていた。勝野は歩きながら夕暮れの、どことなく甘しょっぱいような匂《にお》いを胸に吸い込み、吐き出す。この匂いだけは何年経《た》っても変わらない。

松戸家は元々引手《ひきて》茶屋だったものが、料理を出す家になっている、典型的な揚屋町の一軒である。勝野は戸口を跨《また》ぐと慣れた様子で階段を上り、座敷へ向かった。日も暮れて、狭い家屋の他の座敷も早々に大層騒がしい。襖《ふすま》を開けると、意外な顔が其処《そこ》にいた。

「あれ、笹川《ささがわ》」

思わず素《す》っ頓狂《とんきょう》な声が出る。七年前まで、勝野の見世、山田屋と同じくらいの小見世である、萬華楼の女郎だった女だ。

「山田屋さん」

懐《なつ》かしそうに笑う笹川は、元々きつい顔立ちをしていたが、年を取ったせいか、ある程度丸くなっていた。皆遅れているらしく、広くはない座敷には笹川しかいない。

「どうしてあんた、此処《ここ》に」

勝野が隣に座って尋ねると、戻って来ちまったんですよ、と笹川は自嘲《じちょう》気味に言った。

「戻って来たのは半年前で、遣手で働かせてもらってたんですけどね、つい最近女将《おかみ》が寝たきりになっちまって、あたしは代理なんです」

「知らなかった」

「あたしもまさかこんな席に出ることになるとは思いませんでしたよ。でもこのままだと、山田屋さんみたいになるんだろうなあ」

「そりゃ災難だね」

勝野は笹川の言葉に笑う。山田屋さんというのは勝野のことだ。勝野と萬華楼の女将である白浜は境遇こそ違えど、そこそこ仲良くしていた。お互いどういう経緯で吉原に流れ着いたのかも知っている。きっと白浜が笹川に勝野の半生を話し聞かせたのだろう。寝たきりになっちまったとは、もうお互いにそんな年だってことか。勝野は浅く溜息《ためいき》をついた。

そうこうしているうちに馴染《なじみ》の顔が揃《そろ》ってくる。皆白浜の不在に驚き、次いで笹川に、どうしちまったんだと尋ね、そのたびに笹川は飽きもせず同じ説明を繰り返していた。

近いうちに白浜の見舞いに行かなければ、と勝野はその様子を見ながらぼんやりと思った。


嘉永《かえい》に年号が改まって五年が経っていた。盆には懐かしい人が山田屋へやって来る。きっと見えないだけで死人も大勢帰ってきていて、二階の座敷では今時の遊女たちと同じくジョン万次郎の話で大騒ぎでもしているんだろうけれど、「懐かしい人」は死人のことじゃない。勝野は算盤《そろばん》を弾《はじ》いていて、金が足りないことに気付く。痛む腰を叩《たた》きながら立ち上がり、二階への階段を上ると目当ての部屋の前まで行く。

「若尾、いるかい」

尋ねるや否《いな》や襖を開ける。不器量な若い遊女はだらしなく眠りこけていた。勝野は薄掛けを剝《は》がし、娘を蹴《け》っ飛ばす。

「あんた売上が足りないよ、先月もそうだったじゃないか」

「堪忍《かんにん》してえ」

娘は目を擦《こす》りながら哀願するような素振りを見せる。

「甘ったれんじゃないよ、簪《かんざし》でも着物でも売って金にしな、そのご面相でうちに置いてやってるだけありがたいと思わないのかい」

周りの部屋の襖がそっと開く気配がする。皆心配そうにこちらを見ているのだろう。

「だってお客がつかないんだもん」

甘ったれた娘は甘ったれたことを言う。勝野は無言のまま枕元《まくらもと》の箱を開けると、中から鼈甲《べっこう》の簪を数本摑《つか》み出した。若尾は恨みがましくその様子を見つめるが、抗議はしない。勝野が部屋を出ると、慌《あわ》てて他の部屋の襖が閉められた。

一階へ降りたら、入り口の小上がりに座って、懐かしい人がいた。ゆるやかな風が暖簾《のれん》を揺らす。

「堪忍してやれや、こっちまで聞こえてたぜ」

風で、天井に伸びる煙が揺れる。老いた男は勝野の煙管《きせる》に勝手に刻みを詰めて吸っていた。

「悠々隠居してる爺《じじい》になんざ言われたかないね。こっちは商売なんだよ」

勝野は動揺を悟られぬよう、苛々《いらいら》とこめかみを揉《も》む。

「その簪、俺が引き取るわ。若尾さんの不足は幾らだい」

「なんであんたが」

「こっちも商売なんだよ」

爺はニヤリと笑って、勝野の手から簪を毟《むし》り取った。相変わらず勝手な男だ。けれど「相変わらず」なんて言葉を使って良いのかも、会うのが一年に一度になってしまった今は判《わか》らない。そのとき「あれ、弥吉さん」と、暖簾をくぐった女が声をあげる。笹川だった。弥吉も驚いて笹川に尋ねる。

「笹川さん、戻って来ちまったって本当だったのかい」

「弥吉さんこそまだお迎えが来ないんですか、それとも盆に帰ってきてる幽霊の幻ですかねこれは」

「幽霊だったらこんな湿気《しけ》た見世なんざに出ねえだろ」

弥吉は愉快そうに笑い、煙管を盆に戻して下駄を脱ぐと、勝手に奥へ入って行った。その僅《わず》かに丸まった背中を見送り、勝野は笹川に向き直る。

「どうしたんだい、見世は良《い》いの、」

「遣手に任せてきました。うちの女将が、見舞いに来てくれたお礼だって、これを」

手渡されたのは勝野の好物の干菓子だった。寄り合いがあった次の日に、勝野は白浜の見舞いに行っていた。思っていたよりも元気そうだったから安心していたのだが、包みを受け取り、具合はどうだい、と尋ねた笹川の返事は芳《かんば》しくなかった。

「サッパリですわ。元々身体《からだ》も悪かったし、この先どうするか考えておけって医者が」

「そうかい……」

「山田屋さん、一生吉原で生きていくって、どうして決めることができたんですか」

勝野が座るように促すと、笹川は腰を下ろしながら尋ねた。気配りのできない女ではないので、この質問にも意味があるとは判っているが、勝野はもやもやとした思いに一瞬口を噤《つぐ》んだ。

「こないだお話しした通り、やっぱりあたし、家を任されることになりそうで」

そう言うと笹川は不安げな顔で勝野を見上げた。そうかい、と再び言いかけ、勝野はふと奥を見遣《みや》った。線香の匂いが漂ってくる。弥吉は暫《しばら》くは出てこないだろう。聞かれても困る話ではないけれど、できれば聞かれないと良い。

＊

白浜は吉原の生まれだが、勝野は吾妻橋《あずまばし》を渡って隅田川を越えた向島《むこうじま》と本所《ほんじょ》の間あたりに生まれた、貧しい大工の娘だった。貧しい理由は簡単で、仕事がないからだ。仕事がない男というのは、酒を呑むか子供を作るかどちらかで、不幸なことに勝野の父は両方を備え持った男だったため、同じ母から十四人の子が生まれ、子供を作っていないときは呑みに行ってしまうから、いつでも金はなかった。憶《おぼ》えている限り、勝野が生まれたのは九番目である。しかも全員死んだりせずに、劣悪な環境の中しぶとく生きていたので、家の中はいつでも人で溢《あふ》れていた。

長屋の少し離れたところに、一人しか子供を生まないで、病で死んでしまった女がいた。其処の主人の庄吉は死んだ女のことが大層好きだったらしく、長屋の周りの住人が後添いの話を持ってきても全《すべ》て断っていた。ときどき夜になるといなくなっていたので、今思えば深川にでも通っていたのだろう。

きょうだいがいないので、その家の子は近所の勝野の家を大層羨《うらや》ましがった。勝野より二つ年上だったが、勝野の兄たちとは遊ばず、いつも幼い弟妹たちの遊び相手になってくれていたその男の子の名は、弥吉といった。

ある日、一番上の姉が家に戻って来なくなった。勝野が八つかそこらのときだった。勝野は薄々、その行方がどこだか判っていたので家の中でも押し黙っていた。弟妹たちも、肌で感じる何かがあったのだろう、姉が消えても泣いたりしなかった。しかし弥吉はその理由が判らなかったらしく、勝野に尋ねたのだ。

「お勝ちゃん、このごろ上の姉やを見かけないね」

勝野はぎょっとして弥吉を見た。狭い長屋に囲まれた裏路地、晴れた夕焼けの中、彼は罪のない顔をして問いかける。

「どこか悪いのかい」

男の子供は暢気《のんき》だ。売られることもないし、何より弥吉の家は勝野の家と違って父親が真面目《まじめ》に働く男だった。勝野が黙っていると、弥吉はつづけて尋ねる。

「おっ母《か》さんも元気ないし、きちんと食べてるかい」

勝野はその質問には、即座に首を振った。そうすると弥吉が家で余った食べ物を持って来てくれることを、弟妹たちに聞いて知っていたからだ。案の定弥吉は、朝の豆腐の余ったのをあげるからおいで、と勝野の手を引いて自らの家へ連れて行った。戸を開けると、中では勝野の父親とは違って、酒の匂いのしない男が座って黙々と何か木のようなものを彫っていた。勝野の家からは想像もつかないほど、静かだった。小刀が木を削る音しか聞こえない。

「お父《と》っつぁん、お勝ちゃんにお豆腐あげて良《い》いかい」

「おう、飯も漬物も食わしてやれや」

弥吉は庄吉の答えを聞くと、茶碗《ちゃわん》に冷や飯をよそって、切った漬物を乗せてくれた。

「上の姉やも具合悪いんだろ」

そう言いながら弥吉は、冷や飯を握ろうとする。木を彫っていた庄吉は先ほどの勝野と同じくぎょっとして、手を止めると弥吉の名を呼んで、発言を諫《いさ》めた。

「悪いな、お勝ちゃん、悪気はねえんだ」

勝野は黙って首を横に振る。

姉やは売られた。女郎や芸子や湯女《ゆな》や、何にせよ江戸ならば売られる先は数え切れないほどある。勝野が記憶している限り、勝野は両親の九番目の子供だが、それ以前にも売られた姉やがいたのかもしれない。先日姉やがいなくなった次の日、母親は涙も見せなかった。もう慣れたことなのか。やつれた女の横顔を見て勝野は思った。

がつがつと飯を平らげている勝野を、弥吉はにこにこしながら眺めていた。自分の家では米なんか滅多に食えない。生え揃わない小さな歯で咀嚼《そしゃく》し、米の甘味を噛《か》みしめる。しょっぱい漬物は喉《のど》の奥から井戸のように唾液《だえき》を溢れさせた。碗が空になって、勝野は弥吉と庄吉に礼を言う。

「権《ごん》さんはまだ働かないのかい」

心配そうな庄吉の問いに、勝野は項垂《うなだ》れるように頷《うなず》き、答える。

「火事でも起これば良いのにって、おっ母さん言ってる。そしたらイヤでも仕事するだろうって」

ははは、と力なく庄吉は笑った。

それから暫くして、弥吉が自分に対して幼い恋心を抱いていることに、勝野はなんとなく気付いた。弥吉の気持ちを利用して、家族は勝野に弥吉の家へ食べ物を分けて貰《もら》いに行かせることもあった。不憫《ふびん》そうに米や豆を分けてくれる庄吉の人の好い顔を見るたび、小さな胸が痛んだ。けれど子供には何もできない。

勝野が十歳になったとき、とうとう勝野のところにも知らない男がやってきた。父親と同じくらいの年であろうその男は、勝野を隅田川のほとりまで連れてゆき、甘言を囁《ささや》く。綺麗《きれい》な着物が着られるよ。美味《おい》しいご飯も毎日食べられるよ。勿論《もちろん》水仕事もしなくて良いんだよ。男は、勝野の荒れた手を撫《な》でながら、にやにやと笑った。すぐ其処にある筈《はず》の川のせせらぎが、やけに遠い。子供ながらに、その暮らしの代償がどれほど重く辛《つら》いものなのかを考えていた勝野は、それでも食い扶持《ぶち》が一人減れば幾分か家族の暮らしは楽になるのだろうという結論のほうに揺れ、頷いたのだった。でもあと三日くらい待っててほしい、と男に告げると、男は途端に豹変《ひょうへん》する。

「逃げる気じゃあねえだろうな」

「逃げないよ。あたしが逃げようとしたって、お父っつぁんが逃がさないだろ」

「……随分冷めた娘だな、何処《どこ》に行くのかも判ってるってわけか」

勝野は頷く。

「あたしは、吉原が良い」

「なんで」

「近いから」

少し歩いて川を越えれば、其処は吉原だ。

「いくら近くても家にゃ帰れねえぞ」

「帰らないし逃げもしないよ。歩くの嫌いなんだ」

男は可笑《おか》しそうに笑い、判ったと言って立ち上がった。

「しかし三日は長え。明日の夕方また来るから、仕度しとけや」

勝野は頷き、男と別れると家への道を戻った。初秋の夕暮れ時で、其処彼処《そこかしこ》でひぐらしが鳴いている。長屋の路地を入ると、勝野の家の前で大騒ぎが起きていた。弥吉が暴れていたのだ。庄吉と勝野の母に押さえ込まれていた弥吉は戻って来た勝野の姿を見止めると、絡《から》まっていた腕を振り解《ほど》き、兎《うさぎ》のように飛んできた。

「お勝ちゃん、いなくなるなんて嘘《うそ》だよね」

弥吉は両手で勝野の肩を摑み、泣きそうな顔をして顔を覗《のぞ》き込む。その顔を見て、先刻発した自分の言葉をぼんやりと思い出す。歩くのが嫌いなわけじゃない。遠くへ、遥《はる》か遠くへただ歩いている最中に里心が付いてしまうのが嫌なだけだ。

「ねえお勝ちゃん」

確かめるように、弥吉はもう一度尋ねた。大人たちはその様子を固唾《かたず》を飲んで見守っている。誰か何か言いやがれ。なんであたしが自分で説明しなきゃなんないんだよ。

勝野は唇を嚙むが、やがて諦《あきら》めて、声を発する。

「……川の向こうに行くだけ」

離して、と肩に置かれた弥吉の手を振り払うと、勝野は静かに歩き始め、数歩先の家の玄関を跨《また》いだ。気味が悪いくらいしんとした家の中で、父親が複雑な顔をして勝野を見ている。

「安心して。一日延ばしてもらっただけだから」

だからどうして、こういうことを自分が言わなければならないのだろう。奥歯を噛み締めながら、勝野は家中に張り巡らされた沈黙という名の薄い膜の中、少ない荷物を纏《まと》めた。

行きたくない、とは不思議と思わなかった。この家にいても、また父と母のおぞましい夜の行為を見つづけ、その実のように子供が生まれ、世話をするだけで終わる。子が生まれ、それを嬉《うれ》しくなさそうに見つめる母の顔を見るたびに、いつか父を殺してしまうだろうと思っていたので、家から離れられるのはむしろ幸せだとすら思った。罪人にならずに済む。

心の中に刺さった棘《とげ》は弥吉だけだった。家族が寝静まった夜半、勝野はそっと起き出して家を出た。空には月が高く、闇《やみ》に反射するように遠くで野犬が吼《ほ》えているのが聞こえる。少し歩き、弥吉の家の古い戸口を軽く叩いた。

「弥吉っちゃん」

小さな声で呼びかけてみる。応《こた》えはない。もう一度小さな声で呼びかけると、幽《かす》かに中で物音がした。小さな足音が聞こえたあと、内側で戸口のつっかえ棒がそっと外され、寝間着の弥吉が顔を出す。勝野の姿を見ると、慌《あわ》てて出て来て戸口を背に閉めた。

「お勝ちゃん」

「弥吉っちゃん、ごめんね。あたしがいなくなっても、あの子たちと遊んであげてね」

「……やっぱりいなくなっちまうんだね、お勝ちゃん」

勝野は黙って頷く。下を向いた途端不意に耳の奥に疼痛《とうつう》が走り、涙が込み上げてきた。

……嫌だ、こんなの、甘えているみたいで。

垂れてきた鼻水を啜《すす》り上げ、勝野はしょっぱい嗚咽《おえつ》を飲み込む。

「会いに行くよ、川の向こうに」

その様子に気付いているのかいないのか、弥吉は無理矢理笑いながら言った。

「馬鹿《ばか》、会えなくなるんだよ」

「なら、会える手だてを考える」

昼間の男と同じように、弥吉は勝野の荒れた手を取って撫でた。弥吉の手のひらはすべすべしていて気持ちが良い。

「川の向こうから……」

弥吉は勝野の手を撫でるのを止《や》め、ぎゅっと握った。

「ん、」

「川の向こうから戻って来られたら、一緒になろうね、お勝ちゃん」


家族や弥吉との別れののち、勝野は中見世《ちゅうみせ》の山田屋に引き取られた。美しくも醜くもない娘には妥当な見世だ、と裏口をくぐったときに思った。それから下働き、新造《しんぞ》を経て七年後に初見世を迎えるまで、勝野は川の向こうのことを忘れていた。吉原の暮らしは勝野の肌に合っていた。あれだけ多くのきょうだいに囲まれて育ったのだから、要領は良い。付いた姉さんにも可愛《かわい》がられ、道中を控え、恵まれた初見世を迎えようとしていた。川の向こうのことを思い出さなかったのは、思い出さないようにしていたのか、それとも自然と忘れていたのか自分でも判《わか》らなかった。

当時、高級見世の遊女は横兵庫《よこひょうご》と呼ばれる、頭の左右に扇を挿したような形の、結い上げるのに大層時間のかかる髪が結われていた。初見世の道中のときだけ、勝野も横兵庫を結ってもらえることになっていた。生憎《あいにく》いつも姉の髪を結っている髪結いは横兵庫を結うことができなかったので、代わりに高級見世で髪をやっている知り合いの髪結いを連れてきた。

最初、勝野はその男の顔に気付かなかった。緋色《ひいろ》の襦袢《じゅばん》姿で、横兵庫に使う鬢《びん》はりを中に髪を纏められている最中、ふいに髪結いの男が、お勝ちゃん、と懐かしい自分の名前を呼んだのだ。

昔聞いた、隅田川のせせらぎが、背後から迫ってくるように感じた。水の音がする。

……弥吉っちゃん、
頭を固定されていたので振り返ることはできなかった。勝野は鏡の中の、髪を弄《いじ》る男の顔を見つめた。嗚呼《ああ》、やはり弥吉だ。

「どうして此処《ここ》に」

「お勝ちゃ……勝野さんにどうしたら会えるか考えた……んです」

少し離れたところで仕度を見ていた姉女郎が、事情を察したのか禿《かむろ》の手を引いて部屋を出て行った。指二本分くらい隙間《すきま》を残して、部屋の襖《ふすま》が閉められる。秋の風が、部屋の中を一瞬だけ吹き抜けた。

鏡に映った男の顔を見ながら、勝野はどうすれば良いのか判らなかった。うしろにいる男は紛れもなく弥吉なのだが、七年という長いのか短いのかよく判らない歳月は、ここまで人を変えるのか、と思う。うしろの男は、当たり前だが子供ではなく大人だった。勝野は膝《ひざ》の上に拳《こぶし》を握る。あと数刻ののち、勝野は初めて客の前に脚を開く。山田屋は初会、裏返し、枕《まくら》などという段階を踏む高級見世ではないので、今日の夜に勝野は処女でなくなる。

お互いに、何を話せば良いのか見当も付かず、髪を梳《す》く音だけがやけに響く。やがて蝶々《ちょうちょう》の対になった羽のように、頭の後ろに山ができた。弥吉は慎重に、飾り櫛《ぐし》と簪《かんざし》を挿してゆく。

「上手だね」

最後の一本を挿し終えたあとも、勝野はそう言っただけでうしろを振り向くことができなかった。静かに、弥吉の嗚咽が聞こえる。別れた日にも泣かなかったのに。

「……道中、見ていってよ」

押し殺した呻《うめ》き声が、勝野の名を呼んだ。勝野は答えずにもう一度、道中見ていってよ、と言った。そして髪が崩れぬよう、慎重に振り返る。大の大人が、しかも男が、両の手で口元を押さえ、涙を溢《こぼ》していた。

「せっかく、会えたのに」

弥吉は搾《しぼ》り出すようにそう言うと、再び黙り込んで小さな嗚咽とともに静かに涙を溢した。勝野は泣くわけにいかなかった。おそらく襖の隙間から、禿か姉女郎が二人の様子を見張っている。

「弥吉っちゃん」

勝野は泣いている男の名を呼んだ。男は赤くなった目を向ける。

「膝、貸したげる。あと、手拭《てぬぐ》いも」

膝を叩《たた》きながら、おいで、と言って勝野は弥吉の手を摑《つか》んで引いた。折り曲げた腿《もも》の上に、温かな重みがずっしりと来る。震える男の口元に自らの名の入った手拭いを寄せ、勝野は小刻みな息遣いを指先に感じた。

「もう、うちに来ちゃダメだよ」

「お勝ちゃん……」

「お勝は今日から勝野って女郎なんだよ。あたしのことは忘れなきゃだめだよ、弥吉っちゃん」

勝野は男の肩を優しく撫でながら諭した。じわじわと襦袢が涙に湿る。上に仕掛けを着てしまえば判らないから、思う存分泣けば良い。

長煙管《ながきせる》に何度か刻みを詰め替える。その回数が判らなくなるころ、弥吉はむっくりと勝野の膝から起き上がった。涙の跡はあるけれど、嗚咽は止まっていた。そして、泣く前よりも黒く深い瞳《ひとみ》で勝野を見つめると、おめでとうさんでございます、と頭を垂れた。勝野はまだ紅を差していない薄い唇を嚙む。弥吉はそれから立ち上がると、静かに部屋を出て行った。

姉女郎の髪を結っている髪結いの話によれば、元々弥吉は高級見世に出入りする髪結いに弟子入りした若手なのだそうだ。そういう髪結いは、普段山田屋のような中見世の遊女は相手にしない。大見世の遊女たちが嫌がるからである。

本当はこんなしみったれた見世じゃなく、気取った花魁《おいらん》言葉を話すような、大見世の女郎になっていて欲しかったんだろうな。

話を聞いて、勝野はそう思った。男は夢を見たがる。吉原がもう二百年もの間絶えず栄えているのだって、男が妻以外の女に夢を抱きつづけているからだ。初見世以降、残念ながらどれだけ男に身体を弄くられても何も感じないことに気付いた勝野は、これは仕事には好都合だと思った。気を遣《や》らない女のほうが、吉原では出世する。気のない女の乱れよがる姿を一度でも見たいという男が通うから。これもきっと儚《はかな》い男の夢だろう。

勝野が言ったとおり、弥吉は山田屋に二度と来なかった。しかし山田屋に来ている髪結いの話では、弥吉はまだ吉原の大見世で髪を結っているという。勝野は安堵《あんど》しつつ、なんとなく複雑な気持ちになった。川の向こうのことなんか思い出さなかったのに、川の向こうから戻って来られたら一緒になろう、と言った弥吉の幼い声が、吐き出せない痰《たん》のように胸の奥に絡まった。

十年なんて、あっという間だろう。生まれてから、十歳になるまでの間の記憶なんて、父親に対する憎しみしかない。この七年の間にきょうだいの顔も忘れたし、母の声も忘れた。それこそ瞬《まばた》きをする間に忘れた。もう一度瞬きをすれば、きっと十年は経《た》つ。

もし本当に、本当に十年後、川の向こうに戻ることができるのだとしたら、弥吉は其処で待っていてくれるんだろうか。一緒に大門《おおもん》をくぐることができるんだろうか。

与えられた部屋の窓からぼんやりと向島の方を見遣ることが多くなる。勝野の様子があまりにひどくなったとき姉女郎が部屋に来て、「夢を見ちゃいけないよ」とやんわりと諭した。勝野は驚いて室内を振り返る。

「あの若い髪結いだろ」

「……」

「男の言うことなんか、絶対に信じちゃなんねえ。痛い思いをするのはこっちだよ」

「……」

「おまえは賢い子だから、そのくらい判るだろ、勝野」

姉はまだ髪を結ってない妹の頭を撫《な》でた。勝野は良い匂《にお》いのする姉の肩に身を寄せ、尋ねる。

「姉さんは、痛い思いをしたの」

「してなきゃこんなこと言わねえよ。夢を見るのが許されてるのは男だけだ。女は男に夢を見させてあげるだけ。そういうところなんだよ、此処は」

その言葉に勝野ははっとする。やはり皆、同じことを考えているのだ、此処は男に夢を見させてあげるだけの場所なのだと。綺麗《きれい》な着物を着ても、美味《おい》しいご飯を食べても、それも所詮《しょせん》全《すべ》て男のためにしてあげるだけ。大見世の高級遊女でない限り、女に意思なんてない。

「……川を渡ったら、一緒になろうって、言ってたんだ」

「忘れるんだね、なるべく早く」

憐《あわ》れむように微笑《ほほえ》んで、姉女郎は静かに部屋を出て行った。勝野は開けていた窓の障子を勢い良く閉めて、外とこちらを遮断した。

＊

「……山田屋さん、その弥吉って子、まさか」

勝野の話を黙って聞いていた笹川は、元々細くて小さな目を真ん丸くして尋ねた。

「あんたも知ってるあの弥吉だよ」

「……えーっ」

奥の仏間に入って行った弥吉はまだ戻って来ない。見世で亡《な》くなった遊女たちに、勝野よりも長く念仏を唱え、色々と言い聞かすのが毎年の常だ。

「何がどうなってこうなっちまったんですか」

普段は全く取り乱さない笹川が、珍しく取り乱して意味の判らないことを言っている。

「白浜に聞いただろ、結局あたしは吉原に残ったんだって。だからあんたもこないだ『山田屋さんみたいになるかも』って言ってたんじゃないのかい、」

「だって、お互いに思い合ってたなら外に出られたんじゃないですか」

「そうもいかなかったんだよ。ほんとにね、姉さんの言ったとおりだったんだよ」

勝野は煙管に火を入れ、一服すると笹川にも勧めた。立ち上る煙は霧雨のように視界を曇らせる。

二十八になった年の盆前、勝野の年季は明けた。姉女郎は年季明け寸前に風邪をこじらせて他界していた。数年前には江戸を大寒波が襲ったため、そのせいで凍死した女郎も少なくない。生きてこられただけで幸運だと勝野は、がらんとした自分の部屋を見て思った。

＊

見世を出ても、引き取ってくれる男がいるわけでもない。初めて手にした、そして最後の通行切手を、大門の番に見せる。番人はじろじろとそれを眺め回したあと、お疲れさん、と勝野の肩を叩いた。勝野は門の框《かまち》を跨《また》ぎ、背後に聳《そび》える大門を振り返る。この中で暮らした二十年近くの間に、大火事のおかげで仮宅《かりたく》が四度あった。したがって、吉原を出るのが初めてというわけではない。けれど、きちんと大門から、火に追い立てられるのではなく意志の力でもって出たのは初めてで、自らの足に掛かる重みに勝野はよろけそうになった。

一刻《いっとき》も掛からず、勝野は生まれ育った向島の長屋通りに辿《たど》り着く。辿り着いたは良いが、其処《そこ》にはもう誰も住んでいなかった。平べったくなった通りを前に、勝野は茫《ぼう》然《ぜん》と立ち尽くす。火事があったのだ。建物で無事なものはなかった。建て替えは行われておらず、炭化した柱や壁が、ばらばらに転がっているだけだ。

……おっ母《か》さん。

帰るところがなくなってしまった。それよりも、売られてからすぐにすっかり忘れていた家族に会いたいと思ったことが不思議だった。

勝野は重い脚を引《ひ》き摺《ず》りながら、通りをあとにする。比較的新しい建物が建っている一角もあった。きっと其処に越しているのだろう。そうに違いない。歩いているうちに雨が降りだす。湿気《しけ》った土の匂いが鼻をつく。

通りを曲がると、遠くから子供の笑い声が聞こえた。と同時に額に痛みが走った。

「痛っ」

土の上に、真新しい竹とんぼがぽとりと落ちて転がった。これが飛んできて額に当たったのか。痛いわけだ。勝野は屈《かが》み、竹とんぼを拾い上げる。向こうから小さな娘が駆けてきて、勝野に手を差し出した。地味な顔をした子供だ。その小さな手に竹とんぼを渡してやり、立ち上がろうとして、勝野は息を呑《の》んだ。小さな娘は竹とんぼを振りかざし、お父《と》っつぁんもう一度、と言いながら父親らしき男のほうへ駆けてゆく。

雨の中、立っていた男は弥吉だった。

「あんた、雨だよ、遊んでないで早く戻んな」

長屋の中から女の声が聞こえる。弥吉も勝野も、薄い雨の幕に遮られ、ただ距離を置いてお互いを見ていた。

「あんた、ほら早く」

中から女が出てきて、娘の手を引く。弥吉も生返事をして、女の言いなりに家の中へ入って行った。死んだ姉女郎の言葉が蘇《よみがえ》る。

……男の言うことなんか、絶対に信じちゃなんねえ。

次第に雨はひどくなってゆく。夏だというのに勝野の身体《からだ》は芯《しん》から冷えてゆく。いっそこのまま雨の中に溶けてしまえれば良いのに。

どこをどう歩いたのか憶《おぼ》えていないが、勝野は再び大門の前にいた。土砂降りの雨の中、ぼんやりと見世の灯りの入った仲之町が灰色に煙っている。もう暮れ六《む》つなのか。そういえばさっき鐘が鳴っていた。

もう一度この門をくぐれば、たぶん一生出てこられない。身元の確かな外の女ならまだしも、元遊女だった女には、そう簡単に切手は発行されない。良いのか、と自らに問う。それ以外にどうやって暮らしてゆくのだ、と内側から声がする。勝野は足を踏み出し、門をくぐった。数刻前に勝野の切手を改めた門番が慌《あわ》てて声をかけてくる。

「何やってんだ、さっき出て行ったばかりだろ」

男の声は、勝野を心配してくれているように聞こえる。けれどそれ以上言わないで、心も身体も揺らぐから。

俯《うつむ》いて、「良《い》いんです」とだけ答えると、勝野は草履《ぞうり》を引き摺りながら角町《すみちょう》へ向かった。

山田屋の張見世《はりみせ》には既に女たちが並んでいた。傘をさして品定めをしている男たちの脇《わき》を抜け、勝野は暖簾《のれん》をくぐる。ちょうど二階から大階段を降りてきた遣手《やりて》の幾が、三和土《たたき》に立つずぶ濡《ぬ》れの勝野を見て声をあげた。

「勝野、おまえ……」

その声に気付いたのか、奥から女将《おかみ》もやって来て、勝野の惨状を見ると慌てて手拭いを肩にかけた。

「女将さん……」

「良いよ、布団《ふとん》部屋が空いてるから、狭いけど其処にお行き。幾さん、悪いけど勝野に浴衣《ゆかた》用意してやってくれる」

勝野は草履を脱ぎ、足袋も脱ぎ、床が汚れぬよう手拭いで足を拭《ふ》くと見世にあがった。一階の奥の布団部屋は、通常お仕置きに使われる部屋だが、今の勝野には丁度良い。

狭い部屋に入り、黴臭《かび》い空気を吸って、勝野は犬に似た唸《うな》り声とともに崩れるように泣いた。髪結いが変わってから、弥吉のことが判《わか》らなくなっていた。だから、どこの見世で髪を結っているのか、はたまた髪結いを辞めたのか、それすらも判らないでいた。判らなくなってから勝野の中では時が止まっていたのだろうが、日が昇り沈みまた昇るという事実がある限り、変わらないことなどないのだ。夢を見させるために生きているのに、知らぬ間に自分が夢を見ていた。滑稽《こっけい》だ。

襖《ふすま》がそっと開き、間から浴衣と燗《かん》のついた酒が差し入れられる。這《は》いつくばったまま腕を伸ばし、銚子を掴むと温かい。冷え切った身体からも生温かい涙が溢《あふ》れるのが不思議だった。


勝野の戻りを一番喜んだのは遣手の幾だった。この女は早く吉原から出て行きたがっていた。死ぬ前にお伊勢参りをするのが望みなのだという。勝野は見世に戻ってから、幾について仕事を憶えた。意外なことに、あれほど手に入らないと思っていた切手は、遊女にとって手に入らないだけで、お使いを頼まれる幾や勝野には頻繁に与えられた。外に出るたび、向島へ行って、あれが雨の作った幻だったことを確かめたいと願う。けれど、やめておいた。きっと心を裂くかまいたちと共にまた同じ光景を見るだけだ。

その頃に知り合った白浜は、勝野と僅《わず》かしか年が違わないのに、既に楼主となっていた。茶屋で会うと、見世の女の愚痴ばかりこぼした。間夫《まぶ》と逃げようとした娘や、嫌なお客を断り続ける娘。そんな甘い考えの娘たちに、自分の話を聞かせてやれ、と勝野は白浜に身の上を打ち明けた。男の言葉なんて信じちゃなんねえ、としたり顔をして偉そうに言う自分が、やけに可笑《おか》しかった。

裏切られた痛みは、仕事をしていくうちに次第に和らいでいった。どうしても落ちない小さな血の染みみたいなものだった。気にしなければ、気にならない。けれど、気になると、夜も眠れない。最初は眠れない夜ばかりだったけれど、だんだんと眠れる夜のほうが多くなっていった。

戻ってから二年と少しが経ったところ、もう教えることはありませんとばかりに、幾は見世を出て行った。戻って来られたら土産を持ってきますよ、と言って、本当に伊勢へと旅立った。たぶん道中で野垂れ死ぬだろうと女将も勝野も不安に思ったが、口には出さないで、送り出した。

元々同じ時期に見世にいた娘が多い中、勝野は心を鬼にして女たちを管理した。甘やかすとつけ上がる。けれど適度に甘やかさないと、不満を持った女郎は習性として見世に火をつける。それから、女将が取立てに厳しかったのも納得が行った。見世には本当に金がない。幼い娘を売りに来た女衒《ぜげん》に渡る金は、勝野が想像していたよりも遥《はる》かに高額だったのだ。どうせ女将が自分の懐《ふところ》に入れてるんだろう、と思っていたかつての自分を、勝野は恥じた。

幾が出て行ってから季節が二つほど変わった昼間、女たちが寝静まっているときに女将がいきなり、あたしもお伊勢参りに行きたいんだけど、と勝野に切り出した。

「えっ、」

「いやさ、幾さんにずっと話聞いてたからさ。お伊勢さんにお参りすれば、どんな女でも成仏《じょうぶつ》できるんだって」

「それならあたしだって行きたいですよ」

「ダメだよ、なんのためにおまえに話してると思ってんだ、」

勝野は黙り込む。あんたはいずれ楼主になるよ、あたしと一緒で一生吉原から離られないんだ。いつか白浜が予言めいたことを言っていたが、まさかこんな早くに本当になるとは。

「萬華楼の白浜だって、あんたの年にはもう見世を継いでいたし、大丈夫だろ」

考えを見透かしたかのように女将は言った。少しの間任せるだけだから、戻って来るから。女将は暢気《のんき》に笑いながら、自室へ戻って行った。幾が出て行ったとき、戻って来ないだろうと思ったのは女将だって同じだったはずなのに。猫と同じで、死に場所を探すものなのだろうか、女も。

女将は数日のうちにどこかから遣手のできる女を探してきて、勝野に見世を任せる旨《むね》を見世の皆に伝えた。男衆も女郎も、なんとなく判っていたらしくそれほど驚きはしなかった。話を聞いて一番驚いたのが勝野であることは腑《ふ》に落ちなかった。

組合に楼主引継ぎの届を出し、名実共に勝野が山田屋の女将になってからは、あっという間に一年が経《た》った。白浜がぼやいているような、甘ったれた女たちは山田屋にはあまりおらず、その代わり山田屋の女には覇気もなかった。何もかもを諦《あきら》めているような女たちばかりで、やりやすいと言えばやりやすかったが、覇気のないのが、勝野のことを見ている所為《せい》だと判っているばかりに、無気力な顔をした見世の女たちを見るのが辛《つら》かった。

どうせ年季が明けても、引き取ってくれる男がいなけりゃあ、また中に出戻りだもんね。

いつか若い女が発した言葉だ。勝野に向かって言ったのではないことは判っていたが、乾いたその声が耳に入って、枯れ葉が刺さるように色々なところが痛かった。

＊

「暫《しばら》くしてから、あの男が『娘が死んじまった』って、あたしんところに泣きに来たんだよね」

笹川は身じろぎもせずに、ずっと勝野の話を聞いていた。が、その言葉に眉《まゆ》を顰《ひそ》め、声低く尋ねる。

「……もしかして、膝《ひざ》を借りに、ですか」

「そう」

「うーわー、なんて身勝手なんだ。自分の嫁の膝で泣きゃあ良《い》いのに」

「そうもいかないだろ、二人の子なんだからさ」

「そりゃそうですけど、山田屋さん、許したんですか」

「まさか。部屋持ちの若い娘んところに通したよ」

けれどその昼見世では、困り果てた娘が二階廻しに勝野を呼ばせたのだった。結局勝野が接客した。向かい合ったのに目を合わせられず、おぼこい子供のようにお互いの手を見つめ、窒息しそうな沈黙に耐えたことを懐かしく思い出す。あの日、再び勝野が手を引いて、膝を貸してやった。男は初見世の日と同じように、膝の上で肩を震わせて泣いた。泣かれている対象が自分ではないということは、こんなにも楽なものか、と勝野はかつて信じていた人の、赤く染まった耳朶《みみたぶ》を見つめていた。

「そのすぐあとくらいだね、朝霧を引き取って」

おはぐろどぶに向かってひとり泣いていた子供は、あのときの弥吉の子供と同じくらいの大きさで、同じくらい顔が地味だった。折檻《せっかん》された痕《あと》も痛々しく、何かの思し召しだと思い、勝野は一存で羅生門河岸《らしょうもんがし》から連れてきたのだった。

「朝霧さんって、あの、五文銭の朝霧姉さんですか」

「いやだ、他の見世にまで噂《うわさ》になってんのかい、あんな昔のことなのに」

朝霧、という言葉に耳が動いたのか、弥吉がのそのそと奥から出てきた。線香の匂《にお》いを身に纏《まと》うように燻《いぶ》されている。老いた男の禿頭《はげあたま》をちらりと見て、勝野は尋ねた。

「……終わったかい」

「おうよ。朝霧さんがどうしたって」

「女将さんが朝霧さんを引き取られたときの話をしてたんですよ」

笹川の言葉に、弥吉は嬉《うれ》しそうに頬を崩す。

「盆だからなあ。話をしてやれば死人も喜ぶだろうよ」

あどっこいしょ、と言って緩慢な動作で腰を下ろす。

「なに居座ろうとしてるんだい、早く帰んな」

「いやなあ、待ってる奴《やつ》もいねえからなあ」

えっ、と尋ね返しそうになったが、勝野はその言葉を飲み込んだ。対照的に笹川は、いたずらっ子のような顔をして弥吉に尋ねる。

「弥吉さん、なにがどうしてこうなったんですか、」

「笹川さん、なに言ってんのかさっぱり判んねえよ」

「とぼけんじゃないよこのジジイ。朝霧さんがいたら五文銭投げつけられてるよ」

笑いながらも豹変《ひょうへん》した笹川の態度にたじろぎ、弥吉は勝野のほうを見遣《みや》る。

「……昔の話をしてたんだよ」

「……ああ」

勝野の言葉に弥吉は頷《うなず》き、笹川と同じようにいたずらっこみたいな顔をして、答えた。

「こいつがよ、俺にどうしても通ってきて欲しいってんで、俺の死んだ娘に瓜《うり》二つな娘拾ってきやがったんだよ。自分はババアで相手できねえってんでな、馬鹿《ばか》だよなあ」

「馬鹿はあんただよっ」

弥吉の言葉が終わらぬうちに笹川は叫び、情け容赦なく弥吉の横っ面《つら》を引《ひ》っ叩《ぱた》いた。死にそうな老人だったら今の一撃で死んでいただろう。二人があっけに取られて笹川を見つめていたそのとき、暖簾を分けて萬華楼の男衆が駆け込んでくる。

「笹川さん、早く戻って来てくだせえ、矢代《やしろ》のやつが足抜けしやがった」

「なんだってえ」

「ついでに女将さんも虫の息ですよ」

笹川は慌てて荷物を取ると、挨拶《あいさつ》もそこそこに通りへと駆け出していった。

残された老人二人は、揺れる暖簾を見つめる。

「昔はもっと大人しい娘だった気がすんだけどなあ、笹川さん」

弥吉は叩《たた》かれたほうの頬を擦《さす》りながらぼやいた。なんで叩かれたのか、勝野に尋ねるようなことはしなかった。ただ、弥吉の言ったことは半分くらい当たっていた。朝霧を見付けたとき、せめてこの娘が弥吉の慰めになるのではないだろうかと思ったのは事実だ。実際弥吉はそれほど時間を置かずに見世に現れた。そして朝霧に出会い、再び山田屋で髪結いを始めることになったのだ。

男の言うことなんか信じちゃなんねえ。姉は言った。たけとんぼのあの雨の日から、勝野は男を信じていない。けれど、許すことはできる。

「……内儀《かみ》さん、亡くなったのかい、」

低く尋ねると、弥吉は寂しげに頷いた。

「今年の始めにな。もういい年だったからよ」

朝霧が見世に来て、弥吉が山田屋に通ってくるようになってからも、勝野と弥吉の距離が縮まることはなかった。弥吉はただの髪結いで、勝野はただの楼主。何十年も前の言葉など、二人とも忘れた振りをして過ごしていた。川の向こうの話などしない。手を触れ合ったりもしない。弥吉の右手がいかれてしまい、仕事ができなくなってからは、年に一度、盆にだけ見世を訪れ死んでしまった女たちに線香をあげる。線香をあげたあとは、内儀さんの待っている家へ帰る。ずっとそうして過ごしてきた。

「女将さん……いや、お勝ちゃん」

いきなり昔の呼び名で呼ばれ、勝野は驚き口に含んでいた干菓子をふきそうになる。

「な、なにさ」

「川の向こう、戻んねえか」

言いにくそうに、照れくさそうに、禿頭の老人が言った。

「ば、馬鹿言ってんじゃないよ、何それ、今更」

そう言いながらも、心が揺れた。白浜は今にも死にそうだと、さっきの男衆が言っていた。たぶん死ぬだろう。あんたも一生吉原から出られないんだ、と勝野に言った白浜に、ざまあみろと舌を出してやりたい気持ちになった。

けれど、山田屋は勝野の見世だ。結局お伊勢参りから、女将も幾も戻って来なかった。そして覇気のなかった女たちは勝野が女将になったあと、次第に気力を取り戻し、なんとしても吉原に戻って来るまいという気概と共に年季明けを迎えて大門を出て行った。未《いま》だに戻って来た女はいない。あと何年生きられるか判らないけれど、生きているうちは見世をつづけなければ、と思う。

無理だよ。

そう言おうとしたとき、再び暖簾《のれん》が揺れた。笹川が忘れ物でもしたか、と立ち上がったら、紺色の暖簾の向こうから現れたのは、ずいぶん老《ふ》け込んではいるものの、懐かしい顔をした女だった。

「……江利耶《えりや》」

それは笹川よりも少しあとくらいに吉原を出て行った筈《はず》の、山田屋の元座敷持ちだった。

「女将さん……」

江利耶は泣き腫《は》らした顔をして、三和土《たたき》に崩れ落ちるようにして倒れ込んだ。獣のような泣き声が天井に響き、二階ではいくつも襖《ふすま》の開く気配がする。

「どうした江利耶、久しぶりじゃないか」

江利耶は喉《のど》を詰まらせ返事もできない。

「奥に布団《ふとん》部屋があるから、狭いけど其処《そこ》にお行き。さ、立ちな」

勝野は江利耶に手を貸し、身体《からだ》を立たせる。そして弥吉に向き直ると言った。

「今の話、あと一年待っとくれ。来年の盆に、また話そう」

「そりゃ気の長い話だな。くたばっちまうかもしれねえよ」

「そんときゃそんときだよ」

汗ばんだ女の身体を支え、勝野は見世の奥へと進んだ。弥吉はよっこらせと言ってゆっくりと立ち上がり、丸まった背中で暖簾を分ける。仏間から漂ってきた線香の淡い煙が、弥吉と共に流れ出ていった。

私たちの知らない吉原で、恋に泣いて、思いを遂げられないまま死んでしまった遊女たちの魂が、少しでも慰められることを願います。

解説

嶽本野ばら

宮木あや子は僕のファンである。——と聞かされてはいたものの、まぁ、フェイバリットな現代作家を幾つか挙げろといわれて思い付く中に入る程度と思い込んでいたのですが、なんと、わざわざ書店で普通に整理券を貰《もら》い、サイン会の列に並んでくれていました。作家が作家のサイン会にくるなぞ前代未聞の珍事であり、僕の脇《わき》に付いていた編集者も眼を疑い「宮木さん、何をしにきてるのですか？」、訝《いぶか》ると、宮木あや子は当然のように「ファンなので」と返します。サイン本を受け取った彼女に編集者はいいました。「……あの、来て貰うのは結構なんですが、今月の原稿、締切り過ぎてるんですけど」。すると宮木あや子は「ううぅ」、口籠《くちごも》り、脱兎《だっと》の如《ごと》く逃げ帰っていきました。

恐らくこれより先、益々《ますます》評価が高まり、地味かもしれねども偉い文壇の方々にも平成に宮木あや子ありと誉《ほ》めちぎられるであろう気鋭の新進作家の記念すべき、否《いや》、一つの事件だといっても過言ではないデビュー作の解説をこんな調子で始めていいものか、後で恨まれやしないかと不安に思いつつも、こうしてサイン会にきてくれていなければ彼女の作品を読むきっかけを逸していたに違いないのでお赦《ゆる》し願いましょう。どうにも僕は現代作家の作品を読むのが苦手で、というか面倒で、なかなか手を出しません。現代より先に読んでおかなければならない過去の文人達の作品はまだまだあるし、どうにも昨今の作家の物語は平凡な日常の中で平凡な人が平凡な悩みを抱えたことを綴《つづ》っているものばかしで、それはそれでいいのですが、結局、その悩みは最期まで解決されぬ場合が多く、歯痒《はがゆ》くなってしまうからです。無茶苦茶でも投げ槍《やり》でも、賛同出来ずともよいから、お金と時間を費やし読んだなら、最期に作者なりに導き出した解答が欲しい。答が出ないままなら人様に読ませるな！　と、思ってしまうのです。

さておき、サイン会にもきてくれたことだしと、或《あ》る日、久々にショウペンハウエルが読み返したくなり書店に赴き『幸福論』を選び、自分の著作がどのように扱われているのかチェックする為《ため》、現代日本文学のコーナーを覗《のぞ》き、そのついで、あの宮木あや子とは如何様《いかよう》なものを書いているのかと女性作家「ま」行に眼を遣《や》りました。すると新人だと聞いていたのに結構、単行本を出している。こういう場合、何から立ち読みするべきか？　予備知識がないなら、ＣＤも同様ですが、そのアーティストの資質、性情を手短に窺《うかが》うには最新作か最初の作品に手を出すのがセオリーです。なのでこの『花宵道中』を捲《めく》ってみたのですが、すぐに駄目だと思いました。江戸時代の吉原が舞台だったからです。僕は歴史小説が現代文学以上に苦手で、その理由は情けないながら、頭がこんがらがるから。織田信長と豊臣秀吉、どちらが大坂城に棲《す》んでいたのかすら朧《おぼろ》げな程に歴史音痴な僕は、ですから、最新作のほうにしようと棚に本を直そうとしましたが、ちらり飛び込んできたセンテンスに凍りつきました。「朝霧の母が死んだとき、母の身体はそのまま目の前の濁ったどぶに投げ入れられた。河岸に突っ立ってわーわーと声をあげて泣く朝霧を、大人たちは邪魔くさそうに突き飛ばした。」――ヤバい。こいつは思い掛けず文章が巧《うま》い。それだけでなく、簡潔で淡白そうながら、人を一瞬にして物語にのめり込ませる筆致を有している。期待の大型新人という触れ込みであったが、この力量は並外れている。ショウペンハウエルと共に迷わず『花宵道中』を抱え、レジに向かいました。歴史ものではあるがきちんと読まねばならないと、僕の作家としての本能が叫んだのです。たとえファンであろうと、いいものを書くなら早急にその才能を潰《つぶ》してしまわなければならぬ。でないと、こっちの身が危ない。非常にセコい考えで、こうしてその晩、僕は『花宵道中』を読了いたしました。

歴史が不得意でも『花宵道中』を始めとする一連の宮木あや子の時代小説は平易に読めます。何故《なぜ》なら、宮木あや子自身、歴史にさほど詳しくないからです。たとえば「青花牡丹《ぼたん》」にはこのような表記があります。「とりあえず桃割《ももわれ》にでもしてみますか、と笑いながら弥吉が尋ね、霧里は、せめて島田にしてやんな、と溜息をついた。桃割は町の娘が十を越えた頃にする髪だ。いくら朝霧が幼かろうと、それはない。」桃割が子供の髪型であるのは当然ですから「桃割は町の娘が十を越えた頃にする髪だ。」の部分は省いてよい。わざわざ書かなくてよい。ながら差し込んでいるのは、疎《うと》い読者へのサービスではなく、宮木あや子が江戸を舞台にするにあたってこの時代を俄《にわか》に猛勉強したから、つい、説明してしまった証拠です。豊臣秀吉と織田信長の区別もつかぬのに桃割は少女の髪型という片寄った知識だけは持ち合わせる者に、こういう些《さ》細《さい》な失策をあげつらわれてはたまらないでしょうが、出る杭《くい》は打っておかねばなりませんから、この際、とことん苛《いじ》めておきましょう。

では、よく知らない時代と設定——この連作では江戸の吉原——を敢《あ》えて宮木あや子が選択した理由とは？　ここに宮木あや子の作家としての真の恐ろしさがあります。彼女の描くストーリーを現代に置き換えてみるとします。すると近代自我やらアイデンティティやらという不必要なノイズが走り、彼女が伝えようとする人間本来の業《ごう》や徳があやふやになる。愛《いと》しく想《おも》う男の前で遊女であるが故《ゆえ》、他の男に抱かれなければならない女。表題作の「花宵道中」で朝霧が選ぶ末路にしろ、「青花牡丹」で近親者への愛憎から恋する女が自分以外の男に抱かれている姿を観《み》て欲情する東雲《しののめ》のエピソードにしろ、現代に移してしまうと陰惨極まりなく、何故、人は生きるのかという哲学的論考に本来の主題が隠されてしまう。当然とまではいいかねるものの餓死したり、売り買いされるのが茶飯事だったドメスティックな、近代以降に築かれた人権という概念のなかった世だからこそ宮木あや子の〝恋愛〟や〝人情〟はくっきりと輪郭を示し、シンプルかつダイレクトに人の心の有り様を訴えることを可能とする。現代の文学が抱えるまどろっこしい苦悩に宮木あや子の描く人物達は支配されません。どうして人を好きになるのか？　という類《たぐ》いの観念的な問題はどうでもよく、宮木あや子は叶《かな》わぬ恋であったとしても好きになったものは仕方ないという地点からスタートさせ、その情動に抗《あらが》えぬ者達が、他者からみて幸福にみえようが不幸にみえようが各々《おのおの》の意思でゴールに到達するまでを迷いなく描写するのです。愛しいと思いながらも穢《けが》したくなるような矛盾は、当然として扱われます。考えても仕方のないことは考えないし、答のないものは答がない。「不思議なもんで、野菜が育たないと牛も馬も育たない、子供も育たない。食うもんがなくても年貢《ねんぐ》は取られる。子供は死ぬ、じじいもばばあも死ぬ、残った娘は売られていって、生きてんのか死んでんのかも判らねぇ。」（「十六夜時雨《いざよいしぐれ》」）――。それでも恋し、希望を抱き、現実を乗り越えようとする人間の強さや儚《はかな》さを有り体にみせる為には、虚構として近代に至るまでの時代設定が非常に有効となるのです。現代にしないことで不必要な要素を宮木あや子は巧みに排除します。この世界観を基盤として現代に持ち込もうとすると、それだけで深刻、延々《づら》と理屈っぽくなってしまい、単純が故に響く人の営みのドラマツルギーが成立し辛くなります。「人には百八つの煩悩《ぼんのう》があるから、それを清めるために百八つの鐘を撞《つ》くのだという。百八つしかないわけないじゃないか、と八津は思う。男の煩悩がお開帳だけじゃないとしたら、千八つくらいあってもおかしくない。吉原の遊女に煩悩はいくつあるのだろう。逆に百八つもないんじゃないか。」と「十六夜時雨」で遊女に思わせるのはとても象徴的で、現代文学は千八つくらいの無用な問いを持ってしまっているのですが、宮木あや子に於《お》いて疑問は根源的なものばかしなので、百八つもないのです。従い、宮木あや子の作品では現代文学としては珍しく、平凡な日常の中で平凡な人が平凡な悩みを抱えることになっても、有り難いことに、結局、どうしていいのか解《わか》りませんと問題の解答が投げ出されることなくきちんと結論が用意されます。解き方がまるで不明だとしても、考え、とにかく白紙で提出するよりはマシと、テストでアホの生徒がどの問いにも答を書き込み、先生に努力の分だけ点数を貰おうとするポジティヴさを作者が持っているからこそ、これは可能となる。この連作は吉原の物語なので欠かさず性描写がなされていると思えば大きな間違いで、他作でもセックスは宮木あや子にとって常に重要なモチーフです。これもまた時代小説というフォルムが彼女が求める人間という存在を純化させるのに最適であったのと同様で、セックスという行為とそれに伴う感情は矛盾に満ち溢《あふ》れ――恥ずかしいけど、嗚呼《ああ》、どうして濡《ぬ》れてしまうの。でも感じてしまうのだから仕方ない――ているからこそ、必要不可欠なものとして物語に取り込まれると考えて差し支えないのではありますまいか。

ですが、このような作風といおうか、作家としての姿勢は今の時代に於いてはとても挑発的であり、大胆です。皆が答なんて幾通りあるか解らないし、どれが正解かは断言しかねるというのに、これですと言い張ってしまうのですから。本人は気付いていないけれど、同業者のサイン会に並ぶくらいですから、天然のアホなのかもしれません。なれども、全《すべ》ての人間は尊いという揺るぎなき思い込みがなくては、このブレのないストイックな文体は生まれてこないし、幾ら舞台を江戸や吉原にしたとて物語は湿り気を帯びるばかり、清々《すがすが》しく僕達を突き刺してはこないでしょう。表題作はその最たるもので、読み返す程、端役《はやく》に至るまで人間とは如何に美しいものかと謳《うた》い上げているのが明確になっていきます。こういう率直で健全な精神の作品は、難しいのが優秀とされる文壇では、確か異端視される筈《はず》なので、僕が手を下す必要もありますまい。早く本性を暴《あば》かれ、潰されてくれるのを切に願います。

（平成二十一年七月、作家）

この作品は平成十九年二月新潮社より刊行されたものに、平成二十年五月十四日から六月三日まで新潮ケータイ文庫に配信された「大門切手」を加えたものです。

嶽本野ばら著　ロリヰタ。

恋をしたばかりに世界の果てに追いやられた僕。君との間をつなぐものはケータイメール。カリスマ作家が放つ「純愛小説」の進化形。

嶽本野ばら著　シシリエンヌ

年上の従姉によって開かれた官能の扉。その先には生々しい世界が待ち受けていた――。禁断のエロスの甘すぎる毒。赤裸々な恋物語。

山田詠美著　ひざまずいて足をお舐め

ストリップ小屋、SMクラブ……夜の世界をあっけらかんと遊泳しながら作家となった主人公ちかの世界を、本音で綴った虚構的自伝。

山田詠美著　蝶々の纏足・風葬の教室
平林たい子賞受賞

私の心を支配する美しき親友への反逆。教室の中で生贄となっていく転校生の復讐。少女が女に変身してゆく多感な思春期を描く3編。

林　真理子著　花　探　し

男に磨き上げられた愛人のプロ・舞衣子が求める新しい「男」とは。一流レストラン、秘密の館、ホテルで繰り広げられる官能と欲望の宴。

林　真理子著　アッコちゃんの時代

若さと美貌で、金持ちや有名人を次々に虜にし、伝説となった女。日本が最も華やかだった時代を背景に展開する煌びやかな恋愛小説。

角田光代著
キッドナップ・ツアー
産経児童出版文化賞フジテレビ賞
路傍の石文学賞

私はおとうさんにユウカイ(＝キッドナップ)された！ だらしなくて情けない父親とクールな女の子ハルの、ひと夏のユウカイ旅行。

角田光代著
真昼の花

私はまだ帰らない、帰りたくない――。アジアを漂流するバックパッカーの癒しえぬ孤独を描いた表題作ほか「地上八階の海」を収録。

角田光代著
おやすみ、こわい夢を見ないように

もう、あいつは、いなくなれ……。いじめ、不倫、逆恨み。理不尽な仕打ちに心を壊された人々。残酷な「いま」を刻んだ7つのドラマ。

角田光代著
さがしもの

「おばあちゃん、幽霊になってもこれが読みたかったの?」運命を変え、世界につながる小さな魔法「本」への愛にあふれた短編集。

角田光代著
しあわせのねだん

私たちはお金を使うとき、べつのものも確実に手に入れている。家計簿名人のカクタさんがサイフの中身を大公開してお金の謎に迫る。

阿川佐和子・角田光代
沢村凜・柴田よしき
谷村志穂・乃南アサ
松尾由美・三浦しをん著
最後の恋
つまり、自分史上最高の恋。

8人の女性作家が繰り広げる「最後の恋」をテーマにした競演。経験してきたすべての恋を肯定したくなるような珠玉のアンソロジー。

唯川恵著　あなたが欲しい

満ち足りていたはずの日々が、あの日からゆらぎ出した。気づいてはいけない恋。でも、忘れることもできない―静かで激しい恋愛小説。

唯川恵著　夜明け前に会いたい

その恋は不意に訪れた。すれ違って嫌いになりたくて、でも、世界中の誰よりもあなたを失いたくない――純度100％のラブストーリー。

唯川恵著　恋人たちの誤算

愛なんか信じない流実子と、愛がなければ生きられない侑里。それぞれの「幸福」を摑むための闘いが始まった――これはあなたの物語。

唯川恵著　「さよなら」が知ってるたくさんのこと

泣きたいのに、泣けない。ひとりで抱えてるのは、ちょっと辛い――そんな夜、この本はきっとあなたに「大丈夫」をくれるはずです。

唯川恵著　いつかあなたを忘れる日まで

悲しくて眠れない夜は、今日で終わり。明日出会う恋をハッピーエンドにするためのちょっとビター、でも効き目バツグンのエッセイ。

唯川恵著　ため息の時間

男はいつも、女にしてやられる――。裏切られても、傷つけられても、性懲りもなく惹かれあってしまう男と女のための恋愛小説集。

椰子・椰子
川上弘美著
山口マオ絵

春夏秋冬、日記形式で綴られた、書き手の女性の摩訶不思議な日常を、山口マオの絵が彩る。ユーモラスで不気味な、ワンダーランド。

おめでとう
川上弘美著

忘れないでいよう。今のことを。今までのことを。これからのことを——ぽっかり明るくしんしん切ない、よるべない十二の恋の物語。

ゆっくりさよならをとなえる
川上弘美著

春夏秋冬、いつでもどこでも本を読む。まごまごしつつ日を暮らす。川上弘美的日常をおおどかに綴る、深呼吸のようなエッセイ集。

ニシノユキヒコの恋と冒険
川上弘美著

姿よしセックスよし、女性には優しくこまめ。なのに必ず去られる。真実の愛を求めさまよった男ニシノのおかしくも切ないその人生。

センセイの鞄
谷崎潤一郎賞受賞
川上弘美著

独り暮らしのツキコさんと年の離れたセンセイの、あわあわと、色濃く流れる日々。あらゆる世代の共感を呼んだ川上文学の代表作。

古道具 中野商店
川上弘美著

てのひらのぬくみを宿すなつかしい品々。小さな古道具店を舞台に、年の離れた4人のもどかしい恋と幸福な日常をえがく傑作長編。

江國香織著

きらきらひかる

二人は全てを許し合って結婚した、筈だった……。妻はアル中、夫はホモ。セックスレスの奇妙な新婚夫婦を軸に描く、素敵な愛の物語。

江國香織著

つめたいよるに

愛犬の死の翌日、一人の少年と巡り合った女の子の不思議な一日を描く「デューク」、デビュー作「桃子」など、21編を収録した短編集。

江國香織著

流しのしたの骨

夜の散歩が習慣の19歳の私と、タイプの違う二人の姉、小さな弟、家族想いの両親。少し奇妙な家族の半年を描く、静かで心地よい物語。

江國香織著

すいかの匂い

バニラアイスの木べらの味、おはじきの音、すいかの匂い。無防備に心に織りこまれてしまった事ども。11人の少女の、夏の記憶の物語。

江國香織著

神様のボート

消えたパパを待って、あたしとママはずっと旅がらす…。恋愛の静かな狂気に囚われた母と、その傍らで成長していく娘の遥かな物語。

江國香織著

すみれの花の砂糖づけ

大人になって得た自由とよろこび。けれど少女の頃と変わらぬ孤独とかなしみ。言葉によって勇ましく軽やかな、著者の初の詩集。

新潮文庫最新刊

塩野七生著
最後の努力
ローマ人の物語 35・36・37
(上・中・下)
ディオクレティアヌス帝は「四頭政」を導入。複数の皇帝による防衛体制を構築するも、帝国はまったく別の形に変容してしまった——。

遠藤周作著
十頁だけ読んでごらんなさい。十頁たって飽いたらこの本を捨てて下さって宜しい。
大作家が伝授する「相手の心を動かす」手紙の書き方とは。執筆から四十六年後に発見され、世を瞠目させた幻の原稿、待望の文庫化。

曽野綾子著
貧困の光景
長年世界の最貧国を訪れて、その実態を見続けてきた著者が、年収の差で格差を計る〝豊かな〟日本人に語る、凄まじい貧困の記録。

川上弘美著
此処彼処
太子堂、アリゾナ、マダガスカル。人生と偶然の縁を結んだいくつもの「わたしの場所」をのびやかな筆のなかに綴る傑作エッセイ。

林望著
帰宅の時代
豊かな人生は自分で作る。そのために最も大切な基地は「家庭」だ。低成長と高齢化の時代を、楽しく悠々と生きるための知恵と工夫。

齋藤孝著
偏愛マップ
ビックリするくらい
人間関係がうまくいく本
アナタの最大の武器、教えます。〈偏愛マップ〉で家も職場も合コンも、人間関係が超スムーズに！　史上最強コミュニケーション術。

花《はな》宵《よい》道《どう》中《ちゅう》

新潮文庫　み－43－1

平成二十一年九月一日発行

著者　宮《みや》木《ぎ》あや子《こ》

発行者　佐藤隆信

発行所　株式会社　新潮社

郵便番号　一六二－八七一一
東京都新宿区矢来町七一
電話　編集部（〇三）三二六六－五四四〇
　　　読者係（〇三）三二六六－五一一一
http://www.shinchosha.co.jp

価格はカバーに表示してあります。

乱丁・落丁本は、ご面倒ですが小社読者係宛ご送付ください。送料小社負担にてお取替えいたします。

印刷・大日本印刷株式会社　製本・株式会社大進堂

ISBN978-4-10-128571-9 C0193